NARRATORI ITALIANI

Dello stesso autore presso Bompiani

Salviamo Firenze
Fa' che questa strada non finisca mai
Le cose semplici
Tre casi per l'investigatore Wickson Alieni
Tre nuovi enigmi per l'insuperabile Wickson Alieni

LUCA DONINELLI
NERO FIORENTINO

ROMANZO
BOMPIANI

Questa è un'opera di finzione. Ogni riferimento a persone esistenti o a fatti realmente accaduti è puramente casuale.

www.giunti.it
www.bompiani.it

Pubblicato in accordo con Benedetta Centovalli – Literary Agency, Milano

Via Bolognese 165 – 50139 Firenze – Italia
Via G.B. Pirelli 30 – 20124 Milano – Italia

ISBN 978-88-301-0729-8

Prima edizione: agosto 2023
Seconda edizione: dicembre 2023

Alla città più bella del mondo

PERSONAGGI PRINCIPALI
(in ordine di apparizione)

Giuseppe "Beppe" Masina Tuttofare (qui nelle vesti di manutentore) dell'ing. Arturo Lombardi, verso il quale nutre una devozione canina. Se la vita non fosse stata grama con lui, forse avrebbe fatto il giornalista. Ma il suo passato è oscuro, e sarebbe stato anche peggio se l'ingegnere non l'avesse salvato un paio di volte.

Lorenzo Masina Figlio primogenito di Beppe, da principio è un giovanotto alto e robusto, scarso negli studi, un buon ragazzo di famiglia però un po' scapestrato, superficiale nelle amicizie. Entrato in polizia, non farà molta carriera. Commette diversi errori, ma la vita non è sempre generosa con lui.

Ing. Arturo Lombardi detto **Faliero** Uomo di grande autorità intellettuale e morale, è una delle figure più importanti della città. In eguale misura amato e odiato, nessuno ha però il coraggio di fargli la guerra. Non ha mai accettato cariche pubbliche, scegliendo in tutte le occasioni il ruolo di eminenza grigia. È consigliere anziano della casa di moda Dombey & Son, che ha sede nell'antico Palazzo C. Sul futuro di Firenze mantiene una posizione fortemente conservatrice, che ribadisce sui quotidiani nazionali. È un uomo complesso, e complessa è pertanto anche la sua biografia. Nel suo armadio c'è qualche scheletro.

Paolo del Chierico, detto **Marchino** Figlio secondogenito del celebre primario di Medicina generale Glauco del Chierico, conosce una facile carriera grazie al nome che porta, ma si sente (ed è) inadeguato al posto che occupa. Dimostrando di non essere stupido come tutti pensano, decide un giorno di ritirarsi nel Mugello a fabbricare marmellate e a farsi dimenticare. Ma c'è chi non può permettersi di dimenticare.

Loredana Fallai detta **la Tigre** Una vita difficile fin da ragazzina l'ha forgiata, facendone una donna dura e combattiva, dalle forti passioni. È la segretaria generale della Dombey & Son nonché plenipotenziaria per conto dell'ing. Lombardi, che nutre in lei enorme fiducia. Qualcuno ne parla come del futuro sindaco della città. Se la casa di moda prospera, è soprattutto grazie a lei.

Filippo Landi Le sue origini sono oscure. Classico esempio di self-made man, ha lavorato nelle banche prima di intraprendere una carriera politica che lo ha condotto a ricoprire per due mandati la carica di sindaco di Firenze. Dopo di che, si è ritirato nella sua casa in collina. Ha una moglie, che non vede mai, e una figlia nata da una precedente relazione. È forse il solo a conoscere veramente l'ing. Lombardi, anche perché lo ha frequentato a lungo in gioventù. Con lui, l'ingegnere si sente leggermente a disagio.

Oreste Marcucci Docente di Storia dell'arte moderna all'Università di Firenze, è stato uno dei molti amanti di Loredana Fallai. Tra loro si è mantenuta una bella amicizia, che fa di lui tuttora il solo vero confidente della Tigre. Destinato a una vita sedentaria, dovrà fare i conti con eventi che lo condurranno molto lontano. È un uomo mite, colto e intelligente, ma non si sente mai all'altezza, è irresoluto ma anche precipitoso. Forse per questo la sua relazione con Loredana si è interrotta.

Maria Giovanna Fallai Figlia di Loredana, ne è l'esatto contrario. Poco incline alle passioni, ha un carattere riservato che può talvolta sembrare altezzoso. La città ha messo in atto un grande progetto per rimettere Firenze al centro dell'attenzione mondiale, e lei è stata nominata direttore dell'ufficio comunicazione della rassegna, denominata Big Bang Portrait. Ha una certa difficoltà a innamorarsi, e questo le dispiace molto.

Lucia del Chierico Sorella di poco maggiore di Paolo, si è rivelata ancora giovanissima come scrittrice di libri scandalosi ma di alta qualità letteraria. Il suo spirito è pungente, qualcuno la chiama "il mamba nero". Rivela tendenze autolesioniste ai limiti del sadismo. È il segreto orgoglio della madre, gran dama dei salotti fiorentini. Col passare degli anni il suo spirito si placa, la sua fama si attenua, il suo carattere diventa più dolce.

Emma Marchigiana, collabora con Paolo del Chierico nella sua nuova attività, in località San Cresci (Mugello). Sposata con un ucraino, mostra maggior interesse per le donne, soprattutto per la fidanzata di Paolo.

Giulia Landi Figlia di Filippo Landi, è il cruccio del padre, che la tratta – a dispetto del carattere scostante – con ogni attenzione. È una donna bellissima ma del tutto senza ambizione, che ha rifiutato grandi avventure per scegliere una vita modesta. Dopo la gioventù, verso la quarantina, allaccia una relazione molto seria e profonda con Paolo del Chierico.

Egidio Salvischiani È il questore di Firenze, carattere bonario, non ha però il controllo di tutto quello che accade in questura. Nei momenti di vera difficoltà svela il suo lato lucido, razionale.

Signora del Chierico Madre di Lucia e Paolo, nonché vedova del luminare della medicina prof. Glauco del Chierico, è titolare del più prestigioso salotto culturale della città. La sua uscita di scena resterà a lungo nella memoria dei fiorentini.

Antonio Masina Figlio secondogenito di Beppe Masina, è anche lui impiegato in polizia, ma con un grado più alto del fratello, grazie anche alla laurea in Storia. Il suo carattere è l'opposto di quello del fratello: è infatti giudizioso e riflessivo. Tende a una certa ingenuità, che però riesce a correggere quasi sempre. Ama profondamente la sua famiglia, ma questo non gli impedisce, poco a poco, di rendersi conto che qualcosa non va.

PARTE PRIMA

1. *Una bestia dentro la terra*

Questo gli è tutto Arno, brontolava Beppe tra sé, la sigaretta spenta penzoloni fra le labbra, mentre passava una grossa scopa rigida di saggina sul pavimento del sotterraneo di Palazzo C., sede della Dombey & Son. Non era di buon umore. Sua moglie aveva avuto ragione a insistere che infilasse la maglia di lana sotto la tuta, ma lui non l'aveva ascoltata, e ora gli dispiaceva doverle dare ragione.

L'elettricista aveva sistemato alcuni faretti per rendere più agevole il lavoro. Un mondo nuovo si era aperto agli occhi del titolare della piccola impresa di manutenzione ordinaria, Giuseppe Masina detto Beppe, incaricato dall'ing. Lombardi, consigliere anziano della Dombey, di togliere un po' di fanghiglia secca o quasi secca prima che gli uomini del Comune iniziassero il sopralluogo per verificare l'entità del danno.

Gli era già capitato di scendere qualche volta, ma le deboli lampadine e la luce della torcia non gli avevano mai permesso di vedere il locale nelle sue reali dimensioni, con i suoi archi, le sue nicchie, le sue rientranze che anche la viva luce rivelava solo a un secondo sguardo. L'aveva creduto molto più piccolo.

Guardò il soffitto, tutto a volte sostenute da robusti pilastri di mattoni, alcuni dei quali portavano in alto, prima che le linee della volta si allontanassero, tondi o lunette di pietra che una volta avevano ospitato qualche motivo a bassorilievo e che sembravano più antichi delle volte stesse e dovevano provenire perciò da qualche altra costruzione. Il muro perimetrale, che Beppe cominciò a percorrere con la pila in mano alla ricerca dell'apertura da cui doveva essere entrata l'acqua, si presentava come un mosaico di diversi interventi.

Man mano che procedeva nell'esplorazione, la voglia di risalire al più presto diminuiva, e altri pensieri cominciarono a visitarlo.

"Chiudi, bischero!"

Lassù, sulla porta esterna in cima alla scala di acciaio, c'era Lorenzo, il figlio maggiore, un bel ragazzo alto e robusto, dai neri capelli ricci, che Beppe portava spesso con sé per i lavori più faticosi.

"Che hai detto?"

"Chiudi ho detto, chiudi quella maledetta porta."

L'eco della strada si trasformò in una sorda vibrazione.

La base del muro perimetrale, da terra fino a una trentina di centimetri di altezza, doveva essere antichissima. Era formata da grandi lastre e blocchi di pietra sui quali s'innalzava un primo pezzo di muro, alto al massimo mezzo metro, molto grezzo, dal quale partiva poi l'altro muro, realizzato assai meglio, che doveva essere il muro del palazzo stesso. Che tutto questo restasse in piedi da cinquecento anni era per lui incomprensibile.

"Si può sapere che razza di posto è questo?"

"Babbo, che hai detto?"

"Sta' zitto!"

Il muro disegnava, com'era prevedibile, un quadrilatero, ma lo faceva in un modo come Beppe Masina non aveva mai visto, come se pezzi di muri differenti, casualmente giustapposti, avessero formato una figura geometrica riconoscibile. Per questo se ne stava, il mento sulla mano, e si guardava intorno. I pochi mobili sembravano messi lì a caso ed erano tutti in cattive condizioni. Peccato, pensò, perché ce n'erano di belli.

Sul lato settentrionale, addossati al muro, notò due pesanti armadi neri più alti al centro e più bassi ai lati. Le ante laterali sulla parte alta erano protette da una reticella che gli anni, forse i secoli, avevano riempito di polvere nera e appiccicosa. La parte centrale andava quasi a toccare il culmine dell'arco che li incorniciava. A essi il Masina non avrebbe dedicato nessuna attenzione se da sotto di uno dei due non avesse visto uscire una doppia striscia di fanghiglia ancora umida, più spessa, come gli argini secchi di un minuscolo corso d'acqua. Alla fine la doppia striscia si allargava, sfrangiandosi a ventaglio in tante minuscole onde di terra sabbiosa e, alla luce dei fari elettrici, rossiccia.

Masina si mise le mani sui fianchi.

"Mi sa che ci siamo," disse bestemmiando, come succedeva ogni volta che un imprevisto lo obbligava a cambiare programma. "Ci toccano gli straordinari. Lorenzo!" gridò. "Vien qua, dammi una mano."

"Non gridare."

"Ah, sei bell'e qua. Lo vedi quell'armadio?"

Lorenzo lo squadrò lentamente, dal basso verso l'alto.

"È grosso."

Illuminati dal faretto, gli occhi del ragazzo trattenevano già la fatica del lavoro che non era ancora stato fatto e la durata dello stesso.

"Lo so anch'io che è grosso, bestia. Forza, si deve spostare ma piano piano, intesi? Voglio vedere che po' po' di roba c'è qui dietro. Forza, te da quella parte, così, una mano sotto e una da una parte… ecco, così… Piano piano, mi raccomando."

L'armadio non si mosse. Masina sollevò lo sguardo e vide il figlio in piedi, le braccia lungo il corpo.

"E ora?"

"Babbo, io ci ho un appuntamento, lo sai."

"Dove?"
"Il solito."
"Ah."
"Te l'ho detto cento volte."
Masina ebbe un istante di esitazione.
"Forza allora, via, ché si fa alla svelta."
Beppe si tolse la sigaretta dalle labbra e se la mise in tasca, poi al suo via i due cercarono di spostare l'armadio, ma l'armadio non si spostò di un centimetro.
"Basta, babbo, non ci si fa," sbuffò Lorenzo consultando il telefonino per vedere l'ora.
Beppe lo guardò, strafottente. Il silenzio obbligò il ragazzo ad alzare gli occhi fino a quelli di suo padre.
"O madonnina santa, non ci si fa... E ora?... Si chiama il Lombardi e gli si dice *guardi, ingegnere, il danno è qua sotto, ci mandi il genio civile*, e lui ci fa *grazie non c'è di che...* Ma il fatto è uno solo, Lorenzino, lo vuoi sapere?"
"Ti sento."
"Che io non ci rinuncio a capire da dove viene quell'acqua, perciò muscoli, bello mio: non ci hai che quelli, adoprali..."
Lorenzo abbassò la testa, offeso.
"Perché?" brontolò. "Che ti frega?"
"Che mi frega? Ecco che mi frega, sentimi bene." Gli andò sul muso. "Mi frega perché se la scoperta è mia," si posò l'indice magro sul petto, "se è mia, allora in televisione ci vado io."
Lorenzo raddrizzò il suo metro e novanta, appoggiò le mani ai fianchi ed esibì il suo solito sorriso da duro, studiato davanti allo specchio.
"In TV per dire che?"
"Per dire che qua sotto c'è un canale che portava l'acqua dall'Arno, magari etrusco, chi lo sa, e chi lo sa che non ci trovino qualcosa di grosso... 'Sta bestia di città, chi la conosce?"
Il discorso del vecchio continuò, incurante dell'uditorio, fin-

ché un cigolio seguito da uno scatto metallico secco interruppe i suoi ragionamenti.

Beppe si girò a guardare suo figlio, che si era spostato verso l'apertura dell'armadio e ora, volgendo la testa, lo guardava a sua volta, sorridendo di un sorriso diverso, tra il sorpreso e l'incredulo.

"Ci credo che non si spostava, babbo: guarda che roba..."

Infilando nella serratura la lama del suo coltellino svizzero, mentre suo padre parlava Lorenzo era riuscito a sollevare il gancio che teneva unite le due ante, che adesso, aperte, presentavano, ben illuminato dal faretto di fronte, il contenuto dell'armadio, zeppo di carte e incartamenti. Certo di poterci trovare qualcosa di importante e dimenticato, Beppe cercò subito di sfilare uno degli incartamenti, che erano tutti pressati uno sull'altro, ma restò deluso quando, riuscito nell'intento, aprì un fascicolo dopo l'altro e cominciò a leggere le date scritte a mano, e più ancora il contenuto dei documenti, quasi tutti registri contabili o atti di vendita risalenti, al massimo, al XIX secolo. Il palazzo infatti era stato di proprietà, fin dalla sua costruzione, di stirpi di tessitori.

Beppe Masina si grattò la testa, infine prese la sua risoluzione.

"Bah, son tutte bischerate, tutte bischerate. Con queste non ci si pulisce nemmeno il cosiddetto. Forza, Renzino, ché si fa alla svelta. Fuori tutto, così si leva di mezzo la bestiaccia."

Lorenzo salì al furgone e le voci della strada tornarono a precipitare nel sotterraneo. Prese due cavalletti e una tavola spessa di compensato che suo padre teneva pronti per ogni evenienza. Sul bancone, tra bestemmie e colpi di tosse, furono sistemati i fascicoli, e quando l'armadio fu completamente vuoto padre e figlio provarono di nuovo a spostarlo.

Lo sforzo produsse il suo effetto: l'armadio fu spostato di dieci centimetri, poi di venti, poi ancora di venti, finché il padre bloccò l'operazione perché, disse, aveva sentito un tonfo dentro l'armadio, che fu subito aperto. Dentro non c'era nulla.

"O questa?"

Lorenzo propose di dondolarlo un po'. Al primo scossone si udì chiaramente qualcosa che si muoveva dentro l'armadio.

"Ci dev'essere una specie di doppio fondo. Li hanno sempre fatti in questo modo. Forza, giriamolo."

L'armadio fu girato. Beppe diede un'occhiata al muro e vide una corona d'umidità intorno ad alcune pietre del basamento; gli interstizi tra una e l'altra erano abbastanza grandi da lasciar passare l'acqua. *Qui dietro ci dev'essere qualcosa*, bisbigliò tra sé, *ma ci si penserà più tardi*. Non aveva dimenticato la TV.

L'armadio era di legno buono, scuro, duro e relativamente poco attaccato dai tarli. Il doppio fondo in effetti c'era, in legno più scadente, forse pioppo, e fu rimosso facilmente: non era il lavoro di un ebanista. Subito apparve un involto di carta molto vecchio, non troppo polveroso. Beppe lo prese, lo posò sul bancone, sopra le carte tolte dall'armadio, e quando fece per svolgerlo la carta – una carta sottile, di un colore che appariva giallastro alla luce ingannevole dei faretti – si spezzò tutta, sfarinandosi sotto i polpastrelli del vecchio manutentore in una polvere umidiccia. Dentro c'era un altro involto, di tela grezza di un colore tra l'avorio e l'ocra, che indusse Beppe a usare delicatezza.

Apparvero alla luce dei faretti due tavole, una piccola, di forma quadrata, con un piccolo foro al centro, spostato verso il basso, l'altra di poco più grande, dritta su tre lati e sagomata sull'ultimo.

Beppe tentennò il capo, togliendosi la sigaretta dalla tasca e rimettendosela in bocca.

"Questa dev'essere roba minimo minimo di duecent'anni," disse, soddisfatto al pensiero delle tante cose che avrebbe potuto rivelare a quelli di TeleFirenze, se non addirittura alla Rai.

"Roba che scottava," disse Lorenzo.

Beppe si voltò a guardarlo.

"Scottava?"

“M’immagino. Per nasconderlo lì...”

Beppe indugiò, guardò il ragazzo. Di nuovo quel sorriso fabbricato.

“Renzino, per oggi s’è finito di lavorare. Visto? S’è fatto presto...”

Masina aveva la faccia di quando pensava a qualcos’altro.

“Te vai al tuo appuntamento.”

“Babbo.”

Masina sollevò di nuovo lo sguardo.

“Che ci scrivi sulla relazione?”

“*Confermato dissesto idrogeologico...*”

“Tu lo sai che significa?”

“Significa che è successo qualcosa dentro le viscere della terra.”

Lorenzo ebbe un sussulto, che sarebbe stato il primo di tanti. Gli tornarono alla mente le fiabe che gli raccontava la nonna, in campagna intorno Montelupo, in quella casa che gli metteva paura.

“Vuoi dire,” domandò, “che dentro la terra c’è come una specie di bestia?”

“Una bestia, sì,” rispose Beppe. “Non *come*. Proprio una bestia.”

Lorenzo fece un ruggito per scacciare la tensione, poi scoppiò a ridere, come se il tribunale dei soliti amici fosse lì, a giudicare il suo coraggio. La nonna scomparve dai pensieri.

“Abbozza, Renzino. Sei un uomo libero, alla relazione ci pensa il sottoscritto. Io porto l’involto a chi so...”

“A te non ti frega di sapere...”

“Hai detto che scottava, giusto? Meglio lasciare che si scotti qualcun altro. Pensiamo all’acqua.”

Per quanto riguarda la fuoriuscita d’acqua, scrisse mentalmente.

S’interruppe.

"Mi sa," disse al ragazzo, che stava già raggiungendo la scala, "che ci sarà da spendere una barca di soldi, qua dentro. O per scoprire veramente che razza di storia è questa, o per metterci una pezza e far passare tutto sotto silenzio."

"Tu pensi che sia come hanno detto?"

"Dissesto idrogeologico? La bestia?"

"Quello."

Beppe cercò la sigaretta in tasca, poi si accorse di averla già in bocca. Sulla porta del sotterraneo, alla fine della scala, spense tutte le luci e cercò i fiammiferi.

"È tutto un dissesto."

"Ma tu pensi che là sotto, dietro quelle pietre, ci sia veramente un canale etrusco?"

Beppe Masina si accese la sigaretta, uscì sulla strada, gettò in terra il fiammifero spento, scosse la testa, aspirando la prima boccata.

"Che ti devo dire. Questo mi pare tutto un canale etrusco, figliolo. Tutto."

2. *Ragazzi di buona famiglia*

(due giorni prima)

Quasi disteso nella sua poltrona da ufficio nera e cromata, dal fondo della sala riunioni l'ing. Lombardi scrutava l'uomo che stava parlando, ascoltava e decifrava il suo respiro sincopato, il precipizio delle sue parole affrettate.

Il relatore era un uomo piccolo e minuto. Indossava un paio di occhiali rotondi dalla montatura dorata e una giacca di fustagno marrone sopra una camicia a quadretti senza cravatta, e si agitava senza posa, quasi danzando sulle gambe. L'ingegnere esaminava i gesti delle sue mani, impazienti di disegnare mondi nell'aria. Un uomo, pensò, che ama il proprio lavoro: passato di militante di sinistra, delusioni non confessate, problemi con i figli.

"Vi dico che non esiste più un metro sulla Terra dove uomo o bestia si possa sentire al sicuro. Scioglimento dei ghiacciai, desertificazione, terremoti, maremoti, incendi, siccità, inondazioni. Ah, le eruzioni, dimenticavo le eruzioni. I tornadi. Gli uragani. È cronaca di tutti i giorni. Meglio: sarebbe, se i giornalisti facessero il loro. La Groenlandia si è trasformata in una tundra, l'Amazzonia piano piano sta diventando un deserto."

Un garbato sdegno intellettuale attraversava le parole di quest'uomo sui cinquant'anni, i pochi capelli tra il rossiccio e i primi grigiori, quasi tutti raccolti sulle tempie a parte un ciuffo rado in cima alla testa.

"Non sono problemi locali," continuò, sporgendo in avanti il collo magro, "non ci sono singole colpe rubricabili come misfatti di questo politico corrotto, di questa multinazionale avida, no no. Datemi retta: qui c'è di mezzo un preciso modello matematico, scritto nell'aria da qualche parte, in grado di definire il fenomeno nei minimi particolari. Io ci metto dentro, ma questa è una mia persuasione personale e non ve la vendo, ci metto dentro dicevo anche il delirio dei politici, degli economisti. Dei giornalisti. Fa parte anche questo del modello, anche loro dentro questo modello, tutti dentro..."

"Mi perdoni se la interrompo," disse l'ingegnere con voce anziana, in tono pacato ma fermo, dal fondo della sala, "lei mi sta dicendo che questa specie di follia tocca chi più di altri ha a che fare, domando scusa per il termine pomposo, con le sorti, con chi regge le sorti del mondo. Come se questo modello matematico avesse qualcosa in comune, faccio per dire, con gli oracoli: *Gli dèi confondono la mente di quelli che vogliono mandare in rovina*. Lei mi viene a dire, se ho capito bene, che l'oracolo di

Delfi ha assunto la forma, in questo nostro presente senza dèi, di un teorema matematico?"

"Se la vogliamo mettere così..."

"È lei che la sta mettendo così. Io domandavo solo per capire. Lei mi mette insieme terremoti e politici corrotti."

"La cosa garba poco anche a me, ingegnere, ma mi creda: uno scienziato serio a volte non sa più cosa pensare. Non ci son che le mezze seghe a tirar dritto."

"Su questo concordo in pieno."

"In tutti i casi," riprese l'uomo, "mi dovete credere. O mi credete ora o vi ricrederete poi. Faccio questo lavoro da venticinque anni, e lo faccio benino. E vi dico che questa cosa che vi è successa – che *ci* è successa, perché riguarda noi, Firenze, e poi chissà cos'altro – non è normale: vent'anni fa non sarebbe stata possibile. Ho guardato e riguardato i piani del palazzo, ho studiato tutti gli impianti, ho studiato lo storico, tutte le ristrutturazioni anche parziali, bene: laggiù non ci sono tubature da nessuna parte, e l'Arno dista almeno trecento metri in linea d'aria."

Si tolse gli occhiali e, piegatosi e proiettando il lungo collo in avanti, girò lo sguardo sui presenti.

"Eppure," concluse, tentennando la testa e agitando in aria gli occhiali, "mi cadano tutti e due gli occhi se quell'acqua non è acqua d'Arno."

L'uomo che aveva parlato si chiamava Giovanni Tarchi, nato e cresciuto in località Galluzzo, quartiere a sud-est della città nella direzione di Siena, ed era geologo di buona fama in forze presso il Comune di Firenze, che era anche la città dove, nella tarda estate del 2010, si stava svolgendo questa conversazione informale tra lui e i dirigenti della casa di moda Dombey & Son, la cui sede si trovava già da diversi anni in quell'antico palazzo signorile d'Oltrarno, Palazzo C., situato tra la basilica di Santo

Spirito e Palazzo Pitti. Una decina d'anni prima il Comune, preoccupato per il cattivo stato di conservazione dell'edificio, e non avendo fondi da investire direttamente, aveva deciso di affidarlo – con la clausola che ne migliorasse le condizioni – alla ricchissima casa di moda da tempo in cerca di una sede di prestigio. Ma i responsabili della casa di moda, pur animati dalle migliori intenzioni, non avevano mai il tempo di mettersi una buona volta attorno a un tavolo e stabilire un piano generale per il recupero dell'intero edificio, e avevano finito col disinteressarsi del tutto di alcune parti dello stesso, come appunto il sotterraneo, che poggiava sulle fondamenta di un altro, o di altri edifici più antichi. Proprio lì però si era verificato un allagamento di cui non si capiva l'origine, che Giovanni Tarchi attribuiva, in attesa di ulteriori indagini, a un generico, inquietante *dissesto idrogeologico*.

Nella sala conferenze della Dombey & Son ad ascoltare la relazione del Tarchi, oltre al delegato del presidente (che presenziava da New York in videoconferenza), c'erano: l'AD Paolo del Chierico, un giovanotto arrogante con la fama di pavido, un'aria di tragedia incombente sempre appiccicata alla faccia e una passione per le donne sole; c'erano poi le due segretarie, quella particolare del presidente e la segretaria generale, dott.ssa Loredana Fallai; e c'era il cav. M.B., capo commercialista e revisore.

Sulle schiene di tutti i presenti premeva lo sguardo del consigliere anziano e azionista di maggioranza, l'ing. Arturo Lombardi, per i pari grado Faliero, come l'ultimo doge di Venezia.

"In effetti," disse il presidente da New York, schiarendosi la voce, "non dovrebbero esserci tubature. L'ultimo intervento murario di un certo rilievo, stando alla relazione inviatami dal dott. Borghi," e qui abbassò gli occhi verso un incartamento che la webcam non inquadrava, "risale grosso modo al XVII secolo. Sono infiltrazioni."

"Infiltrazioni di che? Questo è il problema," rispose Tarchi.

L'azionista di maggioranza, uomo corpulento, elegantissimo, sugli ottant'anni, dagli occhi celesti e acquosi che davano una ingannevole impressione di distanza e disinteresse, d'un tratto si mise a ridere da solo.

Il presidente lo vide, da New York.

"O Faliero, che hai da ridere? Se il Tarchi ha ragione, sai che risate..."

Un sorriso di imitazione gli passò sul lontano viso.

"Rido, rido... ora te lo dico io il perché. Rido perché m'è tornato alla mente di quando da ragazzo s'andava a pesca sulla Sieve. Anche nei giorni di scuola: prendevamo certi pesci... Poi s'arrostivano che guizzavano ancora, sulle pietre arroventate. Che bella vita. C'è qualche vegano qui?"

Nessuno rispose.

"Poi verso il quindici di novembre mi presi un malanno e dovetti stare a letto per qualche giorno. L'ultimo giorno – pioveva da una settimana che dio la mandava, tuoni, saette – ci si allaga tutta la casa al pianterreno. La mamma arriva da me col brodo, sciaguattando, cià, cià, cià, e mi fa: Arturino, lo vedi? Te non andavi alla Sieve, e ci ha pensato la Sieve a venirti a trovare..."

"Ma te non sei di Firenze?" lo interruppe il presidente.

"E con questo?"

"Che ci facevi sulla Sieve il quindici di novembre? Non ci andavi a scuola?"

Lombardi piegò la testa verso destra, come per non farsi sentire ma badando bene che tutti sentissero.

"'Sti giovani..."

Firenze usciva proprio in quei giorni da un lungo periodo di piogge, che avevano gonfiato l'Arno, anche se non in misura preoccupante. Adesso la coltre nuvolosa si era finalmente spezzata, a cominciare da occidente, laggiù verso il mare, e il cielo si andava riempiendo di chiazze blu. Fotografi dilettanti, nelle vie e nelle piazze vicine, si divertivano a ritrarre con i loro smartphone il cielo e i frontoni dei palazzi che si specchiavano nelle grandi pozzanghere. Erano i primi di settembre, le ragazze in visita a Firenze camminavano a piedi nudi per le strade bagnate, con i sandali in mano e lo zaino nascosto sotto l'impermeabile, mentre i loro fidanzati tenevano in mano bottigliette di birra ostentando le loro T-shirt zuppe d'acqua e perlopiù apparivano meno interessati agli splendori della città.

Il presidente non poteva credere a quello che aveva sentito.

"Io mi domando e dico, Faliero, di cosa sa tutta codesta allegria. Il danno potrebbe essere ingente, ci pensi poi?, e la Sovrintendenza, e l'UNESCO..."

"... e la regina d'Inghilterra, che ci deve una barca di quattrini... Fammi il piacere, Ughino. Ho ottantadue anni e sono senza figli. Da vent'anni vivo da solo con un cameriere molto gaio e una vampira che mi prepara la bistecca con l'insalata. Ho un monte di soldi. E allora andiamo a vedere di che si tratta, ci può scappare qualcosa di interessante, volesse il cielo: qualche distrazione, un po', come dite laggiù, di *entertainment*..."

"Ma saranno obbligati a fare rapporto..."

L'ingegnere sbuffò, bonario.

"Dottor Tarchi, mi rivolgo a lei. Il mio amato presidente è uomo giovane, ha solo settant'anni, no, sessantanove, domando scusa, quindi non giovane, giovanissimo!, e io capisco l'ansia dei giovani, il loro timore di non fare le cose a regola, la paura delle conseguenze. C'è chi ruba a destra e a manca e siede ai ministeri, tanto per citare *Il Principe*, e c'è chi si vede già in manette se attraversa la strada col giallo. Mi dica allora, dottor Tarchi: a suo avviso, se si comincia con una perlustrazione per così dire privata, fatta da uomini di fiducia, e si scopre che il danno non è irreparabile, non è che potrebbe aspettare, con qualche scusa, a farne parola in Comune? Che gli frega, a quelli del Comune? Poi si sa come finisce, arrivano le Belle Arti, arriva l'UNESCO, arriva Vittorio Emanuele a cavallo, e via... Se lo ricorda Talleyrand?

Troppo zelo produce danni irreparabili. E poi con le elezioni comunali," ridacchiò, "ormai alle porte..."

E qui il suo sguardo incrociò quello dell'AD, che gli rispose con la sua annoiata indifferenza.

"Che dici, Marchino?" lo aizzò l'ingegnere.

"Dico che le elezioni sono tra un anno."

"Tra un anno, appunto," annuì l'ingegnere, "e quindi alle porte."

Tarchi si schiarì la voce.

"Personalmente, ingegnere, potrei anche concordare. Ma se si conferma il dissesto? Sarebbe una notizia di importanza cittadina, ossia, trattandosi di Firenze... Non so se..."

L'ingegnere si stirò, distendendo le gambe.

"Sia buono, Tarchi, ci lasci dare un'occhiata. Da qualche tempo ci si annoia un po' qui dentro. I fatturati son buoni ma sa com'è, la crisi ci ha rattristati, ci siamo contratti più noi del mercato. Un'occhiatina, via. Se non è nulla si finisce qui, se invece..."

E qui strinse le labbra, sollevando le sopracciglia e gettando al geologo uno sguardo tra il supponente e l'annoiato, che il geologo interpretò come una velata intimidazione.

"Come si dice in questi casi? *Le faremo sapere*, giusto? Bene, dottor Tarchi: le faremo sapere. E grazie di tutto."

Dopo di che, le porte della sala riunioni furono spalancate, lo spazio si popolò di voci e gli occupanti si avventurarono nei lunghi e stretti corridoi davanti ad altre porte aperte che davano su stanze e stanzette dove tante persone parlavano tutte insieme, tra risate, grida isteriche e schiocchi di baci. La presentazione della collezione invernale era ormai vicina. Ragazze alte e magrissime camminavano in direzione opposta, mezzo discinte e a piedi nudi, appiattendosi contro il muro per lasciar passare i loro datori di lavoro, e viste a pochi centimetri di distanza non sembravano poi così belle. Alte e magre sì, ma belle? Attraverso il cartongesso delle pareti bianchissime volavano accenti danesi, russi, argentini. Una signora di mezza età con una gonna di tweed a cavallo di un braccio e diversi spilli infilati tra le labbra correva dietro due ragazze. Si sentì la voce ilare e gay di un giovane che diceva *finalmente, è da un'ora che ti aspetto a gambe larghe* mentre un fotografo bestemmiò, tappandosi poi la bocca con la mano alla vista dell'ing. Lombardi, che non lo guardò nemmeno e continuò a parlare con il delegato del presidente agitando la destra e ruotandola come per intendere che discorsi di quel tenore erano già stati fatti alcune migliaia di volte.

Un'ora più tardi il sindaco di Firenze in persona telefonava all'ingegnere pregandolo di scusare il Tarchi, persona eccellente ma troppo attaccata ai regolamenti. La sera di quello stesso giorno i due cenavano insieme in via del Parioncino, e nemmeno una volta il discorso passò dalle parti del palazzo e del suo sotterraneo, che nel frattempo non era più allagato. Rimaneva una fanghiglia sottile, che presto sarebbe seccata, in tutto simile a quella lasciata dal fiume quando si ritira dopo una piena.

Dopo un altro paio di giorni, Lombardi fece chiamare al telefono Paolo del Chierico, l'AD della Dombey & Son, quello che l'ingegnere chiamava Marchino, un giovanotto alto e goffo che indossava male abiti firmati e sembrava infastidito da qualunque cosa.

Lombardi non aveva nessuna stima di lui e lui lo sapeva.

"Marchino, dormi o sei desto?"

"Oh, Faliero. Sempre desto."

"Bravo. Nessun dorma."

Lombardi attese qualche istante, ridendo tra sé e ascoltando il respiro, sull'altro capo, del suo interlocutore. Era sempre stato un uomo cattivo.

"E dimmi, Marchino: se facessimo quel sopralluogo? Conosci qualcuno che sappia fare le cose a dovere e con discrezione?"

"Ho un amico."

"Non dico quello. L'amico ce l'ho anch'io, è già sul posto: Beppe. Parlo del poi, dei rapporti istituzionali. Mi danno tanta noia, Marchino. Intendo qualcuno che conosca i corridoi, mi spiego?"

"Ho chi fa per lei."

"Aspetto il nome."

"Lo conosce anche lei. Il Landi."

"Filippo Landi?"

"Lui."

"Ma Landi, quello che..."

"Il sindaco... Ex sindaco."

"Ex ex ex. Ma che è sempre vivo?"

"Vivo, vivo."

"Che cose strane."

Dieci minuti più tardi, la segretaria passava all'ingegner Lombardi la chiamata per Filippo Landi.

"Ser Filippo, da quanti anni non ci si sente?"

"Parecchi. Vedo bene che sei in circolazione. Io me ne sto ritirato, tra Monteripaldi e via Masaccio."

"Che fai?"

"Leggo. Classici. Platone, l'Antico Testamento..."

Un risolino sommesso da tutte e due le parti interruppe per un momento la conversazione. Un ricordo, il medesimo, era affiorato nello stesso tempo. Le avventure sulla Sieve e sulla Pesa, a pescare, sì, e che pesci!, e poi arrostirli sulle pietre, come no: e tutto questo non già in calzoncini e maglietta, ma in costume, come i calciatori di piazza Santa Croce nel giorno di san Giovanni. A quel tempo, ancora in mezzo alle macerie della guerra, grazie a una vecchia insegnante di lettere molto spregiudicata i due amici si erano innamorati della storia di

Firenze e si erano giurati con patto di sangue che per sempre, per sempre, per sempre sarebbero stati fedeli alla Signoria e al Granducato contro l'invasore sabaudo. La feroce signora, Rebecca Rosenberg, detta "Ghiaccio bollente", dava quattro a chiunque si proclamasse italiano. Noi non siamo italiani, rammentatevelo bene: noi siamo di Firenze.

Due ragazzi, uno senz'altro di buona famiglia, graziati dalle bombe, e una promessa che non sarebbe stata mai rispettata, ma neppure dimenticata.

3. Nessuno è abbastanza per questo

La Tigre, al secolo Loredana Fallai, una laurea in Economia con tesi magistrale su Finanza e Beni Culturali, era la segretaria generale della casa di moda Dombey & Son, e – a dispetto di un presidente latitante anche nei pochi mesi in cui si trovava a Firenze e di un AD melanconico e perso in pensieri dai quali non sembrava in grado di fare ritorno – l'azienda andava avanti grazie a lei, che era anche la vera referente dell'ingegnere. In quegli anni era opinione corrente in Italia che una donna abile, quarantenne, di bell'aspetto e dal carattere duro fosse quanto di meglio si potesse sperare per un'azienda che fatturava diverse centinaia di milioni di euro l'anno. Tutto questo, va da sé, senza snaturare l'organigramma dell'azienda, che come si diceva a quel tempo aveva un suo perché.

Il suo arrivo al timone della Dombey & Son era avvenuto sotto gli auspici del compiantissimo prof. Glauco del Chierico, padre dell'attuale AD Paolo, un ragazzo che agli occhi più acuti rivelava, sotto i modi arroganti, una certa bontà, ma come detto era ritenuto dall'ingegnere, e quindi da tutti, uomo di scarse capacità, da tenere alla larga da ogni responsabilità e da gratificare con i titoli. Ma il cognome che portava lo introduceva con facilità nei salotti di mezza Italia, da quelli della cultura a quelli dell'alta finanza. La Fallai era la sola che provasse per lui un po' di pietà, o di senso materno.

Sembra che il ragazzo facesse anche uso di cocaina, ma solo di tanto in tanto, nei momenti di necessità. Aveva una madre attivissima nel mondo culturale, titolare del salotto più prestigioso della città, tra Palazzo Strozzi e piazza Vittorio. Aveva anche una sorella, Lucia del Chierico, scrittrice amante degli scandali, prodiga di anatomie, rapinatrice di premi e splendida ragazza, nota nel mondo letterario come "Il mamba nero". E aveva, anzi purtroppo aveva avuto, appunto, un padre, professor Glauco del Chierico, primario di Medicina generale presso l'ospedale di Careggi, uomo di vaste proprietà e amico intimo dell'ingegner Lombardi, che quando ne parlava dopo la sua dipartita si rattristava sempre, specie in pubblico. Il nostro Glauco, diceva. Il nostro amato Glauco. Morire a questo modo.

"C'è chi nasce con un nome che gli pesa sulle spalle e chi no," diceva spesso il compianto, senza rivolgersi a nessuno in particolare. L'aveva detto anche nell'atto di raccomandare caldamente la Tigre al suo amico fraterno.

"Non se ne pentirà."

"Io non mi pento mai. Avete fatto una bella chiacchierata?" sorrise Faliero.

"Un colloquio di lavoro," rispose del Chierico, che non aveva – come del resto nessuno in famiglia – il minimo senso dell'umorismo.

L'ingegnere sollevò le sopracciglia.

"Chiacchierata, colloquio..."

Stavolta toccò al dottore sorridere.

"Faliero, come tu sai ho un brutto nome sulle spalle..."

"Ne ho contezza, ma non è brutto."

"Lo è. Chi non ha troppi nomi sulle spalle, tu lo sai bene, guida meglio la Porsche e la Ferrari, rendo l'idea?"

Il *nome* al quale il professore si riferiva non era quello di famiglia, ma il suo nome proprio, nel quale ravvisava il filo di tutta la sua deludente esistenza. Come il Glauco della mitologia, infatti, anche lui godeva di fama eccellente: professionista scrupoloso, fedele alle amicizie, nessuno scandalo pubblico. L'uomo delle strette osservanze, fu chiamato. Qualche piccola mancanza privata, naturalmente: cose da nulla, note peraltro alla cerchia stretta, a qualche giornalista silente. Un paio di amanti, qualche carriera favorita a scapito di altre, niente di più – prima della grande fuga d'amore, lontano, sulle Alpi, e del mesto ritorno finale.

Questo fu per lui, la morte. Morì parlando del Foscolo, sul balcone della sua camera, in un lunghissimo pomeriggio di tarda estate, in faccia alle convalli popolate di case e d'uliveti. "Te beata..." disse infine, non però alla sua città ma a lei, alla morte, che finalmente era scesa, invocata.

Tutto questo lutto generò amicizie, buone relazioni, franchezza. Fu grazie all'amicizia molto stretta con Glauco del Chierico che Loredana Fallai ottenne il posto di segretario generale della Dombey & Son. E fu lo stesso del Chierico, per non si sa quale moto d'ammirazione, a darle il nomignolo che tutti conoscevano.

Le referenze, impeccabili, tripla "a": attiva, abile, ambiziosa. Un collega facile all'ironia osservò che sembrava il prodotto concentrato di migliaia di film americani di una decina d'anni addietro, di quelli ambientati in qualche odiosa redazione TV o in qualche odioso CdA aziendale o in qualche odioso tribunale, dove scorrazzano donne in tailleur dal passo svelto, belle gambe, con lo stesso charme di una spada giapponese, donne del tipo: "Buongiorno capo..." "Lascia stare il buon giorno, Spencer. Dammi una buona notizia entro cinque secondi o sei licenziato." "Ma..." "Sei licenziato." Qualcuno, sia a destra sia a sinistra, la vedeva bene come futuro sindaco.

Adesso i tempi stavano cambiando, ma l'innovazione faticava a giungere in una città come Firenze sempre impegnata con il problema dell'anno scorso, della generazione scorsa, dell'epoca scorsa (parole raccolte nel salotto della signora del Chierico), ma forse era meglio così, in un posto dove contare fino a dieci prima di dire una parola era sempre una buona soluzione. La Fallai era brava, prendeva decisioni rapide e parlava quattro lingue, sempre molto chiaramente e a tempo debito, usava con disinvoltura espressioni come "ecosostenibilità", "panel", "team building", "primo volo per New York" e aveva una figlia di tredici anni di nome Maria Giovanna, che portava il suo cognome e dei cui disegni di bambina era tappezzato il suo ufficio. Assertrice del profilo basso, la Fallai non esibiva in nessun modo le numerose fotografie che la ritraevano accanto a capi di stato, artisti e rockstar, ma tutti conoscevano quelle foto. Dell'età dell'arroganza le restava soltanto il vizio, come un tic nervoso, di dire "lo so" qualunque frase le venisse rivolta.

La porta si socchiuse timidamente, lei finse di non accorgersene. Se ne restò così la porta, per una decina di secondi, retta da una mano titubante, poi si aprì: apparve a metà, in punta di piedi, Beppe Masina.

Lei finse di non averlo visto.

"Oh signora... disturbo?"

La donna sollevò gli occhi assumendo un'espressione meravigliata.

"Non ho sentito bussare," disse.

"Ho bussato."

"Non ho sentito bussare."

Masina tornò indietro, richiuse la porta, bussò.

"Lo so. Avanti Beppe, avanti."

Beppe fece di nuovo il suo ingresso tenendo davanti a sé, come uno scudo, l'involto di tela che lui e suo figlio avevano trovato nel sotterraneo.

"Che roba è?"

"Me lo dica lei."

La Fallai lo guardò dritto in faccia.

"Volevo dire, io non lo so, lei lo saprà meglio di me..."

L'involto fu aperto, delicatamente, e apparvero le due tavole.

"L'ho trovate..."

"Lo so."

"Pensi: nel doppio fondo d'un armadio, giù nell'interrato."

"Lo so. Chissà la polvere."

La Fallai esaminò le tavole. Poi guardò di nuovo il Masina, senza parlare. Poi le esaminò una seconda volta mettendole davanti alla finestra perché prendessero più luce. Lo smalto sulle unghie luccicò, invitante.

"Lei ci capisce qualcosa?"

"Francamente no," rispose, "a parte che sono conciate parecchio. Vecchie son vecchie però... mah..."

Lo guardò.

"Secondo te ne vale la pena?"

"Pena di che?"

"Uffa Masina..."

"E poi c'è la faccenda dell'acqua."

"Lo so. Ci mancava l'acqua. S'è asciugato almeno? Avete ripulito?"

"È una faccenda grossa. L'acqua filtra fra le pietre del basamento."

"Insomma ha ragione il cisposo Tarchi. Dissesto idrogeologico. Te che pensi?"

"Penso che la scoperta l'ho fatta io."

"Però..."

"E che quella è acqua d'Arno al cento per cento."

"E poi?"

"E poi che, se due e due fanno quattro, è successo qualcosa nelle viscere di Firenze, una specie di bestia, che ha rimesso in funzione che so, un canalino ma d'epoca antica, etrusco o romano. E questa cosa alla televisione gliela voglio raccontare io..."

S'interruppe vedendo lo sguardo della Tigre dritto su di lui.

"Perché, Masina, tutta questa fretta di andare in TV... Masina?"

"Perché se non mi moriva il babbo quando avevo tredici anni, io il giornalista avrei fatto, non lo spazzino..."

"Non sei uno spazzino. Se vuoi andare in TV, affari tuoi. Ti piace? Vacci. Ti suggerisco solo di parlare dopo avere verificato i fatti."

"Certamente."

"E di parlare solo dell'acqua. Non una parola, Masina, su queste tavole finché non saranno ripulite e valutate, intesi?"

"Intesi, però..."

"Tempo scaduto, Masina. Buona giornata."

"Oreste, sono la Loredana."

"Tigre, che sorpresa. Cenetta?"

"Anche, magari. Prima però c'è dell'altro. Qui all'interrato è stato trovato un involto. Ci sono due tavole disegnate. Sembrano molto antiche."

"Me le descrivi?"

"Di legno, piuttosto piccole tutte e due. Una è un po' sagomata da una parte, l'altra è bucata, mi pare..."

La donna si interruppe. Qualcosa era cambiato nel respiro dell'uomo, all'altro capo del filo, uno spavento si era introdotto, come una specie di grido senza suono, che mise spavento anche a lei.

"Pronto? Oreste?"

"Aspetta," disse l'uomo, con un filo di voce. "Dimmi bene. Bucata, hai detto?"

"Sì, e quell'altra..."

"Bucata? Sei sicura sicura? Arrivo subito."

Al momento della telefonata Oreste Marcucci, ordinario di Storia dell'arte moderna all'Università degli Studi di Firenze, si trovava nel proprio studio in istituto e, già in piedi e con la giacca sulle spalle, radunava i fogli con la lezione che avrebbe dovuto tenere di lì a dieci minuti, e che invece fu rinviata al giorno successivo perché dopo dieci minuti Marcucci si trovava già a bussare alla porta della sua amica ed ex fidanzata. La donna gli tese la mano, parlarono della lezione disertata, lei gli domandò se fosse tanto urgente, può darsi che lo sia, rispose.

Oreste Marcucci era un bell'uomo sui cinquant'anni, scriveva libri divulgativi, teneva una rubrica apprezzata su Sky Arte e godeva di un certo credito nei palazzi della politica. Dal punto di vista scientifico era tenuto più per erudito che per uomo veramente colto. Le sue posizioni riguardo la conservazione dei beni della città avevano suscitato il pubblico sorriso di molti, che a loro volta si accapigliavano finendo per sostenere o la sua stessa posizione o quella contraria. Il dilemma era quello di sempre: bloccare lo sviluppo della città per conservare a oltranza il suo patrimonio artistico – secondo il principio *meno si fa, meglio si fa* – oppure occuparsi dello sviluppo della città confidando che da esso sarebbe sorto il progetto vincente per la tutela del suo passato? Quelli del secondo partito venivano chiamati i modernisti, di cui Marcucci era, anche se a molti non piaceva, uno dei capifila. Ma tra i contendenti cominciava a farsi strada l'idea, terrorizzante, che alla fine di tutto la profezia di Joseph Goebbels, secondo cui l'Italia sarebbe dovuta diventare terra di camerieri (e receptionist), fosse destinata, in modo lento, inesorabile e per vie oscure, a realizzarsi. Perciò tutti, non meno oscuramente, attendevano – e specialmente a Firenze, la più pessimista tra tutte le città del mondo – una novità, una sorpresa, qualcosa di imprevisto che fosse capace di sospendere il moto precipitante della storia, il suo destino stabilito per sempre da tanti filosofi illuminati, secondo i quali il mondo procede verso la rovina e la scienza e la conoscenza non sono che argini capaci, al più, di ritardare il funesto cammino.

Marcucci svolse con cautela i sudici lembi di tessuto, diventando via via sempre più rosso. Sudava e deglutiva di continuo, e non voleva toccare le tavole, tenendo le dita frementi sospese a venti centimetri, sotto lo sguardo sorridente e preoccupato della sua amica.

"Che faccio?"

"Chiediti perché sei qui invece di essere a lezione."

Sollevò con enorme cautela la prima tavola solo per spostare la seconda e metterla al suo fianco, poi guardò la Fallai e cercò di dire qualcosa, ma dalla bocca gli uscì soltanto un filo d'aria.

"Pensi che potrò riavere la scrivania a tempi brevi?"

"Lori..."

"Dimmi."

"Ce l'avresti un bicchier d'acqua?"

Poco dopo la donna gli porgeva il bicchier d'acqua.

"Si può sapere..."

"No Loredanina mia, Loredanuccia, Lori, Lallina, no che non si può sapere, e nemmeno dire."

Bevve l'acqua tutta d'un fiato, poi si pulì la bocca con il dorso della mano.

"Ho avuto paura che mi venisse un colpo."

"Ora è passato?"

"No, che non è passato."

Qualcuno bussò e poi entrò senza aspettare il sì di Loredana. Era Martine, una modella belga.

"C'è qualcosa che mi vuoi dire, Martine?"

"Salutare. Parto per un nuovo servizio."

"Dove."
"South Africa."
La Fallai tenne fisso nel suo campo visivo il suo vecchio fidanzato, donnaiolo di fama. Anche durante la loro relazione ci furono alcuni episodi spiacevoli, sui quali lei sorvolò con stile tranne che sull'ultimo.
Ma questa volta, nonostante avesse fatto il suo ingresso una delle donne più belle del mondo, gli occhi di Oreste non si erano distolti dalle tavole, nemmeno per un istante.
La modella se ne andò salutando, contrariata.
"Allora? Oreste..."
"Loredana," disse, lentamente, levandosi dritto e togliendosi gli occhiali per guardarla bene, "ho il sospetto che questa sia una cosa troppo grande per me."
"Fammi capire. Sei o non sei un famoso storico dell'arte?"
"Non direi. Ma anche se lo fossi, credi: nessuno è abbastanza per questo."
"Per questo cosa?"
"Ti spiegherò tutto. Per ora ti prego, lascia che le tenga io per qualche giorno. Staranno al sicuro, te lo prometto. Almeno finché nessuno sa nulla."
"D'accordo," rispose lei, sospendendo per un istante la sua espressione di sicurezza.
"E mi raccomando: non una parola con nessuno per nessuna ragione al mondo. Hai capito? Non una parola."
Loredana vide il dito di lui perentorio, i suoi occhi febbricitanti e per un istante la sua sicurezza si incrinò, per un istante si sentì persa e giovane ed ebbe paura.
"E... e a quello che l'ha trovato?"
"Raccontagli una bugia. Roba di cent'anni fa, una copia, un esercizio maldestro d'accademia."
"Perché nasconderlo allora? Non è un esercizio d'accademia, vero?"

“No.”
“Allora che gli dico?”
“Non lo so. Digli che qualcuno provò a immaginare... ecco... a immaginare quello che... ma questa è roba del tardo Ottocento, digli così: del tardo Ottocento...”
“Ma?”
Marcucci strinse l’involto di tela sotto il braccio, poi guardò fisso la sua ex. Lei incrociò i due indici sulle labbra e li baciò due volte. Un bacio corse tra i due sulla porta. Nessuno parlò più della cenetta.

4. Ma gli dèi non dimenticano

Il bilocale in affitto dove viveva Oreste Marcucci, in via di Bellariva, durante il periodo delle lezioni (l’altra casa, quella di proprietà, era a Marignolle) tratteneva molte memorie. In quello stesso edificio era vissuto Mario Luzi, di cui Marcucci conservava l’immagine come di un santo. Ricordava di quando il grande poeta lo faceva giocare, bambino, e di quando, adolescente, era lui che lo andava a cercare per sentirlo parlare dell’arte fiorentina. Amava quel suo appartamento disadorno pieno di libri posati ovunque, pregno di un odore vecchio di sigaretta e di uomo solitario. Ricordava i maglioni pesanti, portati senza camicia quando era per casa.
Se non fosse stato per lui, pensava spesso. Ecco, si disse quella notte, ora la conclusione della frase era una conclusione nuova, inaspettata: se non fosse stato per lui e per le sue lezioni improvvisate sull’arte toscana, da Simone Martini a Ottone Rosai, io adesso non mi troverei, alle tre, a non saper più come si fa a dormire.
Erano le tre di notte. Per la seconda volta si alzò, infilò pantofole e vestaglia, poiché le notti cominciavano a rinfrescare e

i termosifoni non si sarebbero riaccesi che il venti di ottobre, e raggiunse la poltrona del suo studio. Seduto nel cono di luce di una grande lampada ad arco, dopo avere esitato per ore prese il quaderno e la penna stilografica già pronti sul tavolino in fianco e iniziò a scrivere:

Non so per quanto tempo mi sarà impossibile dormire. Paura, entusiasmo, felicità, orrore si sono impadroniti di me. Uno studioso di Storia dell'arte all'inizio della carriera, mentre si rompe la testa tra libri e musei e collezioni private e pievi romite, spera sempre di poter fare, un giorno, una scoperta sensazionale: un manoscritto inedito, un dipinto che si credeva perduto, o quantomeno di modificare l'attribuzione di un'opera famosa e poter dire: l'ha dipinta, l'ha scolpita il Tale. Poi passano gli anni e ci si accomoda, non senza un filo di sollievo, nel già saputo, nel già detto. Sono – qui lo posso dire – perlopiù il già saputo e il già detto a garantire carriere e visibilità.

Poi a qualcuno accade, quando meno vorrebbe che accadesse, di fare la scoperta sognata in gioventù non nel modo avventuroso sperato, forse in modo più dimesso, più casuale, ma anche più spaventoso.

Io adesso non so più chi sono. Stasera Loredana è venuta da me, dopo tanti anni. Dice di essersi innamorata di nuovo. È successo oggi, nel suo ufficio, mentre guardavo le tavole nel suo studio. Quella tua indifferenza, mi ha detto, quel tuo sguardo assorto... Abbiamo cenato, poi ci siamo spogliati ma tra noi non è successo nulla. Pensi ancora a quell'involto?, mi ha fatto. Non è un involto, le ho risposto. Alla fine mi ha detto grazie lo stesso e ora dorme, felice come dopo una notte di fuoco.

Ma la giornata è stata troppo indecifrabile, troppo spaventosa perché potessi pensare di risolverla in sesso.

Non è un gioco questo. Lo scrisse Giovanni Michelucci poco prima di morire che quelle tavole esistevano ancora, che non era-

no una leggenda: magari in qualche scantinato di biblioteca o di museo, nel canterano di qualche bisnonna, insomma da qualche parte, dimenticate da uomini e dèi, ma sempre e comunque qui, a Firenze. Se lo sentiva, disse, tutte le volte che passava davanti al Battistero.

Ma gli dèi non dimenticano, e alla fine hanno deciso di venire a far visita al sottoscritto, un modesto – diciamolo senza patemi, perché è così –, un modestissimo professore di Storia dell'arte, non certo un Settis, un Fumaroli. Un divulgatore, uno showman, questo sono. Nulla da spartire con un vero studioso. Cosa ho fatto di veramente importante? Chi guarda le mie trasmissioni qualche volta mi ringrazia, e io mi domando di cosa mai mi dovrebbe ringraziare. So perfettamente chi sono: o meglio, lo sapevo fino a una decina di ore fa. Poi mi sono trovato davanti queste due tavole.

Sono loro. Non possono essere che loro. Avrei bisogno di una conferma, ma al momento non posso consultarmi con nessuno. La mano mi trema, devo tenerla a freno. Ho tanta paura.

Sono le due tavole che ser Filippo Brunelleschi, il più grande architetto della storia, l'inventore del Rinascimento, disegnò con maestria immensa per studiare la prospettiva unica che ancora oggi porta il suo nome. Nessuna rivoluzione in tutta la Storia dell'arte è paragonabile a questa. Mi piace ripetere a me stesso, mi calma e insieme mi uccide il pensiero, che con queste due tavolette ser Filippo inaugurò non solo un'epoca nuova, ma inventò lo Spazio in cui viviamo, respiriamo, lavoriamo, amiamo e a nostra volta inventiamo cose nuove. In esso edifichiamo le nostre città, dividiamo il territorio, stabiliamo carte e mappe, studiamo il clima, la vegetazione, gli ecosistemi, e poi distruggiamo anche: e uccidiamo. È lo spazio delle nostre azioni, dei nostri scrupoli, delle nostre frodi, delle nostre strategie, ma anche di ogni nostra meraviglia. Da allora gli orizzonti sono diventati più grandi, i tramonti più gloriosi, le albe più dense e preziose, il mondo più sterminato che mai; e noi più piccoli ma anche più belli. Senza queste tavole non avremmo mai scoperto le leggi del volo, non esisterebbero gli aerei, non saremmo mai andati sulla Luna. La scienza della costruzione avrebbe prodotto capolavori, certo, ma si sarebbe mantenuta sul piano empirico. Galileo, Newton, Einstein, Le Corbusier sono debitori di questa scoperta.

E adesso quelle tavole sono qui, su questa scrivania, davanti ai miei occhi. Quella meglio conservata è la più importante dal punto di vista scientifico: è quadrata, la più piccola delle due, e riproduce il Battistero di San Giovanni Battista a lati invertiti. Ho voluto sistemarla anch'io davanti a uno specchio e poi, dopo aver riaperto il foro con la punta di uno spillo, vi ho appoggiato l'occhio, dietro, ho guardato e ho visto. Guardano ma non vedono, c'è scritto. Io ho visto. Finalmente i miei occhi hanno cominciato a vedere. Sull'immagine riflessa nello specchio ecco il Battistero, così come è e così come fu visto prima che esistesse. Ecco, disegnata come un prisma, la legge che governa i nostri occhi perché governa la natura stessa, tenendo insieme res cogitans *e* res extensa*, anima e corpo – prima che Cartesio li separasse.*

L'altra tavola è un po' più grande. Ho dovuto passare più volte il pennello per togliere una parte della polvere, ma la tavola ha bisogno di un intervento massiccio, e dio sa come e quando lo si potrà fare. Meglio che non ci pensi. In tutti i casi si riesce a distinguere piazza della Signoria com'era al tempo, con Palazzo Vecchio e la Loggia dei Lanzi. La tavola, come già si sapeva, è sagomata in alto: ser Filippo volle toglierle il cielo affinché, tenendola davanti a sé e sovrapponendola alla piazza reale, si potesse vedere la piazza disegnata confinare non con un cielo disegnato, ma con quello vero. D'ora in avanti il cielo vero non sarà più rappresentato se non come un cielo vuoto. All'uomo spetta di rappresentare lo spazio terreno, quello che si può conoscere, esaminare.

La soluzione è solo in apparenza funzionale alla scoperta scientifica. Ma non serve essere un luminare della scienza o anche solo della Storia dell'arte per capire che molte correnti di pensiero, talune sotterranee, senza accesso alle cattedre ufficiali, si intrecciavano e si districavano sotto gli occhi devoti di ser Filippo: questioni di confini, di giurisdizioni terrestri e celesti si ponevano all'uomo fiorentino (ossia all'Uomo) del primo Quattrocento. E non dico oltre.

Non porterò le tavole a chi di dovere per farne un nuovo, l'ennesimo, museo, per riempire le pagine dei supplementi, per moltiplicare le file dei turisti, per dare il via a un nuovo programmino di educazione all'arte per bambini: che è tutto il gioco che Firenze può reggere.

Non so cosa farò.

Mio padre amava molto Graham Greene e mi invitò a leggere i suoi romanzi. Alla fine ne lessi uno soltanto, perché mi piaceva il titolo, Il fattore umano. *Lo lessi a quindici anni ma qualcosa ricordo ancora. Il fattore umano è quella cosa che entra in una situazione definita, non importa come e da chi, e scombina tutti i giochi. È quel fattore che, poiché diminuisce il tasso di prevedibilità degli eventi, deve essere ridotto al minimo. Il protagonista lavora nei servizi segreti di Sua Maestà, però mentre si trova (mi pare) in missione in Sudafrica conosce una donna bantu e se ne innamora. Tutto comincia da lì. Nel romanzo, l'uomo si dimostra all'altezza della lotta contro il mondo che cerca di gettare il silenzio su di lui.*

Ma, per quanto bello, è solo un romanzo ottimista, e io sono un fiorentino; l'ottimismo non si addice alla mia razza. Quanto a me, non saprei come lottare: ho già dimenticato chi sono, se mai sono stato qualcosa.

5. Una cena difficile da digerire

"Vi dico che era acqua d'Arno, io la conosco meglio di chiunque altro. M'avevano mandato al Palazzo C. per un sopralluogo: un piccolo allagamento, cinque centimetri, poca roba, ma cinque centimetri d'Arno, mi caschino tutt'e due gli occhi. Allora sposto un armadiaccio pieno di carta, e perciò pesantissimo, perché la carta pesa, e dietro cosa trovo? L'uscita di un condotto, un canalino, sa dio che cosa, faccio tra me, perché qui di tubi non ce n'è uno. E io l'ho capito subito subito: qui, mi son detto, ci dev'essere stato qualche movimento strano del terreno, giù in profondità, anche se di lavori da quelle parti non ho sentito parlare, però magari zitto zitto qualcuno ha scavato, chi lo sa. Insomma, fatto sta, mi dico, che qualcosa è successo, e che questo qualcosa deve avere rimesso in funzione un condotto, ma vecchio," diceva, una mano alzata a segnare infinite lontananze, "vecchio vecchio vecchio... Poi si sa, sono arrivati tutti, però la scoperta l'ho fatta io, coll'aiuto del mio figliolo grande, Lorenzo. Pensi tra l'altro," gli scappò, mentre era al colmo della soddisfazione, "che quell'armadio aveva un doppio fondo, segno che di segreti perlomeno a Firenze ce n'è sempre stati tanti."

"Avete trovato qualcosa in quel doppio fondo?" domandava, per decine di volte, lo stesso giornalista, sui diversi canali TV.

Un lampo di resipiscenza si moltiplicava allora, dissimulato ma non impercettibile, sulla bocca di Beppe Masina, che per decine di volte rispondeva:

"Cose senza importanza. Incartamenti."

"Che fine hanno fatto quegli incartamenti?"

"Atti di compravendita. Li ho messi insieme a tutti gli altri."

"Forse era stato separato perché conteneva una frode?" insisteva il giornalista, in cerca di scoop.

"È probabile, sì," rispondeva distratto il Masina, mentre sollevava la testa verso la voce di una donna non inquadrata.

"Forse un giallo che emerge dal passato?"

"Grazie."

La faccia di Beppe cominciò ad apparire prima su TeleFirenze, verso la tarda mattinata del giorno dopo, poi via via sulle reti maggiori, fino a meritare un cammeo nelle edizioni serali di alcuni TG Rai e Mediaset. Quanto alle ultime parole del manutentore, quelle riguardanti il doppio fondo dell'armadio, figlie di un'euforia trattenuta ma che la televisione riusciva a rivelare, perché questo era sempre stato il lato fastidioso della TV, esse acquistarono diversi significati a seconda del tono generale del TG e della posizione del servizio in scaletta. Sul TG2 quella frase, *è probabile*, incorniciava a dovere una divertente curiosità, che il giornalista comunicava al pubblico in modo si sarebbe detto naturale, mentre su Sky lo stesso giornalista, con le stesse parole, sembrava indirizzare l'attenzione generale sui pericoli di un dissesto idrogeologico.

Differente fu il caso del TG1, dove la redazione, forse più sensibile alle infinite lingue del video, ospitò, non si sa per quali vie, l'opinione di un eminente storico dell'arte il quale, intervistato dopo la messa in onda delle parole di Beppe, espresse, in risposta a nessuna domanda, l'auspicio che si smettesse di parlare una volta per tutte di scoperte sensazionali e di storie gialle custodite dalle viscere del sottosuolo e si pensasse piuttosto a rendere più impermeabile *il* sottosuolo. Tutto quello che si poteva trovare, disse, stizzito, era già stato trovato, non c'erano documenti preziosi in nessun armadio. Ma anche a lui scappò una frase di troppo, a intervista conclusa ma a microfoni accesi.

"E comunque, il Michelucci l'ho letto anch'io."

Sarebbe potuta essere, quella, una giornata di gloria per Beppe Masina, invece ci fu un intoppo, subito, all'inizio.

Uscito di casa verso le sette, in canottiera e calzoncini corti, fece il giro dell'edificio e attraversò l'orticello profumato di piante di pomodoro cariche di frutti acerbi per raggiungere il box che si trovava dietro, addossato alla rete che separava la sua proprietà da quella di una scuola elementare. La casa era situata in mezzo a un quartiere non bello ma tranquillo, appena fuori Firenze, in direzione di Pisa, non lontano dall'Arno. Nelle sere d'estate gli alberi da frutto delle case vicine, e i salici e gli aceri platanoidi della scuola offrivano il fresco desiderato: allora si prendevano dal box le sedie e il tavolino pieghevole e un paio di sdraio e con un bicchiere di Coca-Cola o di birra c'era tutto quello che serviva. Beppe non aveva avuto una vita molto lineare, tuttavia amava il retro della sua casa, con la sua ghiaia, e sognava la pensione e il riposo, come tutti.

Ma quando arrivò a una decina di metri dal box si accorse che qualcosa non andava.

Chi l'aveva lasciato aperto durante la notte? Antonio, il secondogenito, quello bravo, il cocco di mamma? No, ahimè: piuttosto Renzino. Quello non ha la forza di imparare un cazzo, pensò, e cupe immagini senza corpo lo attraversarono. Quello al Colosseo è nato, grugnì. Quante volte gliel'ho ripetuto: piglia motorino, macchina, piglia quello che ti pare, ma primo, a casa entro mezzanotte, e secondo, tutto a posto, le chiavi sul tavolo. Mille euro ci gioco, che ha bevuto. E no, bere non si può. Se dici che stai alle regole, allora cazzo stai alle regole. Poi l'aggiusto io.

Man mano però che si avvicinava al box, un odore acuto e sgradevole lo obbligava a mettere in dubbio le sue parole. Aprì del tutto il portone e il fetore lo invase come una vampa calda, insieme con uno stuolo di mosche infastidite. Si fermò, si mise le mani sui fianchi e osservò, meditabondo, lo spettacolo.

"Oddio, e dove sono andati a prenderla?"

Il motorino e l'auto, una Polo acquistata soltanto un anno prima, erano completamente imbrattati di merda. Il lavoro è stato fatto con cura, pensò. La merda era stata spalmata in modo uniforme, e in abbondanza, su tutta la superficie dell'auto, e specialmente sulle maniglie e sui tergicristalli. Fanali, paraurti, cerchioni, parabrezza, manubrio erano del tutto invisibili. Un lavoro di cazzuola, da muratore, da stuccatore.

Beppe rientrò in casa proprio nel momento in cui la sua intervista, registrata la sera prima, andava in onda su TeleFirenze, e sua moglie e i ragazzi lanciavano grida di esultanza miste a parole di benevolo scherno.

"Certo babbo che telegenico proprio non sei mai stato," annunciò Renzo, vedendolo sulla porta.

"Ma no, che dici," lo riprese la moglie. "Sei stato bravissimo, Beppe."

Intanto TeleFirenze era passata ad altre notizie.

Beppe scosse la testa.

"Bravissimo una sega, boia cane..."

"Che c'è?" disse la signora, scattando in piedi.

"Lascialo perdere, fa la prima donna, non lo vedi?"

"M'è successa una cosa."

Un minuto più tardi tutta la famiglia stazionava davanti al box spalancato. La signora non si dava pace, non capiva, si torceva le mani, mentre Beppe ripeteva *perché proprio a me?* e intanto precipitava in un abisso fatto di *dovrei sapere*, di *lui lo sa ma non me lo dirà*, di *se fosse per quelle parole*, e ancora di *ma allora cosa avrei dovuto*, di *sarà finita qui?* e poi anche di *io sono un brav'uomo* – quest'ultima ripetuta allo sfinimento perché alla fine questo pensava di sé Beppe Masina: di essere un galantuomo. *Ho sempre cercato di essere giusto* – sì, un uomo giusto, che solo per uno stupido fraintendimento poteva ritrovarsi coperto di merda a questo modo, per un equivoco che si sarebbe presto chiarito – ma, s'intende, niente richieste di risarcimento, questo no: avrebbe rimesso tutto a posto, in silenzio, e poi chissà che tutte queste parole che gli frullavano in testa da sole non fossero che una fantasia nata da uno scrupolo, perché lui era sempre stato un uomo scrupoloso, e anche Lorenzo lo sarebbe diventato.

"Guarda, guarda qui che roba," diceva il figlio maggiore, quasi ammirato, "io non avrei saputo fare di meglio."

Lorenzo aveva frequentato l'Istituto d'Arte.

"Lavoro di spatola."

"Qualche vecchio compagno?" disse Antonio.
"Non ci proverebbe mai," rispose.
"La sella, il manubrio, i fanali... guarda che schifo... pensate che tornerà tutto come prima?"
"No, Antonino, per tornare torna..." disse il padre, emergendo dal proprio dilemma interiore e invisibile, come se quelle parole ne fossero la conclusione.
"Ma il puzzo? Quello hai voglia..."
"Che brutta faccenda, ragazzi. Chi può essere stato?"
Lorenzo si volse e sorrise.
"Renzino. Hai per caso fatto a botte?"
Lorenzo guardò sua madre.
"Dicevo per ipotesi..."
Un anno prima Renzo, all'ultimo anno dell'Istituto, era stato sospeso tre giorni per aver dato un ceffone alla sua ragazza (poi ex ragazza) sorpresa e fotografata mentre si baciava con un altro ragazzo. Lei era finita al pronto soccorso.
"Chi può essere allora? Antonio, ne sai nulla?"
"Mi conosci, mamma."
La donna volse lo sguardo su Lorenzo, poi su Antonio, infine sul marito, che visibilmente, di nuovo, non era lì ma chissà dove, a parlare con chi, e muoveva le labbra che però tremavano tutte, come per una paura rabbiosa difficile da inquadrare, e senza lasciar trapelare nessuna parola.
"Io," disse la donna, "non lo so più chi conosco e chi non conosco."
In quel momento Beppe tornò sulla terra.
"Questa non la capisco. In tutti i modi, è uno scherzo: uno scherzo da ragazzi. Forza, figlioli, riempiamo i secchi coll'acqua calda. La pulitura tocca a noi."
Per tutta quella giornata Beppe Masina ricevette messaggi e telefonate di felicitazioni per l'improvvisa notorietà. Tutti avevano qualche commento da fare sulla sua apparizione in TV,

alcuni amici e amiche che non lo vedevano da tempo gli fecero i complimenti per la forma fisica, altri – quelli di più vecchia data – lodarono l'immutata parlantina, come sui banchi di scuola. Beppe si rincuorò, a certi elogi sfoderò vecchi rimpianti sopiti, desideri di gioventù, come quello di diventare giornalista. Sapere rende liberi, *macht frei*. Ancora oggi, passati i sessant'anni, Beppe Masina acquistava tutti i giorni i suoi bravi due, tre quotidiani, completi di inserti anche librari, e commentava non solo le notizie ma il modo in cui erano state date, e i titoli, e gli occhielli, e i catenacci, e la posizione del pezzo in pagina, e non mancava di commentare uno strillo infelice, o l'imperdonabile strascichio romanesco di un intervistatore TV.

Nel frattempo, automobile e motorino erano stati puliti e ripuliti, nasi sopraffini si erano avventurati sulla sella, sui freni e nelle cerniere delle porte per verificare la bontà del risultato. La merda è come l'amore, disse uno: secca e svapora alla svelta. L'uomo dell'autolavaggio fu pagato e ringraziato. Di tanto in tanto, mentre l'acqua delle canne schizzava felice sulle lamiere, scintillando nel sole chiaro di settembre e andando ad alimentare le pozzanghere ormai quasi secche delle passate piogge, Beppe si domandava quale mente potesse avere generato uno scherzo come quello. Una volta, però, che auto e moto furono restituite alla pulizia originaria (con una lieve permanenza olfattiva destinata, garantirono, a sparire: più in fretta se si tenevano all'aperto) anche le domande si sciolsero, sarà stato qualche bischero, pensò, e sentiva che era facile fermarsi lì, ragion per cui quella sera andò a letto persuaso di potersi addormentare in un baleno.

Invece, non appena spenta la luce, ecco, come fosse stata in attesa dietro una porta, tutta una fila di pensieri che aspettavano solo di essere pensati.

Poteva essere stato per via dell'intervista? Ma se a quell'ora l'intervista non era ancora stata trasmessa...

Qualcuno di TeleFirenze, allora? Ecco una scemenza. No, dio bonino, grugnì, è stato qualche imbecille colla voglia di fare scherzi alla gente. E così dicendo si girava, determinato a chiudere la giornata una volta per tutte.

Ma le ipotesi continuavano a nascere da sole nella sua testa, senza il suo permesso. E se, mettiamo, il direttore di TeleFirenze avesse parlato della faccenda con uno... o qualche altro giornalista invidioso... Tutte baggianate, e io sto a fasciarmi la testa per una baggianata. Pensa piuttosto a tutti quelli che t'hanno visto, alle lodi...

Già: e allora quelli che non t'hanno chiamato?

Enumerò tutti i conoscenti che non lo avevano chiamato, pur avendo visto o sentito parlare dell'intervista. Ma intanto sentiva che la cosa a cui doveva prestare attenzione gli sfuggiva, continuava a provare vergogna e paura e sentiva di sapere anche perché, ma questo perché non si lasciava raggiungere, scappava via.

La mattina dopo Beppe rifiutò il caffè che la moglie gli porgeva, al tavolo di cucina.

"Niente caffè oggi, Marisa."

"Ti senti male?"

"Sta' zitta, non ho chiuso occhio."

"T'ho sentito russare."

"Sarà stato un momento."

Marisa lo guardò, interdetta.

"Che c'è da guardare?"

"Nulla."

Volse la schiena alla moglie, per un moto improvviso. Gli era tornato in mente un sogno di quella notte. C'era un uomo che gridava. Adesso gli sembrava di riconoscere, al ricordo, l'identità dello sconosciuto.

La moglie vide che scuoteva la testa.

"Ieri sera devo avere mangiato qualcosa che m'ha dato noia."

"Riso bollito e verdure?"
"Ci ho aggiunto un po' di quel sugo che c'è in frigo."
L'uomo che gridava ero io, pensò.
Marisa aprì il frigorifero.
"Questo?"
"È scaduto?"
"Hai paura di morire?"
"Mi sa di sì."
"Scade tra un anno."
"Guarda gli ingredienti."
"Estratto di pomodoro, olio d'oliva, origano, sale, cipolla, conservanti..."
"Cipolla, ecco. L'ho masticata tutta notte. Ce l'abbiamo un po' di effervescente?"
"Non ti farebbe meglio una limonata calda?"
"Dio mio. Ho la bocca tutta impastata."
La moglie gli andò sotto il viso per guardarlo bene, ma lui si volse di nuovo, disse che aveva il mal di testa.

6. Un bellissimo venerdì di settembre

Quella stessa sera, in piazza degli Ottaviani, l'ing. Lombardi cenava in compagnia del suo amico ritrovato, il cav. Filippo Landi. Quest'uomo era un perfetto self-made man e la sua storia era in parte sconosciuta ai più. Il suo cruccio era la figlia di nome Giulia, ragazza molto bella ma non sempre fortunata, storie sempre troppo complicate e una certa tendenza alla melanconia.

Era un figlio della guerra. Suo padre era morto (sembra) a Cassino e non aveva ricevuto sepoltura. Crebbe in Val di Pesa. Di sua madre, Landi ricordava l'aria trasognata, lo sguardo ostinatamente gettato al di là dei vetri, l'ago che affondava sempre nella stessa giacca, l'odore di disinfettante, le lacrime e i baci di alcune signore. Del suo padre adottivo ricordava la rassegnazione, la testa che gli dondolava in un perenne no.

Poco più che ventenne era addetto alle pulizie presso la sede di una banca dove in seguito, grazie a un diploma di ragioneria preso come privatista, venne assunto come impiegato. Sui trenta, eccolo segretario di direzione del più antico ospedale della città, di cui a quaranta sarà direttore generale. In quegli stessi anni ottenne la laurea in Scienze politiche presso la facoltà "Cesare Alfieri" con una tesi in storia politica sul periodo tra la morte di Robespierre e il Direttorio.

Di quello che sarebbe diventato poi erano piene le cronache cittadine dal giorno della sua prima elezione a sindaco di Firenze. Poi, al culmine del prestigio, d'un tratto si era ritirato a vita privata nel borgo di San Michele a Monteripaldi, a poco più di un chilometro dall'abitazione dell'ingegnere.

Erano viuzze poco frequentate, adatte al passeggio. Ciò nonostante, per vent'anni i due non si erano mai incontrati, nemmeno per combinazione, benché la loro amicizia fosse antica, nata e cresciuta negli anni dell'oscurità, quando non erano che adolescenti acerbi, amanti della pesca nella Pesa e nella Sieve, della vita di campagna e dell'orgoglio cittadino. Dopo tanto tempo l'ingegnere non ricordava bene se Filippo fosse o no il suo vero nome, dato che in quegli anni felici di sogni in costume e di giuramenti validi anche nell'oltretomba i due amici si rivolgevano l'un l'altro con l'appellativo di "Bargello" (Landi) e "Torrigiano" (l'ingegnere).

Poi il destino li allontanò senza nessuno screzio o dissapore degno di nota. Vi fu qualche raro biglietto di felicitazioni. Landi visse tre anni a Londra, ebbe un tumore al colon e ne guarì; Lombardi andava spesso, e per mesi, a Buenos Aires, e ne tornava rosso in faccia, e una volta, proprio il giorno dopo il rientro, ebbe un infarto. In questa occasione il biglietto di Landi ebbe una risposta, la mano ancora tremante: quando la vita si protrae oltre il lecito, Bargello, è difficile essere sempre felici e contenti. Mentre lo scriveva, l'ingegnere sorrideva.

Quella sera ser Filippo non era meno elegante del suo commensale, ma era più alto e secco di lui e prediligeva i tre bottoni, grigio scuro, a differenza del doppiopetto argentato che era il distintivo dell'ingegnere. Alcune passioni comuni avevano forse permesso all'amicizia di ardere sotto la cenere fredda: le automobili sportive, le donne più giovani, l'odio per la Juventus (la "Giuve"), le vacanze in luoghi remoti, i frigobar.

La conversazione a tavola si mantenne per quasi un'ora su questo genere di argomenti e sui dilemmi che ne nascevano: Porsche o Ferrari?, culo o poppe? Lo scopo dell'incontro era un altro, questo si sapeva, ma non era detto che se ne dovesse parlare: per certe cose basta vedersi, salutarsi. Il brindisi alla ritrovata amicizia fu ripetuto davanti alla bistecca e davanti al conto: era una sera speciale e sulle prescrizioni del medico si poteva chiudere un occhio.

Fu Landi a tastare il terreno, pronto a tornare subito sui suoi passi.

"Arturo, dimmi una cosa."

"Arturo?"

"Torrigiano."

"Bene."

"L'hai visto il servizio su TeleFirenze? Io l'ho conosciuto, quello."

"Beppe Masina? Lavora per me da anni. Ha sempre avuto la fissa della televisione."

"Lavora per te. Bene."

Landi tossì e all'ingegnere sembrò che stesse per dire qualcosa ma poi ci avesse ripensato.

"E ora come continua la storia?"

"Se è davvero roba etrusca, come penso, ci si diverte. Firenze rivomita tutta la sua storia, si direbbe che non tiene più nulla in corpo."

L'ingegnere preferì cambiare argomento. Si lamentò delle Belle Arti: già da quindici anni avrebbe voluto vendere la villa di Pian dei Giullari, ma le Belle Arti... C'era sempre un ma. Il FAI ci aveva aperto un museino da cinque visitatori al giorno, tutti americani e giapponesi, di recente qualche cinese. A chi importava qualcosa del Cinque e Seicento fiorentino? Il pezzo più famoso era una Madonna attribuita (attribuita) a Fra Bartolomeo, gli altri nomi erano terreno per gli storici: Francesco Curradi, Matteo Rosselli, il Volterrano, Giovanni Camillo Sagrestani e altri come questi, grandi artisti forse, ma alla fine tutti carneadi. Gli è mancato il *markétting*, rise l'ingegnere. Era probabile che nessun vero fiorentino avesse mai messo piede nella villa, tranne per qualche cena informale, fortuna che la storia di Firenze continuava a essere studiata: sì, a Chicago, a Pechino, a Sydney. Ma lui si sarebbe vendicato, avrebbe fatto dono della sua villa all'UNESCO – a questo scopo era già stato a Parigi, tutto definito, sarebbe diventata la loro sede estiva: allora li voleva vedere, quelli delle Belle Arti, se gli avrebbero rotto ancora i coglioni col canale etrusco.

"D'accordo, Torrigiano," lo interruppe il Landi. "Ma di quello strano involto che mi dici?"

"Che mi frega dell'involto?"

Landi avvertì nel tono della risposta una certa fretta.

"E se fosse una cosa importante? Una scoperta sensazionale?"

"Bargello: che mi frega?"

"È la tua parola definitiva?"

L'ingegnere non rispose, il suo sguardo si spingeva oltre il commensale, precisamente sopra la sua spalla. Qualcosa, forse una luce d'automobile passata in fretta dietro la vetrina, o una voce catturata sull'uscio, o una faccia intravista appena lì, fuori, sulla strada, lo aveva attratto, come la risposta attesa a una domanda che lo inquietava.

Poi, riscuotendosi, guardò il suo vecchio amico.

"Mi dici dove l'hai sentita la storia dell'involto? Beppe non ha detto quasi nulla."

"In televisione no, ma fuori, a quelli di TeleFirenze."

"Ah, ho capito. Sì, lo sapevo. A ogni modo, tutti i giorni si fanno scoperte più o meno sensazionali, e se non mi sbaglio il mondo va sempre peggio."

Di nuovo lo sguardo dell'ingegnere scappò sopra la spalla dell'amico, perdendo all'improvviso tutta la sua proverbiale astuzia e facendosi quasi bambino.

"C'è stata l'intervista a quello storico francese, sulla Rai. Hai visto come si agitava: *c'est pas possible, c'est pas possible.* Possibile cosa? Il giornalista non aveva detto nulla. Cosa gli era saltato in mente, a quell'uomo? L'hai visto com'era conciato? M'hanno detto che ha un cancro al fegato all'ultimo stadio. Che voce aveva sentito? Hai visto con quanta pena ha cercato di sorridere?"

"Brunelleschi," troncò l'ingegnere, sottovoce, un po' stizzito. "Qualche imbecille ha detto che potrebbero essere le tavole del Brunelleschi, quelle famose. S'è sempre detto che devono esserci da qualche parte a Firenze, ma è una leggenda. Quell'uomo sperava, ecco tutto. Ma essendo un grande studioso sapeva che è impossibile. Ho letto qualcosa di suo su Firenze: pagine splendide, ma per lui Brunelleschi restava una specie di divinità."

Tacque per un momento.

"Sì, ma tutta questa faccenda," riprese, "che c'entra con Brunelleschi? Al massimo sarà la copia di una copia di qualche fantasticheria. Hai idea di quanti falsi son stati fatti?"

"A sentire te sembra che la falsificazione sia la legge del mondo."

"Perché? Ne esiste un'altra?"

Fu in quell'istante, e cioè al momento dei soprabiti e degli ultimi sorrisi, che il telefono dell'ing. Lombardi si mise a squillare. L'ingegnere frugò a lungo in tutte le tasche, alla fine lo trovò. Era il suo AD, Paolo del Chierico, che con un lungo, confuso, precipitoso monologo, senza possibilità d'interruzione, gli annunciava qualcosa di così orribile che nemmeno riusciva a dargli un nome. Di tanto in tanto l'ingegnere cercava di sollecitarlo, *vieni al punto*, *mi vuoi dire in buona sostanza*, ma restava inascoltato, perché l'angoscia di quel giovane stupido si agitava come in un mare torbido in cerca delle parole più semplici, quelle che non si potevano pronunciare.

Poi le parole finirono d'un tratto, nulla era stato detto, tutto era stato detto. L'ingegnere chiuse meccanicamente il telefono e rimase a sua volta in silenzio, a lungo, mentre il suo viso diventava sempre più bianco. Fece per rimettersi in tasca il telefono, non ci riuscì e quello cadde rimbalzando in terra, e lui ce lo lasciò.

Landi lo guardò senza osare formulare domande.

"E ora," disse l'ingegnere, "chi la manda avanti la baracca? Chi la manda avanti?"

"Che è successo?"

Lombardi prese l'amico per un braccio e lo scosse.

"Chi la manda avanti ora?"

C'era qualcosa di studiato, pensò Filippo Landi, nei modi dell'ingegnere. Un orrore misurato, una disperazione reale ma anche, forse senza volerlo, teatrale.

"La Fallai. La mia Tigre. Uccisa. Ammazzata. Ce l'avevo voluta io, lì. Era lei che mandava avanti tutta quella congrega di buchi di culo e di stronzi senza coglioni. E ora?"

Un sospetto avvampò i pensieri del Landi.

"Come l'hanno ammazzata?"

"Era in macchina, al volante, davanti al cancello di casa, in via di Villamagna, verso Rosano. Non le piaceva stare in città, io son contadina, diceva. Un colpo solo alla tempia, a bruciapelo."

"Alla tempia destra o sinistra?"
"Perché?"
"Destra o sinistra?"
"Sinistra."
"Il finestrino?"
"Aperto."
"Un conoscente."

Un'espressione di autentica sorpresa sorvolò la fronte dell'ingegnere, che ebbe un mezzo sorriso.

"Faceva bocchini favolosi."
"Per favore."
"Lascia stare, fa parte della stima. Povera Fallai, siamo tutti rovinati, che disastro..."

Nella vecchiaia Landi era diventato un grande lettore di gialli, dopo una vita in cui non ne aveva aperto nemmeno uno. Adesso lo rilassavano, diceva: letta una pagina hai già scordato la precedente. Li prediligeva in edizione tascabile, di autori poco noti. Deprecava il fatto che da qualche tempo tutti gli scrittori si fossero messi a scrivere gialli, però – a parte le copertine rigide – li capiva, era per lo stesso motivo che aveva spinto anche lui a leggerli, il bisogno che almeno nella fantasia ci fosse qualcuno che sbrogliava i fili.

Ma i fili, l'aveva detto già l'ispettore Ingravallo quasi un secolo prima, non si sbrogliano, e quando credi di averli sbrogliati è solo per scoprire qualche altro imbroglio, ancora più sordido. Almeno in sogno si poteva far finta di rinunciare alla difficile pietà che perfino l'orrore invoca. Lui lo sapeva, lui conosceva queste storie. A chi lo interrogava sulle sue preferenze letterarie, *no* diceva *la letteratura non c'entra*. Leggeva di preferenza la sera tardi, mentre il sonno già gli pesava sulle palpebre. A quell'ora scrittori personaggi e vicende si accavallavano, confondendosi nella sua testa senza nessun principio tassonomico, dando vita a un piacevole party pieno di detective, serial killer, truffatori, donne fatali, ispettori, doppiogiochisti, commissari, e di espressioni come "scena del crimine", "anatomopatologo" e "conosceva il suo aggressore". Tutto questo gli piaceva ma una volta, invitato a parlare al club del giallo alla biblioteca di Villa Bandini, rifiutò gentilmente, dicendo che non ne era all'altezza, che non aveva l'hobby del giallo, perché un hobby è solo un lavoro senza paga.

Ma Landi era anche un bravo psicologo, avendo basato tutta la sua luminosa carriera più sulla conoscenza empirica degli uomini che sui libri. Assisteva all'agitazione e alla collera del suo amico e intanto altri pensieri lo visitavano.

"Ma quale digestivo, ma quale digestivo, il conto!" diceva tutto fremente l'ingegnere, senza degnarlo di uno sguardo, al cameriere che cercava di aiutarlo a infilare il soprabito. Un'offerta per i clienti affezionati.

"Il resto, mi dia il resto."

"Il suo cellulare signore."

"Grazie. Il resto."

Davanti all'amico la collera si ricompose.

"Mi dispiace tanto anche per te, Filippo, sapessi com'ero contento di rivederti."

"Ero contento anch'io," rispose, il busto eretto, la testa leggermente tirata indietro per vedere meglio. "E mi dispiace tanto."

Sull'uscita, i due si strinsero la mano promettendo che non sarebbe passato tanto tempo prima che si rivedessero.

"Ho bisogno di qualcuno a cui dire certe cose che ho dentro," disse Lombardi.

Non ho bisogno di nessuno, tradusse d'istinto il Landi.

Si guardarono negli occhi per l'ultima volta prima di raggiungere i rispettivi taxi. Filippo cercò di catturarvi qualcosa, l'ingegnere cercò di nascondere. Ma fatti pochi passi l'ingegnere scoppiò a piangere e il Landi, che aveva già fatto qualche passo verso l'automobile in attesa, il fumo arrossato dalle luci posteriori, dovette tornare da lui e, dopo un breve indugio, cingergli le spalle, confortarlo. A Filippo sembrò, e fu la prima volta, che il suo amico soffrisse davvero. Poi la portiera della macchina dell'ingegnere fu aperta e i due amici si lanciarono l'un l'altro un pallido perplesso sorriso, sollevando una mano come per un antico saluto ripescato dalla memoria.

Erano le ventidue e cinquanta di un bellissimo venerdì fiorentino di settembre, il termometro segnava venti gradi centigradi, il centro della città era insolitamente affollato, il cielo era limpido e percorso dalle luci di diversi aerei, e le stelle non si vedevano a causa della bella, rinnovata illuminazione del centro e dei lungarni. A dispetto delle difficoltà che la città stava attraversando da diversi anni, quella sera via Tornabuoni, piazza della Signoria, il Duomo e il Battistero, Orsanmichele, via Strozzi e perfino piazza della Repubblica e via Cavour risplendevano della loro luce originaria, ora rinascimentale, ora trecentesca, ora sabauda, e invitavano alla calma, al passeggio pacifico. Le coppie giovani si avventuravano oltrarno, dove la luce è più fioca e dove ricompaiono le stelle, in via de' Bardi, lungo la costa di San Giorgio, su fino al Forte di Belvedere. Le rampe d'Oltrarno, tra ville e oliveti, erano accompagnate da muri gentili sormontati da cipressi che i fari degli invisibili giardini illuminavano dal basso, lanciandoli nella notte, simili a tante "i", e ora risuonavano di risate maliziose, di allegri rimbrotti, di miagolii.

In una sera come quella Loredana Fallai, detta la Tigre, feroce e geniale quanto generosa e ingenua, aveva concluso i suoi giorni. Lasciava un'azienda, la Dombey & Son, in salute ma piena di punti interrogativi sul futuro, e una figlia tredicenne; inoltre lasciava una fila di amori finiti male, di cui uno soltanto si sarebbe potuto dire grande, lasciava qualche concessione (ma sempre a ragion veduta) al potere, le fotografie della mamma morta e una stima generale, anche nel risentimento di alcuni, destinata a estinguersi molto lentamente. Tutti l'avrebbero rimpianta, in un modo o nell'altro: un anno dopo la sua morte, la grande sala di Palazzo C. le fu intitolata, però lei non c'era più, e per molti anni le indagini sulla sua morte non avrebbero prodotto nessun risultato.

Furono anni duri non soltanto per il grande mondo, per i mali di diversa natura che lo attraversarono, o per quello piccolo della moda e per l'azienda che la Fallai aveva condotto con tanta sagacia: furono anni duri anche per le tavole che Beppe Masina aveva trovato per caso e poi, ma non subito, consegnato a lei.

Qualcuno, poi più di qualcuno, poi tutto il mondo accademico seppe dov'erano finite quelle tavole: nelle mani dello storico dell'arte prof. Oreste Marcucci.

Ma stabilire dove fosse finito Oreste Marcucci, quali fossero i suoi itinerari, questo era molto più difficile, e se qualcuno lo seppe stette molto attento a tenere per sé questa informazione.

PARTE SECONDA

1.
L'OMBRA DEL BIG BANG

1. Lo stato delle cose

Quindici anni più tardi, seduta sugli scalini di un palco allestito in piazza Santissima Annunziata, Maria Giovanna Fallai mangiava il panino che si era portata da casa, ancora mezzo avvolto nel suo fazzoletto di carta di mais, stringendolo con i suoi guanti di lana verde salvia dai quali aveva sfilato le falangine.

Il telefono appoggiato su un'asse lì accanto si illuminava con insistenza. Lei gli dava un'occhiata e si rimetteva a mangiare, *Per dieci minuti per favore vi prego lasciatemi scollegata*, aveva detto a quelli, e quelli avevano risposto *Ok ci mancherebbe*, ma poi non rinunciavano a chiamare per qualunque necessità. Vide il nuovo nome sul display. Sono certa che saprai cavartela da solo, rispose mentalmente lasciando che lo squillo luminoso si esaurisse.

A ventinove anni il capo era lei, e stare cinque minuti senza il capo era diventata cosa dura. Non chiamatemi capostruttura, ve ne prego. Perché no? Perché le strutture mi opprimono, fate che è una mia nevrosi e chiudiamola. Grazie. Chiamino finché gli pare, pensò. Anche perché il panino se l'era preparato lei stessa con due fette di pane senza sale, pane serio fatto a San Piero a Sieve, di quello buono per la panzanella, e con mezz'etto di prosciutto crudo salato che la signora Lisa, vicina di casa a Villamagna, le portava tutte le settimane da Poggio a Caiano, nel pratese, dove viveva la mamma di quasi cent'anni. La sorpresa settimanale della sora Lisa, sempre la stessa da cinque anni: *Gni ho portato il prosciutto.* A Firenze le parole della campagna, i nomi dei borghi, le espressioni contadine (quando di contadini non ce n'era più nemmeno uno) circolavano ancora. Firenze poteva rinunciare all'Italia e al mondo ma non alla campagna, e questo soprattutto per via dei nomi, di cui la campagna era come il ricettacolo, il database. I nomi rendevano Firenze unica al mondo, bisognava salvarli.

Pensieri da pausa pranzo, vietati nell'orario di lavoro.

Maria Giovanna non pensava spesso alla mamma uccisa. Appena giunta alla maggiore età, dopo cinque anni di lacrime (altrui), solitudine ed eccessiva compassionevole protezione e ottuso affetto da parte degli zii, che non avendo avuto figli passavano metà del tempo a piangere la morte della cara Loredana, Maria Giovanna, Giò per i conoscenti più stretti e per i colleghi, aveva deciso che era tempo di diventare grande. Non si considerava una persona particolarmente coraggiosa, a differenza della mamma, che era anche una donna passionale. Maria Giovanna aveva sempre viceversa cercato, pur avendo anche lei le sue brave passioni, di non ascoltarle troppo e di mantenere una condotta il più possibile razionale. Riconosceva in sé uno spirito geometrico e qualche volta le dispiaceva. Una certa tendenza all'introspezione e il gusto della solitudine dovevano essere un'eredità del padre mai conosciuto, al quale Maria Giovanna pensava a volte, domandandosi che faccia avesse, se aveva molti capelli e come se li pettinava o se viceversa era calvo, se era alto, di che colore fossero i suoi occhi, che genere di camicie portava, la marca dell'orologio e se fumava – no, questo era sicuro, suo padre fumava, dita gialle, nessun dubbio.

Tra le qualità che tutti le riconoscevano, la prima era quella di non perdere quasi mai la calma. Le rare volte che la perdeva diventava ancora più fredda e lucida. Allora le parole le uscivano nette e dure, esatte fino alla cattiveria, e la verità, non più protetta dallo schermo della buona creanza, si faceva diretta, feroce. In quei momenti quasi nessuno pensava più che lei si trovasse a occupare quel posto solo per i sensi di colpa di un'intera città, che aveva permesso che sua madre (da molti indicata, ai tempi, addirittura come futuro sindaco di Firenze) venisse ammazzata come un cane. Lei viceversa ci aveva pensato tante volte: per concludere, tutte le volte, che erano solo sciocchezze. Nessuno l'aveva mai minacciata, e poi lavorava per una casa di moda, diosanto.

Vero è che la defunta aveva sempre avuto le sue idee circa la governance, come si diceva, della città. Secondo lei per guidare una città come Firenze ci voleva, per mettere insieme il suo labirinto, un sindaco pazzo, come lo era stato Giorgio La Pira: pazzo come Dio, che *se c'è è pazzo e se non c'è peggio per Firenze.*

Loredana Fallai credeva in Dio per disperazione. Sua figlia non era disperata e non credeva in Dio, però il progetto alla cui realizzazione stava dedicando da due anni e tre mesi quindici ore al giorno sabati inclusi le aveva insegnato, nelle brevi pause, a pensare anche cose nuove, mai pensate prima.

La sua posizione in tutta questa storia in qualche modo ce la obbligava: tutti i giorni la sua vita incrociava quella del sindaco, del questore, di parlamentari, per non parlare dei tanti artisti che non avrebbe mai sognato di poter incontrare, e che adesso con molta vergogna era costretta a trattare come vecchi amici.

*

E finalmente Loredana Fallai, seppure da morta, fu esaudita. Il sindaco pazzo ci fu, e così nacque *Big Bang Portrait*, il grandioso progetto dove Maria Giovanna lavorava come capo dell'Ufficio Comunicazione.

Nessuno poteva dire con certezza se la notizia del presunto ritrovamento delle tavole del Brunelleschi fosse all'origine di questa vampata d'orgoglio cittadino. In tutti i casi una testa a posto non l'avrebbe mai fatto: indire un concorso internazionale, a inviti (doveva essere stata la formula a inviti, che notoriamente eccita il senso di superiorità dissimulandolo, a persuadere i soliti litiganti), tra i dieci studi di architettura più prestigiosi al mondo per progettare la facciata incompiuta della basilica di San Lorenzo, capolavoro del Brunelleschi e tempio del Rinascimento in ogni sua fase. Lì ser Filippo aveva realizzato con Donatello la Sagrestia Vecchia, e ancora lì Michelangelo, da sempre ossessionato e innamorato di Brunelleschi, quasi un secolo dopo fece la Nuova con le sue quattro Allegorie. Di nuovo lì la Biblioteca Laurenziana aveva avuto, grazie allo stesso Michelangelo, il Vestibolo per antonomasia. Infine lì i Medici eressero il loro sontuoso, bizzarro sacrario. La facciata però non era mai stata realizzata, nonostante l'esistenza di un progetto nientemeno che di Michelangelo, e San Lorenzo continuava a presentarsi con il volto dimesso, senza rivestimento, al quale non tutti i fiorentini erano affezionati.

Ma Franco Nesi, sindaco di Firenze prossimo alla scadenza del mandato, era pazzo, ed essendo il primo cittadino volle immaginare, da pazzo in odore di congedo, un gioco planetario: non soltanto una giuria di esperti ma tutto il pianeta avrebbe decretato il vincitore del concorso, dalle sedi universitarie, dai teatri e dai musei dei cinque continenti. L'ultima parola però, quella della ratifica o della non ratifica, sarebbe toccata a Firenze. Così il Nesi aveva immaginato di poter riconciliare la città con quella storia che da sei secoli la teneva incarcerata psicologicamente e spiritualmente.

Il titolo fu escogitato dal team dei copywriter e degli addetti stampa e comunicazione per promuovere il progetto. Il Rinascimento fu o non fu quello che il nome prometteva, come se l'Universo rinascesse da capo? E benché a molti compreso il sindaco il titolo non piacesse, alla fine fu adottato lo stesso perché a nessuno venne un'idea migliore. La notizia rimbalzò fulminea in ogni angolo della Terra, attraverso tutti i canali possibili, e nel giro di poche settimane, tra finanziamenti ufficiali, sponsor, vendite dei diritti d'immagine, social e stampa, tutte le spese del progetto furono ripagate con prospettive di notevoli margini di guadagno nel futuro prossimo.

"Bene," disse il sindaco in giunta, a commento di questi dati. "Volete vedere che questa volta riusciamo a combinare qualcosa di nuovo in questa città?"

Si levò un mormorio, con parole di scontento, di preoccupazione, di disagio. Il Nesi guardava tutti sorridendo come avrebbe fatto qualche degno predecessore. Ma i suoi pensieri erano gravi.

Le dimensioni del progetto resero più contenuti i costi di produzione, come nelle calamità: la finanza riconobbe i propri doveri, il denaro rivelò di avere un'anima. Le grandi fondazioni si mostrarono generose e lungimiranti, gli ospiti più prestigiosi accettarono l'invito senza chiedere compensi, gli sponsor si gettarono a capofitto sull'iniziativa coprendo ogni possibile futura, anche remota, necessità. E se anche le infrastrutture erano insufficienti, bene, quello era il momento di rinnovare, di edificare, di infrangere i tabù.

L'ufficio organizzativo era assediato dalle richieste di agenzie che rappresentavano figure autorevoli del mondo culturale – musicisti innanzitutto, cantanti, danzatori, e poi attori, scrittori, registi, cardinali, premi Nobel, artisti visivi, astrofisici, neuroscienziati, guru della robotica –, molti dei quali già da tempo non mancavano, a ogni uscita pubblica, di indicare Big Bang Portrait come il progetto culturale che avrebbe segnato un'epoca e la costruzione della facciata di San Lorenzo come l'opera più importante del secolo.

Al concorso fu abbinato inizialmente un grande show internazionale, trasmesso da Firenze ma condotto da un'anziana Oprah Winfrey, dove gli studi di architettura invitati all'impresa si presentarono al grande pubblico. Sei mesi dopo, scaduto il termine per la presentazione delle proposte, una volta al mese veniva allestito uno show dedicato a uno dei progetti, trasmesso in diretta da piazza Santissima Annunziata, con ospiti celebri, giochi interattivi e splendide immagini in rendering.

A Firenze, annunciavano i comunicati stampa, non si parlava d'altro. Oppure si parlava in realtà di molte altre cose, ma nessuna di queste aveva la forza di finire sui magazine americani e cinesi, perciò avevano ragione gli uffici stampa. Un giovane filosofo augurò in diretta TV la morte a un sovrintendente che si era detto più che contrario all'iniziativa, e sempre in diretta un anziano critico nemico di ogni cambiamento schiaffeggiò uno storico dandogli della checca incompetente. I direttori di rete erano contenti, ci furono querele.

Il sindaco si divertiva a tenere alta la tensione e cercava di conservarla il più possibile, come si conserva una speranza segreta. Perché le cose importanti succedevano qui, a Firenze. Finalmente, per la prima volta dal XV secolo, succedevano proprio qui.

Ma proprio questo era l'argomento dei pensieri non confessati del sindaco. L'idea di aver costretto Firenze a un passo che non era capace di fare gli toglieva il sonno. La città, si domandava, era in grado, anche solo per un anno-uno, di tornare a misurarsi con la grandezza antica? Per il momento circolava molto entusiasmo, ma un anno era lungo. Nesi leggeva e rileggeva spesso un pamphlet che un'autorevole giornalista del *Guardian* aveva dedicato alla città. Parlava di nervi scoperti, descriveva Firenze come *necessaria al mondo* ma soffocata da un'economia precaria e ridotta a città studentesca, *una piccola Bologna.* (...) *Le città dove la storia di Firenze è più conosciuta,* scriveva, *oggi si chiamano Shanghai, Pechino, Tokyo, Seoul, Istanbul, New York, Chicago, Philadelphia, Cape Town. Il grande evento editoriale degli ultimi anni è la* Grande storia del Rinascimento *ad opera di un collettivo di studiosi cinesi che si fa chiamare "La Porta del Sole". Gli studiosi italiani, e specialmente fiorentini, non figurano da anni in nessuna seria bibliografia sull'argomento.*

Nonostante la sicurezza ostentata Nesi aveva paura, il successo momentaneo non permetteva illusioni sul futuro prossimo. E siccome non riusciva a dormire preparava mentalmente i suoi discorsi rassicuranti, ma intanto pensava: sei secoli di decadenza, sei secoli, come si fa a ribaltare sei secoli? Seicento anni?

L'inquietudine del sindaco si trasmetteva poi a tutta l'organizzazione dell'evento, come nel gioco della cascata di champagne. La sola che sembrava restarne immune era lei. Maria Giovanna Fallai, per tutti Giò.

*

Giò si pulì i calzoni dalle briciole del pane e si alzò per tornare alla postazione sotto la tenda verde. Era lì che lavorava, mangiava e a volte dormiva, insomma viveva.

Il telefono aveva suonato altre otto volte, sei delle quali portavano il nome di Dario, il suo social media manager. Era da mesi innamorato di lei nonostante i suoi no. Questa cosa la infastidiva. Segno di testardaggine, di ottusità e anche di una certa cattiveria, o meglio supponenza. Comunque, l'ultima volta aveva risposto che stava arrivando. Dario era di Padova. Un ragazzone lungo lungo, magro, dal pomo di Adamo molto pronunciato.

Una ragazza non può non guardare anche queste cose, pensava Giovanna, che era una persona seria. La testa oblunga, i capelli crespi, Dario non era esattamente un bel ragazzo, anche se il viso era bello. Le metteva tenerezza quel viso, e forse Dario se n'era accorto, scambiando la tenerezza per qualcos'altro. Ma gli occhi non erano belli.

Un filo sottile di paura l'aveva guidata negli anni, sposandosi al buon senso. Quella paura era stata il suo maestro interiore, e l'aveva plasmata fino a fare di lei ciò che tutti vedevano: una giovane altezzosa e solitaria. Una bella ragazza poco disposta a spartire il proprio mondo con qualcun altro.

2. *Un drago in incognito*

In quegli anni l'idea dominante un po' dovunque era che il mondo fosse una specie di enorme piazza piena di gente, circondata da enormi palazzi a loro volta pieni di gente affacciata ai balconi e alle finestre, dove tutti, dentro e fuori i palazzi, parlavano allo stesso tempo e alzando la voce più che potevano, e dove la preoccupazione di ciascuno era quella di restare dentro la piazza o alle finestre dei palazzi che si affacciavano sulla piazza e continuare a gridare, a gridare, senza smettere un momento, perché una volta usciti o gettati fuori dalla piazza si precipitava in un silenzio definitivo, in un fraintendimento generale senza scampo.

Sogni collettivi. La monumentale, documentatissima opera su Firenze citata dal pamphlet inglese e prodotta dal collettivo cinese "La Porta del Sole" comprendeva quattro grandi volumi storici, un'enciclopedia in altrettanti volumi, una splendida piattaforma multimediale, diversi siti web dedicati, cicli di conferenze in tutte le università del mondo divenute poi una serie Netflix, e gettava sulla città, fin dentro le sue viscere, uno sguardo che non sembrava quello di un occhio umano. Firenze in quell'opera non veniva analizzata, studiata, vivisezionata, passata ai raggi X o altro, no: veniva ricostruita pietra per pietra, chiodo per chiodo, rigenerata come se non fosse una realtà bensì un mirabolante software di simulazione da caricare sul più potente dei computer. Era una Firenze virtuale e insieme troppo reale, una Firenze totalmente fiorentina ma anche – in qualche modo – cinese, senza misteri di nessun genere.

L'opera era così perfetta da portare alla luce tutte le oscurità della città fino a renderla irriconoscibile. Consultarla era come sognare un luogo ben conosciuto da svegli (la propria casa, il proprio bagno, la propria famiglia), e vederlo in tutti i suoi minimi dettagli, ai limiti dell'invisibilità e dell'insignificanza e con una lucidità sconosciuta alla veglia.

Non solo: essa includeva anche questa ipotesi del sogno, di preciso nella grande introduzione, firmata da un importante poeta cinese, traduttore sublime di Dante, il quale insinuava l'ipotesi che Firenze stessa fosse nient'altro che il sogno di uomini di grande ingegno e di coraggio impareggiabile, e che sognarla fosse il solo modo di raggiungerne il cuore solitario.

Millimetri. L'opera conteneva anche diverse scoperte in merito ad artisti fiorentini ritenuti minori, la cui centralità poté essere messa in luce meglio che in passato grazie al lavoro minuzioso di decine di studiosi dal nome oscuro, che ricostruirono le fitte reti spaziotemporali nelle quali ciascun artista si trovava a pensare e operare. Era come se un esercito di droni – droni-elicottero, droni-aereo, droni-cane, droni-talpa, droni-mosca –, dopo aver sorvolato la città per fotografarne dall'alto ogni millimetro (i cinesi sembravano essere gli ultimi sulla Terra a sapere che l'Italia, a differenza del resto del mondo, si misurava in millimetri), si fosse poi introdotto nei musei, nelle chiese, nelle cappelle private, tra campane e campanili, nelle biblioteche, tra le pagine di volumi dimenticati da tutti, e poi ancora nelle abitazioni, nelle piccionaie e poi ancora sottoterra, dove la città rinascimentale diventava medievale, quella medievale romana, quella romana etrusca e quella etrusca cannibale.

Grande attenzione fu riservata anche alle condizioni presenti della città. Era convinzione degli illuminati robotici studiosi del Catai che ogni città fosse un organismo vivente, un drago in incognito con una sua pelle, un suo scheletro e un suo sistema nervoso, e che il suo passato continuasse a produrre nei decenni e nei secoli infiniti rivolgimenti, alcuni riconoscibili subito, altri molto tempo dopo, e quasi tutti non totalmente prevedibili. Forte scalpore produsse in città un articolo molto provocatorio, opera di uno dei direttori del progetto di ricerca e pubblicato su un quotidiano di Pechino e su un magazine online di New York, che poco mancava incolpasse Filippo Brunelleschi, Masaccio e Donatello del dissesto idrogeologico di cui Firenze soffriva. I fiorentini si indignarono per questa insolenza fino a fare un'interpellanza in Comune. L'autore dell'articolo rispose che quella "colpa" era da intendersi in senso metaforico, ma questo servì solo ad aumentare l'indignazione. Non ci furono altre risposte.

L'articolo incriminato menzionava il caso del canale etrusco scoperto quindici anni prima, nell'interrato del palazzo che ospitava la sede di una grande casa di moda, da un manutentore incaricato di scoprire le cause di un allagamento tanto inspiegabile quanto modesto. Oggi quell'interrato era il punto di partenza di un'interessante visita guidata nei labirinti della Firenze sotterranea, molto amata soprattutto dagli studenti universitari, dove s'incrociavano fognature, stanze segrete, celle carcerarie, vie di fuga di epoche differenti.

Ricordi spiacevoli. Molte pagine dell'opera cinese erano infine dedicate, con continui aggiornamenti, al giallo (non esistevano più misteri, ma solo gialli) delle due tavole brunelleschiane ritrovate e subito scomparse. Uno degli autori durante un'intervista sulla

TV cinese disse senza mezzi termini che a suo avviso l'omicidio di Loredana Fallai, rimasto irrisolto in quindici anni, si legava al reperimento delle due tavole e che molto probabilmente tutti sapevano questa cosa ma nessuno ne voleva parlare. Dimostrò nell'occasione una documentazione fuori dal comune ricordando a chi fingeva di averlo dimenticato, cioè a tutti, che la stessa persona che riferiva di aver scoperto le tavole, vale a dire Giuseppe "Beppe" Masina, due giorni dopo si era trovato il box con macchina e motorino completamente imbrattati di sterco.

L'intervista fu poi ritrasmessa su un canale Discovery.

Fu così che il volto intelligente del giovane studioso cinese si presentò in un pomeriggio uguale a tanti altri davanti agli occhi immobili di Beppe Masina. Dopo l'ictus che l'aveva colpito un paio d'anni prima, Masina era sulla via del ristabilimento ma ancora non riusciva né a camminare, tranne qualche passetto sottobraccio a moglie e figlio, né a parlare, e se ne stava tutto il giorno davanti alla TV con un cuscino dietro le spalle a guardare storie di garage svuotati, di container messi all'asta, vecchie automobili rinnovate, filiere industriali, serie TV, città del mondo. Ci voleva la moglie per capire quello che gli piaceva e quello che non gli piaceva. Per esempio gli piacevano le città dell'India, soprattutto Bangalore.

D'improvviso sua moglie, che sedeva nella cucina attigua, sentì una specie di flebile mugolio e corse nella stanza preparata al peggio. Vide il marito piegato in avanti, il respiro affannoso, la mano destra leggermente sollevata verso la TV, mentre sullo schermo correvano altre immagini.

"Oddio, Beppe, che succede?"

Una specie di angoscia si sollevava dalla testa e dal corpo dell'uomo senza trasmettersi agli occhi, che la fissavano con la solita espressione inespressiva ma loquace dei malati.

"Poggia qui le mani, bravo," disse amorevolmente prendendogliele e posandole, con tante carezze, sui braccioli.

"Ecco, così. Aspettami, che torno subito."

Dalla porta di cucina usciva il fumo del bollito. Era sabato e il giorno dopo i figli sarebbero venuti a pranzo, il più grande con moglie e bambini. Erano i primi di dicembre e come tutti gli anni era tempo di prove generali per i tortellini di Natale.

La signora Marisa versò due mestoli di brodo in una tazza, ci soffiò sopra e lo portò al marito perché ne bevesse qualche sorso. Armata di tovagliolo, mentre gli reggeva il mento con una mano e teneva la tazza con l'altra, lo aiutò a bere, e intanto canticchiava una canzone. Lentamente l'inquietudine dell'uomo si sciolse, un sospiro gli uscì dalle labbra umide.

Soltanto l'indomani la signora seppe dai figli che un cinese molto importante aveva fatto il nome del babbo alla televisione, dimostrando di conoscere perfettamente un fatto che tutti loro, per quindici anni, avevano cercato di dimenticare.

Qualcuno intanto, a Firenze, cominciava a sospettare che certi segreti stessero per tornare alla luce da soli. A pensarlo fu in realtà più d'uno, ma ciascuno giunse da sé a questa conclusione, perché quelli che pensarono queste cose non erano né amici tra loro né conoscenti ma solo osservatori, spettatori silenziosi, per conto proprio o d'altri.

3. La lettera

Quel giorno il cielo di Firenze era tutto bianco e il grande termometro della farmacia di via dei Servi, una strada quasi sempre in ombra, segnava otto gradi centigradi. La fronte dello Spedale degli Innocenti si sollevava di poco oltre la barriera mobile che separava il backstage dal resto della piazza. Il grande pianista Lang Lang camminava furioso tra i cavi e non voleva parlare con nessuno. La sua figura imponente, fasciata da un morbido lungo cappotto di cammello, si agitava andando qua e là senza posa. A ogni cambio di direzione le falde del cappotto si sollevavano lasciando intravedere un paio di calzoni larghi da jogging color blu scuro e le sneaker bianche. Il suo addetto stampa gli correva a fianco con in mano un tablet aperto sulla pagina che riportava tutti gli impegni di cui adesso l'artista si voleva liberare. Niente interviste, niente apparizioni in TV, forse addirittura niente concerto, a meno di un miracolo.

L'addetto stampa, che era molto basso di statura, saltellava per mostrare sul tablet ora e luogo di eventi ai quali avevano già accettato di partecipare. C'era una lunga intervista per il *Corriere della Sera*, poi una comparsata da ospite d'onore nel più importante salotto TV italiano senza nessun obbligo di suonare in diretta, infine cena con il sindaco e le altre autorità cittadine. Il giorno dopo, al mattino, lectio magistralis alla Luiss di Roma e a seguire colazione con il presidente della Repubblica. La sera, finalmente, concerto sul palco più prestigioso del mondo, talmente prestigioso da aver tolto prestigio a tutti gli altri: piazza Santissima Annunziata. Su quest'ultimo appuntamento Lang Lang si manteneva in forse, ma su tutti gli altri, compresa la "colazione all'Eliseo" (*Quirinale, sorry*), bene, su tutto il resto no, no.

"Ma dire di no non è possibile," piagnucolava l'addetto stampa.

Lang Lang, poco più che quarantenne, era da vent'anni il pianista più famoso del mondo, e forse della facciata della basilica di San Lorenzo non gl'importava molto. Ciò nonostante nel corso di un colloquio trasmesso da CNN tra lui e un celebre musicologo americano, alla domanda di questi circa la sua partecipazione al Big Bang Portrait, ebbe parole molto acute e personali a proposito di Firenze e del suo rapporto con la figura di Filippo Brunelleschi. In un passaggio della sua lunga e articolata risposta citò anche la scoperta delle leggi della prospettiva e disse che, a suo parere, né Galileo né Bach e in definitiva nemmeno lui stesso sarebbero mai esistiti senza le scoperte del grande genio fiorentino e del suo erede intellettuale, il genovese Leon Battista Alberti.

Tutto questo non raccontava di chissà quale amore di Lang Lang per il Rinascimento: testimoniava piuttosto la sua professionalità che lui stesso definiva maniacale, al limite della demenza. Poteva mettere in campo un intero staff e perfino mettersi a studiare per proprio conto qualsiasi materia, dall'antropologia alla zoologia, e questo per l'unica ragione che le star mondiali dovevano avere sempre una risposta sensata per qualunque domanda, anche fuori luogo. Non doveva esserci spazio per gli imprevisti: a quelli ci pensavano già Beethoven, Chopin, Rachmaninov e gli altri, tutti i giorni e tutte le sere.

Quel giorno però Lang Lang era particolarmente furioso. Il motivo della sua furia stava nel fatto che il governo cinese non aveva concesso il visto d'uscita al suo accordatore personale.

Maria Giovanna era sulla porta del prefabbricato che si trovava al centro del backstage quando sentì dalla voce disperata di Luigi, il suo capo ufficio stampa, la storia dell'accordatore. Intanto guardava perplessa questo suo diretto sottoposto presuntuoso ma molto bravo, che ripeteva istericamente *e adesso che si fa, e adesso che si fa*, senza riuscire a calmarsi.

Di tanto in tanto però la ragazza non rinunciava a lanciare un'occhiata incuriosita verso Lang Lang che camminava ora da solo su e giù a una cinquantina di metri dall'uscio dove si trovavano lei e Luigi. Questo cinese dal bel portamento e la fronte pensosa, angosciato ora per qualcosa che nessun ufficio stampa poteva comprendere, le toccava il cuore. Nemmeno lei sapeva perché. Quest'uomo baciato da tutte le fortune si sentiva perduto pur sapendo che un buon accordatore, anzi un eccellente accordatore si poteva trovare a Firenze nel giro di mezz'ora: ma si sentiva perduto, ecco, perché gli mancava qualcosa di *suo*, qualcosa di totalmente suo, qualcosa che non si poteva condividere con nessuno. Che cos'era?

Per qualche istante Giò non riuscì a pensare ad altro. Poi fu invasa da un imprevedibile sentimento di tenerezza. Non poteva comprendere quale segreto si portasse dietro quell'uomo in tutti i suoi viaggi, e cosa avesse a che fare l'accordatore con quel segreto; però sapeva che quel segreto esisteva, e questa cosa le pungeva il petto e le faceva male, e questo male la confortava.

"Ah, e poi c'è questa."

Giò provava un certo stupore per i pensieri che le erano venuti in testa. Quando mai li aveva pensati?

"C'è questa, ti dico."

Come avevano potuto nascerle dentro? Da quale seme potevano essersi sviluppati?

"È arrivata questa mattina."

"Che cos'è?"

"Aprila."

Luigi allungò la mano verso di lei e le dette una busta in carta riciclata: bianca, con una memoria di verde, o di blu. L'indirizzo era scritto in stampatello nero con una penna stilografica dalla punta sottile. Era una scrittura svelta ma elegante, di qualcuno ancora abituato a scrivere a mano, dunque una persona non giovane. Eppure quella mano che aveva scritto il suo nome le era sconosciuta. Era sicura di non avere mai visto quella grafia. Chi era questa persona che la conosceva?

Girò la busta, ma non vide nessun mittente. Il francobollo, a parte il numero 50, recava un ritratto sconosciuto circondato da parole scritte in un alfabeto sconosciuto. Iran? India? Thailandia?

Aprì la busta con un certo timore, agitata da un presentimento, e tirò fuori un foglio piegato in tre, lo spiegò e cominciò a leggere.

Maria Giovanna, voglio farti anzitutto i miei più vivi complimenti per la responsabilità che ti sei assunta in questa impresa che sono costretto a seguire di lontano, e di nascosto.

Di lontano, e di nascosto. E perché? E poi quella virgola, tanto simile a un precipizio…

Ho lasciato Firenze che eri ancora una bambina, o poco più. Eravamo amici, forse ricordi: quando venivo a trovare tua madre si giocava insieme a nascondino, a palla. Oggi non ho più nemmeno il nome di allora e parlo un'altra lingua, anzi diverse altre lingue. Eravamo familiari, mentre ora sono ridiventato uno sconosciuto.

Dio mio, e chi è?, si domandò, tutta allarmata. Girò in fretta il foglio e lo scorse giù fino alla firma in calce: *Oreste Marcucci.*

Oreste Marcucci? Ma sì, Oreste Marcucci!

Tutto cominciò a girarle intorno, tanto che si dovette afferrare al corrimano. Il social media manager che affacciato stava finendo la sua sigaretta e non la perdeva mai di vista gettò il mozzicone sotto la scala metallica del palco. Il mozzicone rotolò poi si perse in una connessura del pavimento della piazza. Non volendo mostrarsi troppo apprensivo Dario le si avvicinò cautamente. Giovanna si era ripresa e si lisciava il vestito, come se fosse caduta, anche se non era caduta. Lei lo vide, studiò un sorriso adatto per evitare un contatto eccessivo.

"Sto bene, sto bene. È solo un momento di stanchezza, Dario. Già passato."

"Ti posso aiutare?"

"Non c'è bisogno grazie, davvero."

"Sicura che sia stanchezza?"

"Non sono incinta, tranquillo."

Dario interpretò queste parole a suo modo e sorrise a sua volta. Giovanna si pentì di aver parlato così, poi sollevò le spalle.

"Forse un pezzettino di cioccolata."

"Te lo vado a prendere?"

"No, c'è una riunione tra poco. La… come si chiama…

l'Olga mi pare ce l'abbia sempre, della cioccolata. Sto bene, ci si vede dopo."

Dario guardava la lettera e avrebbe voluto chiedere chi gliel'aveva scritta. Si allontanò, scendendo la scala per raggiungere un prefabbricato adiacente e girandosi ogni tre passi per controllare qualcosa che non sapeva, come se la sua gelosia fosse scritta in quella lettera.

Giò restava in piedi sul pianerottolo in cima alla scaletta verdina, davanti all'ingresso del suo prefabbricato. Continuavano a uscire ed entrare persone, che la salutavano. Lei rispondeva con un cenno del capo e appena possibile si rimetteva a leggere.

Quando il flusso si diradò, si mise a sedere sugli scalini, le ginocchia strette. Dario la guardava da una finestra di fronte.

In quindici anni il nome di Oreste Marcucci era il solo uscito dalle rotative dei giornali e dagli uffici della questura come indiziato per l'assassinio di Loredana Fallai. Erano stati in molti a vederlo, quella sera, entrare a mani vuote nell'ufficio di lei e uscirne qualche minuto più tardi con qualcosa sotto il braccio, che prima non c'era.

Chi aveva incrociato la Fallai dopo quell'incontro aveva giurato di averla vista pallida e silenziosa, di averla sentita rispondere "Va bene, va bene" qualunque fosse il problema che le veniva sottoposto e questo non faceva parte del suo carattere, non era insomma la Fallai che tutti conoscevano. Più di un collega si domandò – così fu riferito agli inquirenti e messo a verbale – cosa fosse successo tra la donna e il suo ex amante.

Sulle prime tuttavia né l'allora questore cav. Andrea Puccioni né l'ispettore Francesco Pepi, incaricato delle indagini, collegò la morte della donna all'incartamento che Marcucci teneva sottobraccio mentre lasciava l'ufficio e si dirigeva verso l'uscita del palazzo, incrociando modelle, sarte, creativi. I primi sospetti caddero sì sul Marcucci, ma piuttosto per via della trascorsa relazione con la donna, anche se qualcuno osservò come tra i due si fosse mantenuta solo una garbata amicizia – e già, ma chi lo sapeva cosa viveva e s'infiammava sotto tutto quel garbo: non succede di continuo, un po' dappertutto? Il femminicidio non è all'ordine del giorno, e da vent'anni buoni? L'uomo, incapace di accettare la fine di una relazione, tormentato dall'idea che la ex si faccia scopare da altri uomini, e persuaso chissà come che la fine della relazione non annulli una specie di diritto di proprietà, ecco, comincia a tenerle dietro, la perseguita, la sfinisce di telefonate e di messaggi, e di lettere anonime fino ad arrivare a ucciderla: non accade sempre allo stesso modo, quale che sia l'area di provenienza dell'assassino, lo status sociale, il grado di cultura? Un celebre filosofo francese non strangolò forse sua moglie?

Tutto poi era cambiato alcune settimane dopo l'intervento scomposto di Beppe Masina a TeleFirenze. Una voce sconosciuta telefonò all'ispettore Pepi suggerendogli di *guardare e riguardare molto bene* quell'intervista, lasciando perdere l'allagamento dell'interrato e concentrandosi piuttosto sul ritrovamento: sembra si trattasse di due tavole, aggiunse la voce, una delle quali perforata. Pepi venne così a conoscenza della storia delle due tavole del Brunelleschi, incluso l'autorevole parere di Giovanni Michelucci, secondo il quale quelle due tavole non potevano essere andate distrutte e quasi certamente dovevano trovarsi ancora da qualche parte in un sotterraneo di Firenze.

E se l'involto portato via quella sera dal Marcucci avesse contenuto proprio quelle tavole? Magari non si trattava di quelle vere, magari si trattava di copie coeve, oppure era tutta una truffa, una contraffazione, anche se in questo caso sarebbe stato più difficile spiegare l'omicidio, sempre che l'omicida fosse stato il Marcucci stesso (a meno di disseppellire nuovamente l'ipotesi della gelosia).

Fu così, tra una chiacchiera e l'altra, che dopo quella telefonata la dinamica del delitto assunse la sua vulgata definitiva, grazie anche alla fattiva collaborazione di giornali, siti web e social media.

I fatti furono ricostruiti come segue.

Durante un sopralluogo per verificare l'origine di uno strano allagamento nel sotterraneo di un antico palazzo cittadino, il manutentore Giuseppe Masina aveva rinvenuto, nascosto nel doppio fondo di un vecchio mobile archivio, un involto contenente due tavole che potevano essere le stesse (o più probabilmente una copia di poco posteriore) adoperate da ser Filippo Brunelleschi per definire le leggi della prospettiva a punto di fuga unico. L'involto era stato portato dallo stesso Masina alla segretaria generale della Dombey & Son – la casa di moda che occupava il palazzo –, dott.ssa Loredana Fallai, che a sua volta aveva consegnato l'involto all'ex amante, prof. Oreste Marcucci, ordinario di Storia dell'arte moderna presso l'Università degli Studi di Firenze. Due giorni dopo, di sera, la Fallai era stata trovata uccisa sulla sua automobile mentre aspettava l'apertura del cancello di casa, tra Badia a Ripoli e Villamagna. Il colpo era stato sparato a bruciapelo, alla tempia, attraverso il finestrino abbassato, il che lasciò pensare che la vittima conoscesse il suo assassino. L'arma non fu mai ritrovata. L'Università denunciò la scomparsa del prof. Marcucci, ma né di lui né delle tavole si seppe più niente. La sua abitazione fu perquisita, lo studio anche, la cassaforte aperta, tutto inutilmente. La casa situata in via di Santa Maria a Marignolle, ai confini del comune di Firenze, rimase per diverso tempo in balia del vento e di ospiti occasionali, nessuno si fece vivo per venderla e alla fine venne sigillata in seguito a un'ordinanza comunale.

Quando me ne andai sapevo che la mia partenza sarebbe stata interpretata come un'ammissione di colpevolezza. Non c'era altro da pensare. E l'avrebbero pensato ancor di più se avessero saputo quello che ancora non sanno, e che viceversa io so fin da quel giorno.

Le due tavole, Maria Giovanna, sono autentiche. Non si tratta di copie, né recenti né dell'epoca. Ripulendo la superficie ho trovato, su tutte e due le tavole, diverse parole scritte a mano, e la grafia corrisponde a quella del Brunelleschi, senza se e senza ma. Non c'è nessun margine di dubbio. Sono le tavole che ser Filippo adoperò per studiare le leggi della prospettiva. Da quindici anni ho più paura di questa cosa che delle sue conseguenze per la mia persona.

Rivolgerci alla Sovrintendenza, agli Uffizi? Tu non sai chi erano a quel tempo i padroni di Firenze. Presi dal panico, tua madre e io concertammo insieme la mia fuga. D'un tratto capisci che non puoi più restare, che la tua città è diventata straniera. Se fossi rimasto a Firenze, so dove e come sarebbero finite quelle tavole. Firenze, ma che dico: l'Italia non poteva reggere l'onda d'urto. Già nel 2010 la mia adorata città stava per essere dissolta dalla merda dei piccioni, poi non so, ma non ho buoni sentimenti.

Tornerò presto, mi dicevo, non appena verrà il momento: pensavo che il momento sarebbe venuto, un giorno vicino, ma finora non c'è stato. Ho saputo della morte di tua madre solo un mese più tardi, da un quotidiano di lingua araba. Segno che altri sapevano. Eravamo stati ingenui. Per quindici anni non ho potuto fare altro che cercare di far sparire le mie tracce, e l'ho fatto con così tanta cura che oggi mi sembra di non saper fare altro che fuggire.

Intanto però il mio povero corpo ha passato da un pezzo i sessant'anni, il mio stato di salute non è ottimo e sogno di tornare. Sono magro eppure mi sento pesare tutto, come fossi fatto di pietra.

Spero che tu creda alla mia innocenza. Al tuo posto non so se ne sarei capace. Molti fatti non sono venuti alla luce per l'ottusità di chi doveva svolgere le indagini. Tutti i sospetti si concentrarono su di me, soprattutto dopo una telefonata anonima, leggi i giornali dell'epoca, all'allora ispettore Pepi, che mai si curò – lui come quelli che vennero dopo di lui – di stabilire l'identità di chi l'aveva chiamato: a meno che non la conoscesse fin troppo bene. Il movente è solo uno: le tavole. Ho molto amato tua madre, e la amai anche quella sera.

Gli uomini nell'ombra che uccisero tua madre potrebbero ora essere morti, e questo è anche peggio perché i bugiardi, una volta morti, non si possono più sbugiardare. Chi gli vuol credere non teme smentite, alle parole si possono sempre opporre altre parole.

Tu puoi non credere a una sola delle mie parole e continuare a pensare che l'ho uccisa io. In questo caso, però, pensa a quale rischio mi espongo inviandoti questa lettera. Naturalmente ho preso le mie precauzioni, perciò non cercare di rintracciarmi. Ho viaggiato per cinquecento chilometri per spedire questa lettera. Oggi ho un altro nome e un altro aspetto. Ma sto per andarmene anche da qui.

Non conoscevamo, e io non conosco nemmeno adesso, la profondità dell'oceano sul quale navigano le nostre piccole vite. Non conosciamo le forze che lo governano, che possono condurci in porto o farci sparire per sempre: tra una e l'altra cosa è spesso questione di un caso, di una coincidenza.

Ti bacio,
Oreste Marcucci

Seduta sugli scalini di alluminio del suo ufficio, Maria Giovanna lesse più volte quelle parole. Uno strano pudore verginale le stringeva il petto e le pizzicava le guance misto all'amarezza, alla grande amarezza che era come il contenuto di un vecchio scrigno sempre chiuso a chiave ma sempre presente dentro di lei. Qualcosa di intimo sembrava sciogliersi, tra i suoi occhi e quelle parole, come se una veste si fosse aperta, rivelando nudità sempre protette.

Perché?

Poi un pensiero si liberò, Giovanna sollevò la testa, guardò dentro la finestra del prefabbricato dirimpetto. Un pensiero che non andava né all'autore della lettera né a sua madre né a tutta la vicenda raccontata in quei fogli. Non si domandò – del resto erano storie vecchie – se Marcucci fosse o meno l'assassino di sua madre. Il movente poteva esserci, perduto nel silenzio definitivo. Un'informazione di troppo, per esempio. Non che le importasse di tutto questo, però sia pure in modo confuso la ragazza sentiva che tutta la parte non raccontata di questa storia aveva prodotto la sua solitudine: quella speciale solitudine che non impedisce di avere amici o estimatori, non esclude da feste e inviti e anche da cenette ma esclude dall'amore, questa cosa che Maria Giovanna non conosceva, e che le mancava.

Poi anche quell'evidenza svanì, si confuse, il pensiero rimase, ben formulato, ma mescolato ad altri, perse il suo primato, si caricò di punti interrogativi, di dubbi, non ne sentì più il bruciore. Se n'era andato il lampo, restava l'argomento. Come una musica mandata a mente ed eseguita con rispetto ma senza più incendio o lacrime o trionfo.

Fu in quel momento, mentre la malinconia lasciava il posto alla delusione, che qualcosa, non precisamente un rumore o un suono ma un movimento, qualcosa che danzava nell'aria, non visto, la obbligò a girarsi.

"Dario?"

Vide un volto orientale un po' infantile, percorso da un timido sorriso.

Era Lang Lang, che stava in piedi alle sue spalle sul predellino davanti all'ingresso del prefabbricato. La guardava con occhi attenti e con quel suo sorriso incerto. Giovanna ebbe un moto di spavento e si alzò di scatto, chiudendo meccanicamente il foglio.

"Mi scusi, maestro, io non… non volevo."

"Cosa non volevi?" le chiese l'artista in italiano piegandosi verso di lei, che si trovava più in basso sulla scaletta.

Giovanna arrossì. Non sapendo cosa fare cercò di sorridere accennando un inchino come quelli che aveva imparato a fare da ragazzina, a scuola di danza.

"Tu sei triste, mi sembra."

"Non volevo. Succede da sé. La tristezza è un tale incomodo. Ora mi passa."

"Un incomodo? Non conosco questa parola."

"Voglio dire… via… Non c'è tempo, qui, per le tristezze."

"Te l'ha detto qualcuno?"

Giovanna tacque.

"Senza la tristezza cosa farei io, allora? Non potrei nemmeno appoggiare le dita sul pianoforte."

Poi la guardò negli occhi.

"Come ti chiami?"

"Maria Giovanna."

"È difficile, Maria Giovanna, trovare un'anima in mezzo a tutti questi corpi, a tutte queste parole."

"Un'anima? Forse è solo rabbia, signore."

Lang Lang finse di non aver sentito.

"Mi hanno detto di tua madre."

"Chi è stato?"

"Quel ragazzo, Luigi."

"Non capisco perché importunarla con queste cose. Lo scusi."

"Una madre uccisa sarebbe una cosa?"

"Non dico questo, ma…"

"E una lettera?"

"No, certo…"

"Cercavo un'anima, ragazza. Domani suonerò per te. Maria Giovanna, hai detto?"

"Mi chiami Giò. Se vuole…"

"Maria Giovanna. Sai, certe volte pensare non serve a molto."

Queste parole spaventarono la ragazza. Come aveva fatto Lang Lang a capire tutto?

"Che cosa serve, allora?"

"Serve aspettare. Aspettare è meglio che pensare, aspettare è amare. Maria Giovanna… Maria… Giovanna. Non dimentico, vedrai. Nella testa di noi musicisti tutto è definitivo. È una cosa strana. A proposito, Maria Giovanna... Mi puoi cercare un bravo accordatore?"

4. Genealogia di una tragedia

Malcontento. Per tanti in città tutta questa faccenda del concorso non era stata altro che un problema in più: per esempio per tutti quelli che, per ragioni di lavoro, erano costretti a modificare il loro percorso quotidiano lungo strade paralizzate dal traffico.

C'era da discutere, poi, se caffè ristoranti esercizi commerciali traessero tutto questo beneficio dai flussi generati dal progetto Big Bang. Ai TG regionali gli esercenti del centro storico si dicevano soddisfatti, ma le redazioni ricevettero lamentele tanto dai privati quanto dalle associazioni accreditate (Confcommercio, Confesercenti) con richieste di rettifica. A lamentarsi erano soprattutto i fornitori e gli autotrasportatori: vigili e carabinieri presidiavano ogni angolo di strada, costringendo camioncini e furgoni a giri interminabili per consegnare la loro merce, con conseguente aumento dei costi e calo dei guadagni. Sui mezzi d'informazione locali e non, diversi esponenti della politica e della cultura espressero, con molte sfumature e molti distinguo, l'idea che Firenze non fosse fatta per i grandi numeri. Un vecchio editorialista amante dei paradossi, data anche l'età, definì Firenze *una città a inviti*, nel senso che la città stessa avrebbe dovuto scegliere i turisti da accogliere e non viceversa.

Firenze rimpiangeva gli innamorati visitatori degli anni cinquanta e sessanta e il cicaleccio inglese che invadeva le sue vie: uomini assorti col naso perennemente sollevato verso le architetture, donne in abiti bianchi e grandi occhiali da sole oblunghi, con figlie magre bionde dai denti irregolari, macchine fotografiche al collo. Erano cultori dell'arte, studiosi, cattedratici, insegnanti, miliardari che potevano permettersi soggiorni bi- e trisettimanali con famiglia all'Excelsior, al Villa Medici; in quegli anni si potevano ancora incontrare viaggiatori incantati e spesso solitari, simili ad attori americani, non solo per le vie del centro ma anche lungo l'Erta Canina, al Giramontino, a Bellosguardo, al Forte di Belvedere, e poi su ad Arcetri, a Marignolle. Per tutti costoro la città si rivelava finalmente per ciò che era, non come un morto contenitore di musei, chiese e opere d'arte ma piuttosto come un unico, mirabolante essere vivente. Per loro Firenze era il *David* ma anche un orto dietro un muro, il verde cangiante degli ulivi e dei cipressi, era lo scoppio del Carro (il Brindellone) nel giorno di Pasqua, era l'accendersi di una lite notturna tra gatti in costa de' Magnoli. Solo chi comprendeva l'unità profonda di tutte queste cose acquisiva il diritto di calpestare il suolo fiorentino.

Ma erano pochi. E nel Terzo Millennio comandavano solo i numeri certificati.

Salotti. In quegli anni confusi i salotti culturali non avevano smesso di esistere, a dispetto dei blog. In uno di questi circolava ancora il nome dell'ing. Arturo (Faliero) Lombardi e molto si parlava anche del misterioso cav. Filippo Landi, per due mandati sindaco della città e che a differenza del corpulento amico non aveva mai, o quasi, partecipato a queste ambitissime *séances*. Nessuno nella coscienza cittadina era mai riuscito a prendere il posto di queste due figure insieme opposte e complementari, "Bargello" e "Torrigiano", così che dopo la loro morte, avvenuta causa lo stesso malanno a pochi mesi di distanza l'uno dall'altro, permaneva in città un diffuso, diciamo così, dispiacere.

Di uno di questi circoli, forse il più prestigioso, quello di via Strozzi, aveva fatto parte per ragioni di famiglia Paolo del Chierico, che era stato l'AD della casa di moda Dombey & Son al tempo dell'assassinio di Loredana Fallai, e che da qualche tempo si era fidanzato stabilmente (per la prima volta) con Giulia, la figlia di Filippo Landi. Ora Paolo faceva vita ritirata in un bellissimo casale in località San Cresci, Mugello, dove finalmente aveva potuto dedicarsi alla sua passione: confezionare biscotti e marmellate per gli alberghi di lusso della città. Giulia era, si può dire, l'ultimo legame con una città che non lo aveva reso felice.

Una donna di origine marchigiana piuttosto alta, dalla sessualità incerta, magra e robusta, con un grosso neo nero sull'angolo destro della bocca, di nome Emma, viveva nella sua casa per sei mesi l'anno. Emma era la sua socia in affari e sapeva confezionare marmellate squisite. Aveva occhi celesti e capelli neri ed era sposata con un ucraino disoccupato che viveva dalle parti di Tolentino.

Paolo riteneva di avere perduto ogni reputazione già da diversi anni e quasi ne era contento. L'infamia mi ha avvicinato a me stesso, pensava. Finalmente faccio qualcosa che amo, amo una donna, e posso starmene cinque giorni la settimana un passo fuori dalla società, e gli altri due a spasso.

Da qualche settimana tuttavia la madre di Paolo, la gran dama di via Strozzi, aveva deciso che lui doveva, almeno qualche volta, presentarsi al circolo, perché se non si fosse fatto vivo nemmeno lui, dopo la defezione scandalosa della sorella Lucia – la scrittrice –, il danno d'immagine (disse proprio così) sarebbe stato insopportabile per la famiglia già privata del suo timoniere.

Il circolo era un posto strano e Paolo lo temeva, perciò decise di obbedire a sua madre e fare, sia pur di rado, atto di presenza senza però aprire bocca – una decisione che la vecchia trovò comunque saggia, a patto che si vestisse a modo, ma su questo non c'erano dubbi, e non esibisse la sua faccia da pesce lesso. Doveva insomma quantomeno fingersi interessato a quell'alta marea di sciocchezze dove però s'innalzavano eruditi discorsi su Dante e Giotto, su Masaccio e Brunelleschi per bocca di questo o quel professore, come scogli e secche contro i quali era facilissimo sfasciare la navicella del proprio discorso.

Perché quella era gente che a tutto avrebbe rinunciato, fuorché al proprio discorso.

Quanto a sua madre, cosa le importasse, cosa veramente le stesse a cuore, era difficile a sapersi. La tristezza del figlio era un prezzo che lei era disposta a pagare. Nella sua casa si riuniva pur sempre la parte migliore di Firenze: avvocati, notai, primari ospedalieri, accademici, assessori. La vecchia guardava il figlio e provava una vaga, sotterranea pena per lui, per la sua aria sofferente, perché la sua era una sofferenza di second'ordine, non per le sorti del mondo o dell'economia o per la situazione sanitaria o per il divario Nord-Sud, non per la frivolezza, che era un prezzo da pagare, ma solo perché non riuscendo a trovare le parole giuste aveva smesso di cercarle: di qualunque cosa si parlasse.

La signora del Chierico conosceva la difficile arte della maldicenza, alla quale si sentiva quasi costretta, non per cattiveria, perché nessuno è cattivo, ma perché c'era almeno un paio di altri circoli, in città, che spandevano le loro, di maldicenze, ed era perciò necessario che le voci si sommassero, contraddittorie, affinché non venisse mai meno il difficile equilibrio tra l'incertezza e il sospetto.

Mia sorella ha ragione, pensava spesso Paolo del Chierico, e a quel pensiero la sua aria depressa si alleggeriva, un sorriso gli passeggiava sulle labbra e negli occhi.

Nessuno conosceva la causa di quel sorriso che faceva talvolta la sua comparsa anche nel salotto della madre. Era un ricordo. Il ricordo del modo in cui sua sorella, tanti anni prima, quindici anni per l'esattezza, era stata espulsa dal circolo.

Lucia per la verità non la videro mai molto in quella stanza. La prima volta che ci mise piede fu dietro le preghiere della madre, passò l'intera serata a gambe incrociate sulla sua sedia, senza dire una parola, ingobbita a scrivere su un piccolo quaderno nero; la seconda volta lesse a voce alta un breve testo che aveva ricavato da quegli appunti; la terza volta non ci fu. Nessuno dei presenti commentò, né in quella sede né in un'altra – a parte qualche tiepida lode, con voce tremante, per l'ottimo stile –, e da quella volta di lei non si parlò mai più, così come lei non menzionò mai, né in libri né in articoli né per telefono, il circolo e i suoi partecipanti, e questo determinò la forma definitiva del suo rapporto con la madre.

Qualche mese più tardi uscì il nuovo romanzo di Lucia del Chierico, *La linea del profilo*, che fece di lei una scrittrice di culto più di quanto non fosse già dopo quello di esordio. Frutto di centinaia di viaggi in autobus e tramvia all'ora di punta passati a guardare nasi e a immaginare le storie non raccontate che ne trapelavano (o *ne gocciolavano*, come scrisse lei stessa), *La linea del profilo* era un campionario di oscenità. Raccontava la storia segreta di un fratello immaginario (nato solo col secondo nome, senza il primo), quella che nessuno raccontava perché nessuno conosceva, la storia di un ragazzo ricco e dal carattere mite, che aggredito e picchiato una notte s'innamora del suo aggressore e lo cerca di casa in casa, in tutto il quartiere, e le case si aprono, povere e piene dei più inimmaginabili disastri (e profili, nasi), ai suoi occhi, finché il ragazzo lo trova mentre sta uscendo di casa, e lo prega di picchiarlo ancora. L'aggressore, tarchiato e nerboruto, con un berretto calcato sulla fronte al modo dei teppisti di una volta, da principio lo obbliga a consegnargli del denaro, molto denaro, poi comincia a restare turbato dalla caparbietà del ragazzo e, pur avendo sempre avuto molte ragazze, scopre l'amore con lui, e lo denuda, e lo penetra, dopo di che più e più volte è lui che lo va a cercare e lo implora di non abbandonarlo, e nasce insomma una storia di sesso e soprattutto d'amore che il libro illustra nei minimi particolari. La storia tra il teppista e il giovane figlio di papà diviene di pubblico dominio, i due si fanno vedere insieme, il piacere di essere guardati aggiunge foia alla foia, finché il ragazzo, nel delirio, prega il suo amante di ucciderlo, come se la morte donata fosse l'estremo, insuperabile atto d'amore, ma il suo amante non ne ha il coraggio e dopo qualche giorno si uccide. Seguono pagine oscure.

Il sottotitolo del romanzo, ambientato nel tempo presente, era *Una storia rinascimentale* – con riferimento, forse, agli eccessi delle antiche corti – e conteneva un elogio dell'oscenità (che era il vero tema dell'opera) come chiave indispensabile per la comprensione del Rinascimento e della città che ne era stata segnata una volta per sempre.

La madre non provò nessuna vergogna per questo libro. Lo lesse con molta attenzione, lo sottolineò, tornò a leggerlo più volte, e sempre ne ricevette un profondo senso di conforto. Lucia – così pensava – era proprio sua figlia.

La tragedia. A Paolo del Chierico non era successo mai nulla di ciò che il libro raccontava. Tuttavia fin dalle prime pagine si era reso conto che il personaggio del protagonista era come una zappa che scavava dentro di lui. C'erano poi i caratteri fisici e quelli morali (stessa altezza e corporatura, stesse abitudini, stessa noia profonda), e c'era lo specchio del mondo, o meglio del bel mondo, che nella sua superficialità spesso sa cogliere nel segno. Non aveva avuto in gioventù storie omosessuali, ma non chiese mai alla sorella la ragione per cui aveva voluto rappresentarlo a quel modo.

Una notte però, quindici anni dopo, verso le tre Emma – la socia di Paolo –, che soffriva d'insonnia, lo vide uscire tutto solo dalla sua camera da letto. Emma sedeva in poltrona, vestita di una tuta argentata, con la coperta sulle ginocchia, e leggeva una rivista sotto la luce di una lampada da terra. Vedendo Paolo uscire dall'ombra e prendere corpo sotto la luce per salutarla, si alzò nel suo metro e ottanta più maschile che femminile, e Paolo vide nei suoi occhi quasi un sorriso di sfida che si trasformò in lui in un imprevisto, duraturo calore.

"Dove vai?"

"Da mia sorella."

"È lontana. Domani ci sono le consegne."

"Di notte è un volo. Tra due ore sono qui."

La donna avvertì la febbre di lui.

"Devo farle solo una domanda. Non entro nemmeno."

"Non puoi telefonare?"

"Stavolta no, non posso."

"Torna subito però."

"E in fretta," disse lui indugiando prima di voltarsi e muovere qualche passo. Poi si volse di nuovo a guardare gli occhi tristi e duri dell'amica.

"Mi spiace. Prova a dormire," disse, l'uscio già spalancato.

"Non so cosa pensare."

"Non pensare. Ci vediamo tra due ore."

Forse la donna temeva le strade del Mugello e quelle della Garfagnana, pericolose specialmente di notte se a percorrerle è un guidatore sconsiderato. Ma i presentimenti oltrepassano i pensieri. Paolo guidò svelto e molto prima delle cinque giunse da sua sorella, che era già in piedi e sedeva al tavolo di cucina davanti a una grossa tazza. Dalla caffettiera il fumo saliva ancora, copioso, e la stanza profumava tutta.

Lucia girò la testa vedendolo entrare.

"O Marchino. Sei venuto a prendere il caffè?"

"Grazie, mi serve."

Lucia si alzò, prese da sopra il lavandino una tazza, la portò al tavolo e la riempì mentre, tolta una sedia da sotto, suo fratello si metteva a sedere di fronte a lei, con il giaccone ancora addosso. Bevve il caffè in silenzio e non sembrava intenzionato a parlare.

“E a parte il caffè?” chiese lei, dopo una certa attesa.

Paolo indugiò ancora qualche secondo.

“C’è una domanda.” disse.

“Una domanda.”

“Riguarda quel tuo vecchio romanzo, quello sui nasi.”

“Uh, roba vecchia. Quanti anni fa?, quindici, sedici?”

“Quindici. Perché scrivesti quel finale? Che significa?”

“Se lo chiedi, è segno che l’hai già capito.”

“Non so se ho capito.”

Soltanto Paolo tra tutti i lettori illustri aveva avvertito qualcosa di insolito in quel finale. I critici non sapevano come fare con Lucia e si affrettavano a lodarla perché avevano paura di lei. Su quel finale i più non dissero una parola, qualcuno ne parlò trovandolo coerente con il resto della storia: il protagonista, sopravvissuto, rimasto solo, si dedicava a una vita scandalosa, invitando personaggi importanti a cene sontuose e baciando pubblicamente qualche gigolò pagato per questo. Poi, quasi in punto di morte, faceva testamento e lasciava tutto alla sua parrocchia, il cui arciprete, un giovanotto minuto dalla lunga barba sospettato di far propaganda comunista, era in rotta con l’establishment ecclesiastico.

“Sulle prime mi era sembrato,” disse, “un finale strampalato, fatto per fare. Le cose sono state dette, avevo pensato, mettiamoci una coda per il mercato. È giusto?”

“Poi?”

“Poi no.”

Lucia sporse il viso, puntando i gomiti sul tavolo.

“Che hai pensato?”

“Mi sono chiesto qual era il messaggio nella bottiglia.”

“Hai trovato la bottiglia?”

“L’ho trovata e ho tolto il messaggio, l’ho letto. E credo di averlo capito.”

Lucia si ritrasse di scatto.

“Zitto zitto, non lo dire ti prego.”

“Non sono pazzo. Non ti dirò nulla. Però guarda questo.”

Paolo tolse dalla tasca destra del giaccone una busta già aperta. Sua sorella guardò la busta.

“E questa?”

“Te lo ricordi il professor Marcucci?”

“Marcucci...”

“E chi se lo scorda...”

Marcucci, lettore del suo romanzo appena uscito. Occhi caldi, strana tentazione, una stretta di mano più lunga del consentito. Poi la morte di quella donna, la sparizione.

“Prendi.”

Tremando Lucia tolse dalla busta due fogli scritti fittamente a mano. Non si trattava di una lettera. Erano le pagine di diario in cui Marcucci parlava della scoperta delle tavole del Brunelleschi e, insieme, della totale inutilità della propria vita: tutto ciò la notte prima di sparire, portando con sé le tavole (o forse no) ma non la notizia del ritrovamento, che in poche ore si era propagata, mantenendo la sua necessaria incertezza, nelle università e nei circoli culturali di tutto il mondo.

Dopo aver letto, Lucia alzò gli occhi spaventati.

“E questo come l’hai avuto?”

“Giulia.”

“Giulia Giulia?”

“Sì.”

“Landi?”

“Landi.”

Lucia sorrise al ricordo del padre di Giulia. Nemmeno lei era mai riuscita a penetrare quello strano uomo. Pensò al nomignolo, Bargello, che gli era rimasto appiccicato anche da sindaco. Eletto per una lista civica, magro, sorrideva nervoso in risposta ai discorsi più cupi.

“Landi faceva il doppio gioco.”

"L'aveva lui questo?" disse sollevando i fogli.

"Me l'ha data Giulia, ieri l'altro, a dieci anni dalla morte del vecchio. Una disposizione testamentaria."

"Ma lui, l'hai conosciuto? Di persona, dico?"

"Una o due volte, una stretta di mano, buongiorno buonasera, nient'altro. Si vedeva che gli ero simpatico, non chiedermi perché."

"Forse perché Giulia era innamorata di te fin da allora."

Paolo scosse la testa. A venticinque anni, tutta Firenze si girava a guardarla, compreso lui.

Sorrise.

"E allora? Secondo te com'era?"

Lucia si allungò sul tavolo, alzandosi in piedi, fino a dargli un bacio, poi sedette di nuovo.

"Io," disse, "lo capisco bene."

"Beata te."

"Si capirà tutto, vedrai. Piuttosto, che legame trovi fra tutto questo e il finale del romanzo?"

"Io so una cosa, Lucia. Tu conoscevi bene il vero finale del tuo libro. Ma per qualche ragione scrivesti un'altra cosa. Resta il lascito..."

Lucia lo guardò a lungo.

"Può darsi," disse.

"Me lo faresti un altro caffè?"

*

La sera di quello stesso giorno tutto il mondo si collegò con piazza Santissima Annunziata per il grande concerto di Lang Lang. Sedevano in prima fila i presidenti della Repubblica italiana e francese, il cancelliere tedesco, ministri e ambasciatori di molti paesi anche non europei, oltre a star del cinema, della musica e dello sport. In appendice al concerto, a capo chino, umile, un architetto olandese uscì da metà platea e dopo molti ringraziamenti e dichiarazioni confuse e scuse presentò la bozza di progetto per la facciata di San Lorenzo realizzata dal suo studio.

Il cielo era sereno, l'aria secca. La luna era quasi al culmine e cancellava tutte le stelle intorno a sé. Il termometro segnava dodici gradi. L'artista era circondato da piccole stufe a metano a forma di ombrello, sistemate in punti strategici così da non ostacolare le riprese TV. Il programma del concerto prevedeva una versione per pianoforte solo del *Concerto n. 2* di Rachmaninov, seguito da alcuni *Notturni* di Chopin.

Il concerto fu splendido, secondo le previsioni. Lang Lang volle dire due parole fuori programma, tra Rachmaninov e Chopin. Parlò di musica, del pianoforte come essere vivente e mediatore della lingua arcana dell'Universo, citò Galileo, parafrasandolo: "L'Universo è un libro scritto da Dio nella lingua della matematica, o della musica, che è la stessa cosa." Il breve discorso concesse qualche spazio alle spiritosaggini ("Questo è un concerto per pianoforte e archi," disse indicando gli archi dello Spedale degli Innocenti) e si concluse con la dedica a Maria Giovanna, "anche lei in cerca di un'anima dentro l'equivoco dei corpi".

Ma Maria Giovanna non poté godere a lungo di questa dedica pubblica. Felicità e vergogna furono cancellate dopo pochi minuti da una notizia che mise in subbuglio tutto il backstage.

Gli spettatori seduti da quella parte non furono disturbati, questo no, perché sull'altro lato tutti cercarono di contenere l'agitazione. Tuttavia qualche ascoltatore più sensibile avvertì ugualmente lo scorrere di un non so che, di una corrente negativa, che s'incrociava con quella positiva di Lang Lang, e non riuscì perciò a godere pienamente della meraviglia che uscendo da quel pianoforte si propagava dentro la piazza, assecondando il ritmo degli archi dello Spedale.

Un lieve, inspiegabile turbamento accompagnò, finito il concerto, questi animi sensibili fino a casa. Furono aperti usci, cancelli. Qualcuno, rientrato, accese la radio, qualcuno la TV. Altri entrarono e trovarono la madre, o la moglie o il marito con i figli, o il fratello o la sorella davanti alla TV accesa. Quella sera stessa, davanti a una vecchia casa padronale a San Cresci, Mugello, una donna aveva sentito il bip che azionava il cancello di casa e, affacciandosi alla porta, aveva visto un'auto, ferma, che stazionava sul vialetto con i fari accesi. Erano le ventidue. Con indosso ancora la tuta argentata e sopra un lungo maglione di lana grezza Emma era andata incontro alla Mercedes coupé.

"Paolo?"

Qualche passo.

"Paolo?"

Oltre il cancello.

"Paolo?"

Paolo del Chierico, cinquantun anni, figura ben nota alla città di Firenze, era riverso sul sedile, ucciso a colpi di pistola. In mano stringeva ancora il telecomando del cancello.

2.
OSCURE BIOGRAFIE

1. *La maledizione delle tavole*

La perdita. Giulia Landi, figlia unica e tardiva di Filippo Landi, piangeva disperatamente, reggendosi al muro, la testa appoggiata all'avambraccio, sull'angolo tra via del Corso e via del Proconsolo. Aveva appena ricevuto, in ritardo, la notizia della morte di Paolo del Chierico, amante e unico uomo della sua vita. Giulia non possedeva un televisore, non amava la musica classica e la sera prima si era coricata presto.

Erano le otto meno un quarto del mattino. I passanti, vedendo quel pianto dirotto, non contenibile da alcun senso del decoro, rallentavano l'andatura. Qualcuno si fermò, le chiese se voleva dell'acqua, se dovevano chiamare la Misericordia, ossia l'ambulanza, un signore la invitò a sedere nel dehors di un bar vicino e prendere qualcosa di caldo.

Giulia obbedì, docile.

"Le porti una camomilla," disse al cameriere il suo soccorritore, un uomo dall'aria galante sulla settantina, dal cappotto beige e l'odore addosso di sigaretta spenta.

"Vuole qualcosa di forte?"

Giulia, senza sollevare gli occhi fissi sul tavolino, sollevò la mano per rassicurarlo.

“Ma che le è successo?” chiese una signora anziana che passava di lì, chinandosi verso di lei.

Giulia alzò la testa, quasi sorrise.

“Nulla, signora, nulla, non è nulla.”

La signora si allontanò scuotendo la testa e borbottando: “Nulla?, a me non sembra proprio.”

Perché ho detto nulla?, si chiese Giulia. La colpa la divorava. Sentiva che se non avesse consegnato a Paolo quei fogli...

Adesso davanti a lei non c’era più vita, non c’erano più giorni, mesi, anni, non c’erano più vacanze al mare, viaggi in luoghi belli e lontani, sere in compagnia, spaghetti di mezzanotte, non c’erano più fantasmi da uccidere per cominciare, finalmente, a vivere. Li aveva uccisi già tutti, e alla fine ecco il risultato.

Quarantatré anni, bellissima, Giulia Landi dirigeva un ufficio pubblico nel centro della città.

Tante cose erano cambiate dalla morte di suo padre, anche se le sembrava ieri di avergli tenuto il capo, l’ultima notte. Fino a dieci anni prima veder entrare nell’ufficio un senese, un pratese, qualcuno che venisse anche soltanto da San Donnino o da Campi Bisenzio era un caso speciale, visto che gli utenti erano tutti, o quasi, fiorentini di Firenze. Oggi invece trovare un fiorentino lì, in pieno centro, era pressoché impossibile. L’aria in sala d’attesa e all’accettazione era satura del respiro esotico di nigeriani, senegalesi, filippini, egiziani, afghani, peruviani, ucraini, rumeni, gente buona e gentile ma perlopiù ignara del modo di comportarsi di un occidentale medio. L’odore acuto dell’aglio, quello piccante del curry, quello dolce della curcuma si mescolavano a profumi dozzinali da mercato mediorientale o caraibico, e non c’era volta in cui da una scatoletta nascosta sotto un mantello o un giaccone non uscisse una qualche musica straniante e malinconica.

Per dieci anni, senza esserselo proposto, Giulia Landi era stata la benefattrice di tutta questa gente. Aveva decifrato i loro discorsi, fornito loro indirizzi, dato qualche volta del denaro sottobanco. Li aveva ascoltati.

Adesso però un rumore sordo e violento la occupava tutta, e lei provava nausea di sé stessa. Perché, si chiedeva, continuo a esistere? Far del bene agli altri è una ragione per vivere? No, no e ancora no.

E scuoteva la testa, camminando piano e coprendosi il viso a ogni nuovo sbocco di pianto.

Decise di arrivare fino all'ufficio, sedersi e lavorare come tutti gli altri giorni. Di fare finta, almeno fino alle sei del pomeriggio, che fosse un giorno come gli altri. Ricevere gente, i Prince Arthur, i Billghetz, le Shikaina del caso. Ma intanto Firenze quel giorno, mentre il sole si sollevava sopra i tetti più bassi e non c'era una nuvola nel cielo freddo, era lo scheletro di una città, mummie i passanti, intollerabile il rumore delle automobili, odioso il cigolare delle biciclette, il sibilo dei ciclomotori elettrici.

Sono stata io, si ripeteva, e per quanti argomenti accumulasse contro questa idea, la conclusione era la stessa. Sono stata io, è colpa mia.

Borgo Albizi e via Pietrapiana si stendevano davanti a lei come passerelle srotolate da un giullare stizzoso.

Ripensò a suo padre. Tutto era cominciato da lui. Lui, lui aveva voluto consegnarle quei fogli affinché li custodisse.

Chi era Filippo Landi, suo padre? Chi lo conosceva veramente? Se l'era chiesto tante volte, ora dubbiosa, ora con un filo di allegra ammirazione, ogni volta che traversando via del Proconsolo gettava l'occhio sull'ingresso del Museo del Bargello, per il quale tanto si era adoperato il vecchio, che lo considerava il più bel museo del mondo.

E parlava e parlava, lui già quasi anziano, alla figlia preadolescente nata da una relazione tardiva, di quel "piccolo foro" attraverso il quale il mondo aveva acquistato un ordine "contro il nulla", e l'inquietudine dell'anima riceveva un luogo, una stanza, una via, un palazzo dove esistere, e parole semplici, piane, comprensibili.

Se il suo nomignolo era Bargello, però, non era per via del palazzo e del museo. Bargello, almeno a Firenze, era sinonimo di delinquente, prepotente, uomo di potere ma dalle origini oscure.

"Babbo mi chiese di darti questo," aveva detto a Paolo, due giorni prima, porgendogli la busta con i fogli.

"Lo so, me l'aveva annunciato."

"Sapevi di cosa parla?"

"No, mi disse solo che mi doveva dare una cosa."

"Ti voleva bene."

"Chissà perché."

"Sei un bischero se te lo domandi."

"Lo sai, vero, come mi chiamava?"

"E tu sei sicuro di avere capito?"

Landi apostrofava il suo figlioccio Paolo del Chierico con il nomignolo Uomo senza qualità, sorridendo sardonico e non spiegando mai all'interessato, nemmeno dietro esplicita e pressante richiesta, il senso di questo appellativo. Paolo, che era molto permaloso e non aveva letto il romanzo di Musil, l'aveva interpretato come un segno di affettuosa disistima, ma così non era: *uomo senza qualità* significava *uomo e basta*, uomo senza determinazioni, l'uomo a nudo, così com'è.

Io lo amavo per questo, pensava Giulia, camminando meccanicamente nella Firenze più splendida dell'anno. Le note del pianoforte di Lang Lang sembravano risuonare ancora tra le case e i palazzi. A metà della rassegna nei bar si discuteva se tra i progetti visti ce ne fosse qualcuno presentabile. Un signore anziano, stempiato e piccolo di statura, che indossava una giacca di almeno due misure più grandi, uscì da un bar inveendo contro quelli dentro e ripetendo "è una vergogna, è una pagliacciata, io questa città non la riconosco, non è più la mia città".

Ma adesso che Paolo non c'era più, a lei cosa importava di chi aveva ragione e di chi aveva torto? Non le importava più nemmeno di conoscere il nome dell'assassino. Un povero bischero anche lui, come tutti.

In un amore il più resta non detto, pensò. Sorrise a un ricordo, a una parola: *situazioni*. Ma non sei gelosa che il tuo uomo viva con un'altra donna?, le era stato chiesto in passato, e non una volta sola. E lei: Chi, Emma? Emma adesso era sola, erano amiche. Emma era innamorata di lei, non di Paolo: e gliel'aveva detto, e non una volta sola, ma era anche una brava persona. Le situazioni, rise. Ma il più non si dice.

*

Un'altra sorpresa attendeva Giulia Landi quella sera, di ritorno dal giorno più brutto della sua vita.

A mezzogiorno aveva chiesto e ottenuto un permesso per recarsi alla camera ardente, dove fu ignorata, per fortuna. Sul lato opposto della stanza lunga e stretta, la sorella del defunto riceveva, senza scomporsi, le condoglianze dei presenti. Per la prima volta Giulia si era soffermata a guardare attentamente quella figura un tempo diafana, ora un filo più robusta, avvolta in colori scuri. I capelli castani e sciolti e lo sguardo pietrificato erano quelli di sempre, quelli delle fotografie. Il look insolito ricordò a Giulia il nome della donna: mai letto un suo libro. Subito, come se questo ricordo le si fosse comunicato, Lucia in quello stesso istante alzò gli occhi e le sorrise.

Un altro ricordo le balzò davanti: Lucia in una visita fugace nella casa in Mugello. Rivide il saluto eccessivo di lei a Emma, le sue parole sconvenienti: *La sposerei.*

"Perché?" aveva riso suo fratello.

"L'ho sognata questa notte," aveva risposto Lucia. "Le tenevo la mano e la baciavo. Ricordo l'odore della mano sognata."

"Odore di?"

"Sperma." Poi aveva aggiunto: "Con un uomo ci sarebbe da ridere."

Giulia assistette a un lungo sguardo silenzioso tra i due fratelli, e un sorriso amaro che per un istante aveva oltrepassato la stanchezza degli occhi.

"Va bene," aveva concluso Paolo. "Sono d'accordo con te."

Nessun saluto stavolta tra lei e la sorella di Paolo. Solo un doppio sorriso e questo ricordo in mezzo ad altri. Poi di nuovo al lavoro, tra nomi impossibili, richieste bizzarre, moduli mal compilati, domande d'iscrizione fatte prima dell'apertura del bando e andate perse oppure consegnate dopo la sua chiusura e respinte al mittente, insomma fastidi, che in quel giorno furono come una specie di intervallo quasi piacevole.

Infine, alle diciotto in punto l'uscita sconsolata, il ritorno solitario alla casa di via Masaccio dove da tanto tempo viveva sola.

Entrò dunque, lasciò la porta aperta, posò la borsetta su una sedia nell'ingresso, poi andò in cucina e senza accendere la luce e senza togliersi il soprabito sedette al tavolo. Ormai la casa era vuota per sempre, deserta: una camera d'albergo.

La luce del corridoio entrava di sbieco in cucina illuminando la spalliera di una sedia, radendo un angolo di tavolo, arrampicandosi su per la rastrelliera dei coltelli e dei coperchi. All'aria che saliva dalle scale qualcosa tremò sul tavolo. Allungò la mano, erano dei fogli: chi ce li aveva messi? Prima di uscire, quella mattina, dopo il caffè e i biscotti aveva pulito tutto, e sul tavolo, ne era sicura, non c'era nulla.

Andò ad accendere la luce, guardò i fogli: era la confessione manoscritta di Oreste Marcucci, redatta la notte precedente la sua scomparsa, che lei stessa aveva consegnato due giorni prima al suo amante.

Un'ondata di spavento attraversò la sua immensa stanchezza.

Perché si trovavano di nuovo lì? Chi era entrato in casa sua? Questo era troppo, troppo. Si obbligò a non pensarci.

I pensieri tornarono allora a Paolo, le lacrime tornarono a sgorgare, insensate ma anche benefiche. Dove sei adesso? Dove sei? Se tu fossi in cielo, o dentro la corteccia di un albero, o mutato in gatto – no, non mi basterebbe, non ti potrei abbracciare, non ti sentirei entrare dentro di me mentre dici tante parole sceme, non ti stringerei le punte delle dita quando mi sveglio, e tu non mi diresti: "O bischera, che fai?"

E allora a che serve il cielo?

La sera e la notte passarono, senza sonno. Le ore più buie resero terribile l'angoscia, le sembrò di giacere dentro un muro di cemento, si alzò, aprì la finestra al vento, accolse i piccoli aghi di nevischio che avevano cominciato a cadere già quando era rincasata, alle sette. Poi tornò a letto, ma le sembrava di non riuscire più a respirare, allora si alzò di nuovo, prese trenta gocce di Lexotan e riprovò a dormire, ma riuscì solo a piangere, e di nuovo piangendo le sembrò di sentirsi meglio.

Quando alle sette meno un quarto suonò la sveglia, Giulia Landi stette per qualche minuto incerta se andare al lavoro o restare in casa. A quel pensiero, le tornarono in mente i fogli sul tavolo, lo spavento si ripresentò, di nuovo si obbligò a non pensarci ("è troppo, è troppo, troppo..."). Fece un gran respiro, sollevò gli occhi allo specchio, si impose un sorriso. Al lavoro, ma oggi, Paolo mio, voglio essere più bella che mai, te lo devo, sissignore, te lo devo.

Dedicò alla toeletta più tempo del solito, e alla fine era bellissima, come era stata da ragazza: i capelli rossi e ondulati, il naso leggermente schiacciato, il verde degli occhi in mezzo alle lentiggini, il fisico asciutto e slanciato. Mentre scendeva le scale Giulia incrociò lo sguardo del portinaio, che stava passando il panno di feltro su un pianerottolo. Un ricordo la strappò via per qualche istante dal quieto delirio di quella mattina.

"Carmine, mi perdoni."
"Mi dica."
"Li ha messi lei quei fogli sul mio tavolo di cucina?"
"Fogli? Che fogli? Si figuri se mi permetterei di entrare in casa sua senza avvisarla."
"A volte diventa doveroso. Ci possono essere situazioni..."
"Situazioni?"
"Nessuno le ha portato dei fogli per me?"
"Mi caschino gli occhi. Li avrei tenuti qui, in portineria."
"Pensavo che, avendo le chiavi..."
"Ho le chiavi, ma come detto io non mi permetterei mai..."
"Grazie, Carmine."
Il nevischio della notte era finito senza quasi lasciare segno sui marciapiedi, ferite azzurre si aprivano nuovamente tra le nubi scure. Giulia Landi camminava impaurita lungo via Masaccio verso l'autobus e le sembrava di camminare su un filo teso sopra i tetti.

2. La riapertura del caso

Lucia del Chierico entrò nella casa di San Cresci alle prime luci del giorno, il cielo già chiaro, la terra ancora addormentata. Quella notte, mentre usciva per l'ultima volta dalla casetta in Garfagnana si era voltata a guardare il cartello, VENDESI, e fu come rivedere il fratello morto.

Emma se n'era tornata al paese. In casa trovò Lea, che veniva molto presto da Borgo San Lorenzo per le pulizie, e che quasi corse a nascondersi. Lea era una donnina magra dall'aspetto trascurato, ma il suo sguardo, mai diretto, sempre mezzo abbassato o rivolto altrove, non traeva in inganno una scrittrice. Labbra piegate in giù agli angoli. Le due donne non si erano mai amate.

Lea odiava Lucia perché ne aveva paura, e benché Lucia non le avesse mai detto nulla di maleducato era certa che vedesse in lei cose sbagliate, e potesse rivelarle al mondo in ogni momento. Lucia viceversa la odiava perché nei suoi occhi di cane bastonato vedeva l'odio e la paura e ne era disturbata nella sua determinazione a non interessarsi di lei.

Maria Giovanna Fallai, giunta da Firenze con il treno delle 5.24, chiamò da fuori il cancello. Erano le sei e mezza del mattino, e l'erba delle aiuole e i sassi del rivestimento della fontana erano umidi di nebbia notturna. La ragazza entrò nell'aria profumata di frutta e zucchero e trovò Lucia del Chierico in sala, sul retro della casa, col giaccone ancora indosso, davanti alla veranda chiusa, assorta con la sua tazza di caffè ancora piena. Lucia era stata madrina di cresima di Maria Giovanna e conosceva bene la sua storia.

"Lucia, mi dispiace tanto."

Lucia fece segno di sì con la testa guardando fuori, nel prato oltre la veranda. Poi, quando già la ragazza stava per volgerle le spalle, sussurrò:

"Hai fatto bene a venire."

Giovanna fece segno con l'indice in direzione di Borgo San Lorenzo. Intendeva dire che arrivava dalla stazione di Borgo. Lucia le propose di andare a fare due passi. La ragazza sorrise, un po' meravigliata.

"Non mi va di stare qui."

Lucia si abbottonò il giaccone e uscì facendo strada alla ragazza. Camminarono nel freddo piacevole del mattino verso Borgo San Lorenzo, lungo una viottola che correva in mezzo a un castagneto a poca distanza dalla carrozzabile. L'umidità delle prime ore si era posata completamente e le colline tra Borgo e Scarperia si staccavano dal cielo con il marrone tenue delle ultime foglie tenaci misto al verde paludoso degli ulivi. La viottola che percorrevano era anche lei un tratto della famosa, mezzo cancellata "via imperiale", e così infatti veniva chiamata. Ora non la percorreva più nessuno, a parte qualche motofurgone per la raccolta delle castagne e nella giusta stagione qualche volpe, qualche cinghiale.

"Grazie per essere venuta."

Passarono il cancello.

"Ecco, è successo qui."

Giovanna guardando Lucia vide che stava diventando vecchia.

Lucia sollevò una mano.

"In casa c'è una persona che non mi piace per nulla. L'ha mandata l'agenzia..."

"Agenzia..."

"Sì, di Borgo..."

"Mandala via."

"Che m'importa. L'aveva fatta chiamare Paolo."

Giovanna prese Lucia per un braccio.

"Gli volevo bene anch'io."

"Al bischero, vuoi dire?"

Risero insieme, poi si asciugarono le lacrime.

Parlarono della differenza tra *buon uomo* e *uomo buono*. Paolo era tutt'e due le cose, disse Giovanna, ma subito tacque, perché vide il mento della sua amica tremare, il pianto urgere potente dietro la bocca ancora ferma sul sorriso di prima.

Fu in quel momento che qualcosa colpì la ragazza, che si arrestò di colpo, trattenendo Lucia per un braccio.

"Che cos'è?"

"Ssst. Aspetta..."

Uno strano uccello cantava, circondato dal silenzio più perfetto. Erano schiocchi singoli, emessi a quattro, cinque secondi uno dall'altro.

"Senti?" disse Lucia, sollevando il dito.

"È..."

"Ssst!"

Si udiva, nel silenzio, la voce del misterioso animale: *Pic! Pic! Pic!*

"È strano," sussurrò Lucia "perché di solito canta solo quando fa buio."

"Che cos'è?"

"È l'assiuolo. Forse sta chiamando. Aspetta qualcuno... forse qualcuno che tarda..."

Maria Giovanna tolse dalla borsetta la busta con la lettera di Marcucci.

"Madonnina..."

Lucia la aprì, lesse. Nel silenzio, il canto dell'assiuolo segnava una specie di punto nel tempo e nello spazio. Noi siamo qui, pensò Giovanna, e questo pensiero da bambini la sorprese. Noi siamo qui, noi siamo proprio qui. Cosa vuol dire essere qui? Cosa significa che nulla, nell'immenso universo, in questo momento si trova esattamente dove ci troviamo noi? Da quel piccolo punto Maria Giovanna vedeva partire infinite semirette in ogni direzione, verso il cielo, verso il centro della terra; attraversavano le colline, le case, gli alberi, incontravano sul loro cammino città, animali esotici, uccelli variopinti, toccavano il sole e le galassie. E noi siamo qui, col nostro batticuore.

Intanto Lucia leggeva e rileggeva.

Poi richiuse la lettera e la riconsegnò alla ragazza.

"È la seconda volta in tre giorni che mi capita sotto gli occhi questa grafia," disse osservandola.

Giò guardò gli occhi color verde palude della donna, appesantiti dal sonno e dal trucco vecchio. Lucia ebbe un moto di vergogna.

"Scusa, sono due notti..."

"Non importa."

"Del resto non dormirò nemmeno stanotte."

Indicò la borsetta di Maria Giovanna, dove nel frattempo era stata riposta la lettera.

"Ieri l'altro sera, forse notte, è venuto da me, su in Garfagnana..."

"Venuto chi?"

"Paolo. E mi ha mostrato due pagine fitte fitte del Marcucci, scritte il giorno in cui le tavole furono ritrovate."

"Tu lo sai, Lucia. Quelle tavole che nessuno ha visto, a parte lui e la mia mamma, hanno determinato il corso di tutta la mia vita..."

"Non soltanto la tua. Credi che senza questa faccenda si sarebbe pensato – a Firenze! – di rifare la facciata di San Lorenzo?"

"Dimmi."

"C'è tanto dietro questa storia. Un giallo. Da quindici anni tutte le università più importanti, e le polizie, e i governi sono alla ricerca di quelle tavole oppure negano, negano. O tutt'e due le cose insieme. Cercano e negano. Il resto te lo lascio immaginare."

"La lettera parla di uomini nell'ombra, di una telefonata anonima all'ispettore Pepi. È ancora vivo?"

"No, è morto."

Maria Giovanna fece per riprendere il cammino, ma questa volta fu Lucia a trattenerla.

"Aspetta. Le pagine che Paolo mi portò ieri l'altro sera per farmele leggere, due ore più tardi, quando era ormai morto, sulla macchina non c'erano più. L'assassino deve averle portate via."

"Dio, che incubo."

"Ma non è tutto. Ieri sera Giulia Landi, l'amante di Paolo... la conosci?"

"No."

"La figliola di Landi, Filippo, il vecchio Landi... quella bella..."

"Ne ho sentito parlare tanto."

"Ci siamo sentite per telefono."

Le disse che Giulia, nella telefonata, si era scusata molto, poi le aveva rivelato la storia delle carte ritrovate in casa propria dopo la morte di Paolo. Sperava che una scrittrice avrebbe capito qualcosa in questa storia.

Lucia guardò Maria Giovanna negli occhi.

"Ora, i casi sono due," disse, "o Paolo lo ha ammazzato la Giulia, ma non penso proprio, oppure c'è qualcuno che può entrare nelle case e prenderci e metterci quello che gli pare, e in questo caso mi sa che siamo messi male."

"Che significa? Non ci vedo nessuna trama, niente..."

"Nemmeno io, Giovannina bella. Ma è questo che mi fa paura."

3. Il gioco inizia a rivelare le sue regole

"Giò. Tra cinque minuti briefing. Sala piccola."

Facciamo un riassunto, ordinò a sé stessa Maria Giovanna. Qualcuno, a Palazzo C., trova due tavole. Questo qualcuno, così sembra, le consegna a mia madre, che le consegna a Marcucci. Poi mia madre viene uccisa e Marcucci sparisce, sembra con le tavole. Perché poi? Bastava portarle agli Uffizi, da qualche... da qualche... No, non bastava. Torniamo a noi. Una telefonata anonima all'allora questore Pepi – era il questore?, no, ispettore – mette le indagini per omicidio sulle tracce di Marcucci. Passano quindici anni. Tre giorni fa mi arriva una sua lettera, dio sa da dove, e lo stesso giorno ricompare una sua memoria scritta il giorno in cui mia madre gli consegnò le tavole. Questa memoria finì, non si sa come, nelle mani di Filippo Landi, che la lasciò in eredità alla figlia. Giulia Landi consegna la memoria a Paolo del Chierico, lui la porta da Lucia, in Garfagnana, ma al ritorno viene ammazzato sul cancello della sua villa. *Pam!* In macchina, a bruciapelo, finestrino abbassato, nessun vetro rotto, preciso come nel caso di mamma. Lo scritto di Marcucci non c'è più, ma la sera dopo la Giulia se lo ritrova sul tavolo di casa. Boh.

Pochi minuti dopo, di ritorno al suo lavoro, Giò chiamò il questore, Egidio Salvischiani. Voleva ringraziarlo dell'impeccabile lavoro svolto dalle forze dell'ordine durante il concerto di Lang Lang.

"A proposito," disse Salvischiani, quando già si erano salutati, "c'è stato un riscontro."

"Riscontro?"

"Sì, una perizia balistica. Un mio sfizio, signorina. Però interessante. L'arma con la quale del Chierico è stato ucciso è, al novantanove virgola nove percento, la stessa che uccise la sua povera mamma."

Maria Giovanna non ebbe il minimo moto di sorpresa. La storia era già stata scritta per intero, bisognava soltanto trovare il *magno volume*.

"E?"

"E questo significa che l'hanno fatto di proposito. Agli assassini piace mettere la firma, come agli artisti."

"Come dire: sì, sono stato proprio io."

"O noi."

"Non capisco, signor questore, mi perdoni."

"Voglio dire, signorina Fallai, che, come mi diceva sempre il grande Cecco Pepi, mio maestro, si può ammazzare anche da morti."

"Ha qualcosa in mente?"

"Solo dei pensieri, purtroppo. E poco sicuri anche quelli. Però stanno cominciando a pensarci in tanti."

Nel frattempo, a una decina di metri da lì, Luigino, che coordinava l'ufficio stampa, sfogliava la rassegna che aveva fatto preparare da un'agenzia esterna. Quel giorno il faldone era enorme, con articoli da tutto il mondo. Lo stesso Lang Lang, in un'intervista per una grande rete americana, ne parlava come del concerto più importante della sua vita. Luigi aveva già chiamato Giò quattro volte a motivo della dedica del concerto.

"Non me lo dire più, Gigi," lo pregò, all'ultima chiamata.

"Perché? Non ti garba?"

"No, non mi garba."

"O questa?"

"M'imbarazza, via..."

Il telefono squillò per una quinta volta. I due si vedevano di sguincio, attraverso due porte aperte.

"Ancora?"

"Non c'entra la dedica."

"Ah."

"Posso venire?"

"Un minuto solo, però."

"Mezzo minuto."

Luigi era un bellissimo giovane alto e bruno, dagli occhi chiari e onesti, gay dichiarato. Giovanna con la coda dell'occhio lo vide alzarsi di scatto tenendo un giornale in mano.

"Guarda questo, Giò," disse, stendendole davanti il *Corriere* già aperto su una pagina della cronaca nazionale, dove in un breve articolo un anziano giornalista economico *ricordava a titolo personale* la figura di Paolo del Chierico, figlio di un professionista illuminato *che mi onorò della sua amicizia*, fratello della nota scrittrice Lucia del Chierico, AD ancora giovanissimo per una multinazionale della moda, poi ritiratosi – dopo il trasferimento della stessa in Turchia – a produrre straordinarie marmellate per i più prestigiosi hotel del mondo in un vecchio casale riattato del Mugello. *Insomma, una vita umana*, concludeva l'articolista, dopo essersi scusato un paio di volte per l'intrusione nel campo delle biografie. Un articolo a modo, senza particolari rivelazioni, scritto apparentemente per puro dovere. La cosa strana però, osservò Luigino da sopra la spalla di Maria Giovanna, era proprio questa, che qualcuno l'aveva voluto scrivere, o aveva voluto che qualcuno lo scrivesse.

Un pensiero improvviso attraversò la mente della ragazza. Qualcuno vuole che si sappia qualcosa. Era come un gioco dell'indovina-indovinello. *C'è qualcosa che devi sapere e che io so, ma non te la dico.* Era questo il gioco?

Rimase così, mezzo trasognata, per qualche istante. Poi si voltò verso Luigi ma lo vide già di nuovo seduto al suo tavolino, in un caos di fogli stampati, tutto piegato verso lo schermo del computer dove scorrevano nuove immagini e parole relative al concerto.

Ricordò le parole di Lang Lang: *Aspettare è meglio che pensare.*

Ma la vera sorpresa doveva arrivare la mattina successiva. Mentre Giovanna si trovava a litigare, come accadeva sempre, con i grafici, Luigi entrò nel suo ufficio e, scivolando attraverso quattro corpi umani urlanti e gesticolanti, piegati gli uni verso gli altri intorno a un tavolino quadrato, posò, bene aperta sulla pagina giusta, una copia di *Repubblica*.

Maria Giovanna si voltò verso Luigi, che stava già scappando:

"Aspetta, Gigi, dove vai?"

"Non volevo disturbare."

"Disturbare questi tre bischeri?"

I grafici si misero a ridere. La loro postura si raddrizzò, i volti si distesero. Giò si mise le mani sui fianchi.

"Mi dici che è quella roba?"

"Quando hai tempo guarda."

"Ma che è?"

"Due pagine di *Repubblica*."

"Quelle le vedo da me."

"Leggi almeno il titolo, dio bonino."

"*Quelle tavole inesistenti*...?"

Giovanna cominciò a leggere, e da quel momento il problema con i grafici non esistette più, tanto che i tre dopo aver aspettato qualche minuto decisero di salutare e rinviare la riunione a un altro momento.

L'articolo conteneva una grande intervista rilasciata per il *New Yorker* da un celebre critico e storico dell'arte americano ma residente a Parigi, che proprio in quei giorni era stato insignito della Legion d'onore. Un paio di risposte erano dedicate alla storia delle tavole del Brunelleschi, e a quelle si riferiva il titolo dell'articolo. La tesi sostenuta, e cioè che quella delle tavole fosse una favoletta per gonzi, inventata per generare chiacchiera *nell'inquieto e oscuro mondo degli atenei*, era meno interessante del fatto che gli fossero state poste delle domande sull'argomento, e che lui avesse ritenuto opportuno rispondere. Qualcosa era trapelato, quindici anni prima, questo sì, soprattutto in seguito alla scomparsa di Oreste Marcucci, ma erano chiacchiere, sempre accompagnate da molti dubbi, che si erano propagate senza però la reazione violenta che ci sarebbe potuta essere se l'informazione fosse stata gestita in modo meno accorto.

E adesso? Cos'era accaduto?, si chiese la ragazza. Gli unici fatti recenti riguardo alla vecchia scoperta erano stati:

– la consegna della lettera da parte di Giulia Landi al suo amante;

– il viaggio notturno di questi dalla sorella;

– l'omicidio di lui (che con le tavole non aveva avuto mai nulla a che fare);

– e due colloqui privatissimi con i quali lei, Maria Giovanna Fallai, era venuta a conoscenza di tutto questo;

– oltre, va da sé, alle discussioni di routine che accompagnavano ogni puntata dello show.

Tutto qui. Nessuno ne aveva fatto parola con la stampa, lo stesso questore Salvischiani le aveva raccomandato la massima discrezione. Lucia del Chierico non poteva certo aver parlato, né Giulia Landi. Eppure sia il giornalista americano – di cui Giò trascrisse in nome – sia l'eminente studioso avevano trattato l'argomento come fosse il tema del giorno, la notizia che correva sulle bocche di tutti.

Oddio mio, che storia è questa?, si chiese. Una profonda malinconia la invase. Avrebbe volentieri mandato il festival a quel paese. Ma bisognava andare, e alla svelta. C'era la riunione di redazione, il colloquio col Grande Capo (il sindaco), c'erano i fastidi quotidiani. E c'era la basilica di San Lorenzo che sdegnosamente attendeva il progetto vincitore del grande concorso, per poi rifiutarlo.

Finalmente dopo secoli tutto il mondo guardava di nuovo verso questa città polverosa: come si poteva spegnere la macchina?

4. Indizi dal passato

"La musica! La musica, amici, è come la guerra! Musica e guerra per secoli hanno camminato fianco a fianco. Poi si separarono, e diciamolo senza peli sulla lingua: non fu una bella faccenda, né per l'una né per l'altra."

Giulia Landi aveva infilato nel lettore DVD un disco che poche settimane prima di morire le aveva lasciato suo padre, in mezzo ad altre cose come quadri dell'Ottocento, una madia, alcune penne stilografiche – raccomandandosi, perché erano oggetti a lui molto cari.

Il video iniziava con una conferenza tenuta nel 2005 (la data era sovraimpressa in basso a destra) dall'ing. Lombardi presso la sede dell'orchestra del Teatro Comunale di Firenze, di cui era il principale finanziatore in tempi di vacche magre per le finanze pubbliche.

“Qual è la sede principale, il luogo deputato della musica? La musica si può fare dappertutto, intendiamoci, anche in un cesso, ma esiste un posto fondamentale, a cui tendono tutti gli altri? Certamente. Questo posto è l’orchestra. Ci sono anche i musicisti di strada – fosse per me non ci sarebbero, ma passi… Ma si chiamano *di strada*, occorre specificare… Perché? Perché la strada non è il luogo giusto per la musica. La musica cerca l’orchestra come la sua propria casa. E l’orchestra di cosa è fatta? Di reparti: gli archi, gli ottoni, i legni, le percussioni. L’orchestra è il luogo dell’ordine: se tutto tende all’ordine, anche i suoni vi tendono: i canti degli uccelli, il frastuono della città, oppure quegli strani suoni che provengono dalle stelle o da migliaia d’anni or sono, che i telescopi rubano al silenzio delle notti. L’uomo, nella sua continua ricerca di un ordine da dare alle cose, ha creato una destinazione – no, non l’ha creata, l’ha scoperta. L’orchestra non è una creazione, è la scoperta, dico io, di una legge di natura, la stessa legge che seguirono Masaccio e Brunelleschi quando scoprirono le regole dello spazio. Ma questo voi lo sapete meglio di me, via…

“È lo stesso movimento di tante altre faccenduole della vita umana, come la nostra tendenza naturale, spiace dirlo ma è così, alla violenza. Mai scandalizzarsi della violenza: chi si scandalizza spesso è lui stesso violento in segreto. Anche la violenza cerca un suo ordine, e questo ordine è l’esercito. E l’esercito si compone, come tutti sappiamo, di tanti reparti: fanteria leggera e pesante, cavalleria, artiglieria, aviazione, eccetera eccetera. E ricompone il caos che la naturale violenza umana ha prodotto: risse, ammazzamenti, gelosie, rivalità, sopraffazione. Gli ridà l’indirizzo giusto, l’indirizzo perso. Orchestra ed esercito dunque – ossia, diciamolo, musica e guerra – sono sorelle. Mi comprendete? Non nell’aspetto o nell’azione che compiono, ma nella funzione rispetto ai rispettivi mondi, che è la stessa nell’uno come nell’altro caso.

“Se poi facciamo attenzione agli strumenti, dall’una come dall’altra parte, le similitudini si moltiplicano. Mi succede sempre, da che ho memoria, di soffermarmi, quando vo in giro per una città, davanti alle vetrine di negozi d'armi e di strumenti musicali. Perché? Perché son belli, ecco perché; e sono belli, aggiungo, per la medesima ragione: il loro rapporto con il corpo umano. Strumenti e armi sono stati pensati allo stesso modo: per essere usati dal corpo umano. Perciò ne conservano il segno aureo e inviolabile, che è l'origine di ogni bellezza: ne trattengono le proporzioni, l'armonia, sono fatti per essere toccati, premuti, imbracciati, abbracciati da questi esseri bipedi che siamo.

"Spero che quello che vi dico non vi confonda troppo o v'inquieti, cosa che mai io vorrei! Tra voi ci sono diversi orchestrali, amici miei da tanto tempo: Giordano, Alfredo, Mattia... amici. Amici che conoscono il mio modo di vedere le cose e non si scandalizzano, vero?...

"Ma c'è anche qualche differenza, una su tutte. Mi sono portato questa poesia... aspettate che me la levo di tasca... No, non sono gli anni, signora, sono i chili, accidenti a me... Eccola. Scritta nel settimo secolo avanti Cristo (l'impostore Cristo) dal poeta guerriero Archiloco: *Sulla lancia è il mio pane impastato, / sulla lancia è l'ismarico vino, /sulla lancia lo bevo curvato.*

"In un'altra poesia si lamenta perché gli hanno portato via lo scudo, e finisce: *Al diavolo lo scudo! Me ne comprerò uno migliore.* Archiloco parla così, perché? Perché la lancia e lo scudo sono suoi, di sua proprietà. Non so se mi spiego. Lui va in guerra portandoseli da casa, mi capite? È questa la faccenda interessante: se li portava da casa, come hanno fatto per secoli i soldati greci e poi quelli romani, via via fino alle soglie dell'epoca nostra. Proprio come fanno gli orchestrali: ciascuno è il proprietario dello strumento che suona..."

Seconda registrazione. Firenze, piazza Duomo, bar pasticceria Scudieri. Anno 2012. Spalle alla cattedrale, intervista con l'ing. Arturo Lombardi.

“*Ingegner Lombardi*...

“Faliero, mi chiami Faliero.

“*Faliero, si è molto discusso in questi giorni circa la sua idea sulla conservazione del patrimonio culturale e ambientale della città*...

“Lo so, lo so. Ma mi dia retta un momento. A lei piace la musica sinfonica, quella operistica...

“*Quella sinfonica soprattutto, Beethoven, Brahms*...

“Molto bene, e a lei non la incuriosisce vedere quello che fanno i singoli strumenti, cosa fa il contrabbasso mentre i violini fanno la melodia, o il contrappunto dei clarinetti?... E non le vien voglia di esser vicino a quei clarinetti, o al timpano, o all’arpa, per sapere come si sente la sinfonia stando in quel punto?...

“*Ci ho pensato qualche volta*...

“Bugia. Io invece ci penso sempre. Una città è come una sinfonia. Stai accanto al Duomo ed è come se fossi accanto agli archi, poi vai al Palazzo del Bargello e ti senti come vicino agli ottoni... mi capisci? Tu senti una voce dominante, ma sullo sfondo senti sempre tutte le altre, cambiano solo i primi piani, non so se mi spiego...

“*Perfettamente*...

“Tu non conosci davvero una città se a ogni passo non te la senti dietro... Ma tutta! Cerca di capirmi, tutta. Ti deve accompagnare sempre. E non c’è niente di generico: l’oboe dev’essere *quell’*oboe, i violoncelli *quei* violoncelli. Firenze si preserva fin quando possiamo ascoltare *quella* musica, e solo *quella*.

“*Grazie Faliero.*”

(registrazione interrotta)

Terza registrazione. Anno 2019. Ospedale San Giovanni di Dio, Firenze, sezione *, piano **, stanza ***. L’ing. Lombardi, sudato, in canottiera, smagrito, vecchissimo, guarda verso sinistra in direzione di qualcuno con cui sta parlando. Si trova in un letto, la flebo attaccata al braccio destro, due tubi escono da sotto il lenzuolo, uno dei due contiene uno spurgo rossastro.

Parla a fatica, la voce gli esce come da un mantice rotto.

"... no, Bardo, no. Se l'ho chiamate così, è perché lo so. È inutile che te e quegli altri... Ecco, m'hai capito... Ultime volontà. Che credi che non l'abbia capito? Difetti tanti, ma bischero no, vè. (Si gira verso la videocamera) Buondì a tutti, lor signori e lor dame. Perdonate la *mise*. Sono sempre io, il vostro Faliero. Il naso più lungo, le dita più secche, le occhiaie nere. Ho ottantanove anni e non ne avrò novanta: son qui per salutarvi tutti, quanti siete. Non è che mi dispiaccia troppo, come diceva il mio babbo: se i nostri avi tornassero in vita e vedessero sto bailamme di mondo d'ora sai che direbbero? *Rimorimo, rimorimo*... Dunque. Oggi mi tocca di fare il bilancio fuori stagione, i bilanci mi son sempre stati sui cogliomberi, ma si devono fare ugualmente. Perciò ecco quello che vi dico.

"Nella mia vita tre cose mi sono state a cuore: le mie imprese, diciamo il vil denaro, in secondo luogo la musica, e in terzo luogo Firenze. Non ho avuto famiglia, ho avuto tante ganze e anche un paio di ganzi, errori di gioventù, e ora saluto tutti. Prima di tutto. Sostenete il Teatro Comunale. Lascio un milione di euro al Comunale. Il sovrintendente che c'è ora mi garba poco poco poco ma l'hanno voluto cambiare, anche lui... E la pagheranno... Credetemi. Tutto è sempre meglio se rimane dov'è. Questa è la mia filosofia. Appena cambi qualcosa, son tutti troiai. Ma non mi rimangio la parola. (Si volta di nuovo a sinistra) Bardo, dov'ero rimasto? Ah, la musica e poi... d'accordo. (Si volta di nuovo verso la videocamera) Firenze. Levate a Firenze i suoi difettacci e Firenze non esisterà più. Il progresso è stato creato qui, ma qui non ci sarà nessun progresso. Firenze non può essere una città come le altre, una smart city, e se qualcuno pensa questa bischerata non gli credete. Rinchiudetelo. Tolto il milione di euro, lascio tutto alla città. Ma non al Comune. Si farà una fondazione allo scopo di conservare (Si volta di nuovo a sinistra)... sì, hai ragione (Si volta di nuovo verso l'obiettivo, ansima)... di contribuire… alla conservazione… del patrimonio… artistico… e culturale… di Firenze. Santoddio, non ne posso più…"

Giulia Landi estrasse il DVD dal lettore e lo ripose nella custodia. Fece per andare in cucina a farsi un caffè ma decise di fermarsi in sala, stendere i piedi sul divano e pensare. Una nebulosa di immagini, dubbi, sospetti premeva contro le pareti della sua testa, ogni pensiero ne richiamava altri dieci, e poi altri dieci, e ancora dieci… Perché suo padre conservava i deliri dell'ing. Lombardi? Lo chiamava "amico ritrovato": ma era veramente suo amico? Perché aveva voluto lasciarle questo disco? E poi: di quale fondazione parlava il vecchio? Era stata realizzata? Non se n'era mai sentito parlare, forse era rimasta un'idea, un progetto. O forse esisteva nella forma, tanto per dire, di una società segreta, e l'esecutore testamentario ne faceva parte? Forse in qualche prefettura, forse lo stesso prefetto… Anche lui affiliato? Ma allora che fine aveva fatto l'eredità? A quali opere era stata destinata? Perché nessuna opera importante realizzata dopo il 2019, edificio, museo, iniziativa culturale, manifestazione pubblica, premio nazionale o internazionale, porta il suo nome?

Forse, pensò Giulia, l'ing. Lombardi era uno a cui della gloria futura importava poco e nulla. Questo può anche essere, disse tra sé, ma io ci credo poco poco poco: la sua vanità deborda da tutti i racconti, da questi video…

Chi era quest'uomo?

Già. E mio padre, chi era?

Il giorno successivo, Giulia rimase per tutta la pausa pranzo a fare ricerche su internet, ma non trovò risposta a nessuna delle sue domande. Non esistevano associazioni, circoli, fondazioni, premi, organizzazioni culturali che fossero legati in qualche modo al nome dell'ing. Lombardi.

Suo padre, nei mesi in cui sopravvisse all'ingegnere, parlava spesso di lui, della loro gioventù comune, delle feste in costume, della passione per la Firenze scomparsa, dell'odio per l'unità d'Italia, dei giorni passati a pescare sulla Sieve e sulla Pesa.

"Perché poi vi siete persi di vista per tanti anni?" gli chiese la figlia una sera.

"Eh, perché, perché... Lo sai com'è fatta la vita, no?"

"Com'è fatta?"

"Faliero era uno da starci attenti."

"Mi spieghi?"

"Uno da starci attenti, e basta."

"E tu ci sei stato attento?"

"Eh, hai voglia!"

5. Padri sconosciuti

Non aver mai conosciuto per davvero il proprio padre era uno dei grandi rimpianti di Giulia Landi. Le origini di ser Filippo Landi erano incerte. Lo si diceva nativo di San Casciano in Val di Pesa (la carta d'identità portava il nome di Firenze), figlio di droghieri, il negozio sul primo angolo a destra, finita l'erta, un tiglio a dare ombra d'estate a due tavolini improvvisati e quattro sedie. Ma non erano gli ascendenti e nemmeno i morti in guerra (padre e fratello maggiore) a renderlo insofferente ai suoi luoghi d'origine, era piuttosto quella che lui chiamava la conversazione interiore. Fin da ragazzo preferiva la solitudine, le passeggiate lungo il fiume, la caccia alle pernici, alle fagianelle. Alto e secco, la sua figura solitaria metteva quasi paura a tanti, anche se tutto si stemperava in riso, in lazzo. Le parole che diceva a sé stesso non erano quelle della sua origine, quasi la sua nascita fosse stata un'altra, altrove, altri i genitori. A Firenze si iscrisse a Scienze politiche e s'ingegnò a mantenersi in città. A volte fantasticava, s'immaginava lasciato da chissà chi, bambino, su un ciglio di strada. Poi la vita lo aveva assorbito, la sua carriera fu rapida, la città lo adottò fino a farne un figlio prediletto, ma molte domande sul suo conto continuarono a non trovare una risposta.

Quello che era certo è che lui a Bivigliano – dove viveva la sua seconda moglie – non ci avrebbe mai messo piede, e così a Vaglia, a Barberino, a Figline, a Pontassieve, insomma in qualunque posto che non fosse Firenze oppure l'aperta solitaria campagna. Si riconosceva nei volti muti, murati di Ottone Rosai. Ah, se lo capiva! Soffrì disturbi agorafobici, imparò a percorrere sempre la stessa via, da casa in via Masaccio alla banca (e poi in Comune) e viceversa. Poi un giorno acquistò la villa di Monteripaldi.

Né la moglie né la figlia – che pure accudì il vecchio fino al giorno del trapasso – seppero mai chi fosse veramente quell'uomo dalla biografia oscura, salito dal nulla fino alla carica di sindaco di Firenze. I passi compiuti da ser Filippo nella vita erano più o meno conosciuti: dai bighellonaggi di ragazzo al diploma preso per corrispondenza, dalla laurea con una tesi sul periodo del Terrore al primo posto in Municipio, dove cercò di sostenere il prestigio di una sedia sulla quale avevano preso posto uomini di grande cultura e autorità morale e intellettuale: La Pira, Bargellini, Bonsanti. Lui non possedeva quell'autorità ma ammirava quelli che l'avevano posseduta, leggeva i loro scritti e impegnò le proprie risorse umane a correggere i loro errori, e a commetterne altri. Suo proposito fermo, ripianare i troppi buchi di bilancio prodotti dai grandi uomini, riuscendo qualche volta nell'intento.

Ma i passi della vita non erano la vita, e quella restava tenacemente nell'ombra. I suoi occhi erano vividi, attenti, duri: occhi di un uomo che non si lasciava ingannare. Il suo sorriso era benevolo ma senza mai abolire – nemmeno con la figlia – le distanze che la natura sembra avere stabilito tra un essere umano e un altro. Negli ultimi anni della vita la ritrovata amicizia con l'ing. Lombardi gli aveva portato un'apparenza di conforto, ma per quello che ricordava Giulia, le volte in cui era stata presente ai loro incontri, discorrevano poco, ed era soprattutto l'altro a parlare: di politica perlopiù, o di conoscenti comuni. Suo padre annuiva, a volte sorrideva.

Anche in certe foto, risalenti all'infanzia di Giulia, l'uomo sorrideva. Era un sorriso solare ma riservato, gli occhi pensosi gettati verso qualche punto lontano. Non era mai stato un uomo allegro, l'allegria lo infastidiva. Odiava le barzellette, i film comici e non frequentava volentieri le feste, benché ne avesse dovute vedere tante. Ricordava con una smorfia i tagli del nastro, le inaugurazioni, i discorsi ufficiali, e raccomandava alla figlia di evitare la carriera politica. Un'aria di delusione stazionava sempre nelle sue parole, nell'espressione del suo viso.

Eppure, se scendeva in profondità e interrogava quei pochi sorrisi trattenuti dalla macchina fotografica, soprattutto quelli in bianco e nero, Giulia poteva riconoscere in essi qualcosa di differente, che sfuggiva ai ricordi quotidiani.

Come chiamare quel qualcosa? Non certo una felicità, e nemmeno una speranza in chissà che, ma piuttosto una tensione verso il mondo, un'attitudine tra il guardingo e il curioso, che le ricordava a sua volta qualcosa di familiare, lei stessa.

Ma di quella vita fuggita via chi sapeva qualcosa?

Forse un uomo, uno soltanto, che in quell'istante, a duemilacinquecento chilometri da lì, si guardava nello specchio malandato sopra il lavabo del bagno, constatando il progredire degli anni nel viso sempre più magro e rugoso, nelle macchie sempre più pronunciate sugli zigomi e sulla fronte. Una debolezza mai provata fino a un anno prima, soprattutto la mattina, quando si alzava dal letto, gli ricordava che il contratto con la vita si avvicinava piano piano al termine. Non aveva paura di questo, piuttosto era curioso.

Non credeva né nell'esistenza né nella non esistenza dell'aldilà, perché gli parevano assurde tutte e due queste ipotesi. Ogni volta che ne prendeva in esame una – ma questo accadeva già molti anni addietro – trovava più ragionevole l'altra.

La sola certezza che non lo abbandonava mai riguardava i casi fortuiti: i più passano senza nemmeno farci caso, diceva spesso, altri per qualche ragione o per nessuna ragione ci strappano via da tutto quello che eravamo. Affetti, lavoro, casa, città, tutto.

6. *Morte di un portinaio*

Il 23 dicembre tutta Firenze fremeva sotto un sole freddo e secco. Il livello dell'Arno era basso, si passeggiava accanto alle spallette, a coppie, a famiglie di ogni nazionalità, stretti nei cappotti, nelle giacche a vento. Il fiume apriva in due la città. Dai ponti si vedeva l'acqua scorrere fino ad arrossarsi dove il sole aveva appena cominciato a scendere. I bambini saltellavano per scaldarsi, felici di vedere la condensa salire come fumo e perdersi poi, un metro più in alto, nell'aria appena mossa delle tre del pomeriggio.

Le vacanze natalizie e il progetto Big Bang avevano riempito tutti gli alberghi del centro, tutti gli appartamenti e le camere in affitto, i B&B e le pensioncine della città fino al Chianti, al Mugello e a Pisa, a Pistoia, a Siena. Da mesi i cronisti di tutte le principali testate del mondo seguivano il grande evento; loro stessi, in capo a poche settimane, erano diventati parte del paesaggio cittadino. Molti di loro conoscevano già un po' d'italiano quando erano partiti dai loro paesi, altri ne avevano imparato presto quanto bastava per il salumiere e per farsi qualche amico in una città dove la diffidenza dissimulata era norma. Nei caffè del centro, come Gilli o Scudieri, i camerieri salutavano affabilmente, come vecchie amicizie, persone di nome William, Aaron, Françoise, Phoebe, Oscar, Elias, Margot, Ol'ga, Karim. Nacquero storie.

Erano piene di gente anche le vie che di solito non ospitavano turisti. Da San Marco, dopo avere ammirato l'*Annunciazione*, anziché tornare verso il centro molti proseguivano in direzione Porta San Gallo, altri tornavano da uno dei molti ristoranti della zona. Il passo era tranquillo. Tra non molto il freddo avrebbe invitato i più a tornarsene in camera, ma non subito.

Ma c'era anche chi camminava a passo più lesto. Come Carmine, il portinaio di via Masaccio. Pentito per le bugie raccontate a Giulia, due giorni dopo la morte di Paolo del Chierico, si stava dirigendo in questura. Voleva dire tutta la verità sul documento che qualcuno aveva riportato in casa Landi dopo averlo sfilato dalla giacca del cadavere. Pensava di difendersi in anticipo dicendo, e questo era vero, che quando Giulia gli aveva chiesto notizie su chi le avesse lasciato lo scritto, lui non aveva ancora letto gli articoli che ne parlavano, non sapeva che la faccenda era già di dominio pubblico. Anzi, non sapeva nemmeno che l'amante della Giulia era stato ammazzato.

Ora sapeva tutto e la bugia gli pesava.

In questura fu ricevuto dal sovrintendente Tal dei Tali, che lo accompagnò frettolosamente nel primo ufficio vuoto e sedutosi dall'altra parte della scrivania di formica simil-legno prese nota senza troppa partecipazione emotiva della sua deposizione, anzi lo pregò di rilassarsi.

Carmine disse che due uomini, vestiti da poliziotti ma che non erano senz'altro poliziotti, gli avevano portato la lettera ordinandogli, non troppo educatamente, di rimetterla in casa della signora Giulia Landi, dove sarebbe dovuta restare.

"Cosa le fa pensare che non fossero due poliziotti?"

"I poliziotti non ammazzano la gente così."

"Cosa le fa pensare che siano loro gli assassini?"

“O sono assassini o sono complici degli assassini.”

“Giusto,” commentò il sovrintendente, mentre toglieva di tasca il telefono lampeggiante, già assorto in altre occupazioni. “Vedrò... vedrò di fare il possibile.”

“Grazie e scusi per il disturbo.”

“Dovere.”

Uscito, percorse il lungo corridoio pieno di porte aperte e di voci, con gente che di continuo entrava e usciva chiedendo permesso e scusa. Si domandava se questa sua decisione avrebbe portato qualcosa di buono, ma adesso temeva di no, almeno a giudicare dall'interesse dimostrato da quell'uomo.

Poi, d'improvviso, qualcosa passò ai lati del suo campo visivo. Si spaventò. Sentendo ridere si girò, e per un istante i suoi occhi incontrarono, avrebbe giurato, quelli di uno dei due uomini che giorni addietro gli avevano ordinato di riportare lo scritto di Marcucci in casa di Giulia Landi.

L'uomo, alto e ben portante, dalla testa oblunga, lo vide a sua volta. E al portinaio sembrò che, vedendolo, avesse interrotto per un istante la sua risata.

Originario di Potenza, stempiato, piccolo e magro, Carmine Cuomo camminava curvo ed evitava di guardare negli occhi le persone, a meno che fossero persone conosciute. Stavolta aveva alzato gli occhi per sbaglio, e di avere sbagliato si rese conto immediatamente. Poi, lungo la strada, cercò di convincersi di avere preso fischi per fiaschi, infilò tre, quattro argomenti inoppugnabili, evocò figuracce del passato. Non era decisamente fisionomista.

Ma ora invece, mentre tornato a casa stava prendendo il solito aperitivo al bar di sotto, si rendeva conto di aver riconosciuto quelle facce. O quantomeno una delle due, che gli si era stampata in testa, chiara e inconfondibile.

Il giorno successivo era sabato, quello dopo ancora domenica. Lunedì nessuno lo vide nella casa di via Masaccio, e quello dopo nemmeno. La sera di martedì la moglie di Carmine, una donnina piagnucolosa, chiamò l'amministratore del condominio per dire che da quel giorno suo marito non sarebbe più venuto a lavorare e che, se voleva, poteva sostituirlo lei.

"È successo qualcosa?"

"È morto. Un infarto. Sabato, o domenica, era notte."

L'amministratore fece alla donna le condoglianze, rimproverandola benevolmente per il modo in cui gli aveva dato la notizia. Non colse l'angoscia nella voce di lei, la confusione e il panico che la dominavano. A nessuno venne in mente di ordinare l'autopsia del poveretto, sia perché a tutti la morte parve dovuta a cause naturali, essendo Carmine cardiopatico da almeno dieci anni, sia perché dodici ore dopo il questore di Firenze, dott. Salvischiani, scampò per miracolo a un attentato compiuto da tre uomini mascherati. Se la cavò con una pallottola nella gamba, che passò a un centimetro dall'arteria femorale, e una nella spalla sinistra. Il giubbotto antiproiettile, che indossava per prudenza tutte le mattine e che per pigrizia non si era ancora tolto – perché era grasso e il giubbotto andava slacciato da dietro la schiena – lo salvò da morte sicura.

Se l'autopsia fosse stata fatta, si sarebbe conosciuta la verità sulla sua morte, dovuta non a infarto ma a un Bitter Campari avvelenato, e anche le indagini sull'attentato al questore Salvischiani avrebbero preso una direzione diversa.

Ma, in ogni caso, questo non accadde. Così come nessuno seppe in che modo il veleno fosse finito nel Campari del poveretto. E se anche qualcuno (come invece accadde) sentì per strada tre poliziotti parlare a voce alta, ridendo, dell'avvelenamento di un uomo, non avrebbe potuto capire se parlavano di fatti veri, della scena di un film o di un sogno.

3.
PREMONIZIONI

1. Un'ipotesi paurosa

Quell'anno le vacanze natalizie di Maria Giovanna si ridussero ai giorni 26, 27 e 28 di dicembre, poi fu necessario tornare al lavoro perché si avvicinava la nuova puntata dello show. Diversi giornalisti stranieri, soprattutto inglesi e americani, erano rimasti a Firenze anche per Natale e continuavano a scrivere, perlopiù pettegolezzi e indiscrezioni, che sembra piacessero molto ai lettori dei tabloid. Questo teneva in allerta lo staff del festival.

Quanto a Big Bang Portrait, non tutti avevano rinunciato a cercare nuove storie nelle pieghe della puntata precedente, culminata con lo spettacolare concerto di Lang Lang. Il misterioso accordatore cinese alla fine si era ricongiunto con l'artista? Era stato contento il pianista del servizio del suo sostituto? Sembrava fosse nata tra loro una vera amicizia. Intervistato, l'artigiano rispose che si era trattato di un incontro cordiale e niente di più, e quando lesse il titolo sul sito de *La Nazione*, "Il mio amico Lang Lang", si affrettò a inviare un messaggio all'artista scusandosi per l'intemperanza del giornalista e per non aver chiarito a sufficienza che si era trattato di un banale rapporto di lavoro.

Con gli anni Lucia del Chierico si era fatta più mite. Dopo gli scandali di un tempo, aveva deciso di vivere appartata. Aveva indossato abiti neri, disdegnato la biancheria intima, approvato fotomontaggi di cattivo gusto. Della lei del passato restavano i libri, ma nessuno si girava più vedendola passare. Escluso l'ultimo Natale trascorso a Firenze in compagnia della madre affetta da demenza, abitava sola nella casa di San Cresci che fino a due settimane prima era stata del fratello. Scrisse a Emma: se voleva tornare, per lei non sarebbe cambiato nulla. *E la casa di Bagni di Lucca?*, rispose la donna, senza dire sì né no. Era quello l'ultimo tetto ad aver riparato la testa del povero Paolo. Lucia avvertì il tremito, lo strano amore di una donna-uomo per un uomo-donna. Ne fu quasi umiliata. Rimuginò sui versi *dà angoscia / il vivere di un consumato / amore*. Pensi alla mia proposta, rispose, e mentalmente aggiunse *lo faccia per me*, poi si chiuse a riflettere, a passeggiare, a prendere appunti e non chiamò e non scrisse più a nessuno fino a Natale.

Nei giorni seguenti Lucia invitò Giulia Landi a raggiungerla.

Ma quando si presentò alla sua porta, Giulia ebbe la sorpresa di vedersela aprire da Maria Giovanna, giunta come l'altra volta la mattina presto.

Lucia comparve dietro le sue spalle, nell'ombra.

"Ho pensato che era tempo di vederci, tutte e tre."

"Pensi?"

Lucia richiuse la porta.

Sedevano al tavolo di cucina, con il bricco del caffè al centro. Il fumo saliva dalle tazze e appannava il vetro della lampada.

"Mi piacerebbe scrivere un giallo," disse. "Non è la mia specialità, ma questa volta è differente. Mi potete aiutare?"

"Che giallo?" chiese Maria Giovanna.

Lucia la guardò dentro gli occhi.

"Lo sai."

"Dio mio, veramente?"

Giulia passava gli occhi dall'una all'altra. Un sorriso di incredulità le sorvolò il viso.

"Ma un detective non è sufficiente," osservò.

Lucia finse di non averla sentita.

"Non ho mai scritto gialli, e cominciare a quasi cinquant'anni è azzardato."

Giulia sorrise di nuovo.

La cucina era la prima stanza a ridestarsi dal sonno. Le finestre rivolte a oriente catturavano la luce prima di tutte le altre perché la casa si trovava sul cocuzzolo di un colle, così che i raggi la raggiungevano di sbieco, salendo da una lontana gola tra due alture, mentre ancora tutto il resto del paesaggio si trovava nell'ombra. Nei giorni di vento le ombre dei castagni e degli abeti si agitavano sulle pentole di rame appese sopra i fornelli, sulla madia di legno chiaro, sul tavolo di formica dal bordo stondato, sulle sedie di legno dipinte a mano color verde acqua, e le loro immagini frementi si riflettevano nei vetri della credenza e sulla superficie specchiante della porta del frigorifero. Nelle notti di luna spesso l'agitazione delle ombre risultava così visibile dalle altre stanze, più quiete, tanto che a qualche ospite era accaduto di chiedere *Che succede laggiù?*, al che il povero Paolo, immancabilmente, rispondeva *Quello è il nostro cinema*.

Ma nostro di chi? Adesso che in casa c'era soltanto lei, quelle parole somigliavano a oggetti murati dentro una nicchia. Fino a qualche giorno prima quel *nostro* era stato niente più che un vezzo, ma dopo la morte di Paolo aveva acquistato il proprio significato. L'assenza di un vivo è altra cosa dall'assenza di un morto. Ora quella casa era veramente vuota.

Giulia, ancora infreddolita, stringeva forte la sua tazza.

"Forza, Giovanna," disse Lucia, "tocca a te."

Giovanna tolse da una sacca appesa alla spalliera della sua sedia una copia di *Repubblica* e la aprì sulle due pagine centrali, dove in un articolo tradotto sempre dal *New Yorker* il capoprogetto del collettivo di Pechino "La Porta del Sole" rispondeva seccato alla provocazione dello storico americano in merito alle tavole del Brunelleschi. Sosteneva che quelle tavole esistevano ed erano state trovate, e una volta svelato il mistero della scomparsa del prof. Oreste Marcucci si sarebbe risolto anche quello delle tavole. Ma non è un caso, concludeva l'eminente studioso cinese, che nessuno abbia mai cercato seriamente l'uomo scomparso, che a questo punto, diceva, potrebbe anche essere morto.

Mentre ancora Giulia stava leggendo, Lucia rivolse alla ragazza questa domanda:

"Il nome, Big Bang Portrait. Chi l'ha inventato?"

"Fui io a proporlo, durante la prima riunione."

"E a te come venne in mente?"

Giulia smise di leggere e sollevò lo sguardo.

"Fu... fu una frase che sentii dalla mamma, il giorno prima che fosse ammazzata..."

"Cosa disse?"

"Non l'ho mai detto a nessuno."

"È tempo."

"Disse che quelle tavole erano il ritratto del Big Bang. Che cos'è il Big Bang?, faccio io. L'Universo, fa, è nato da un'esplosione immensa. Prima che esistesse il tempo, era milioni di volte più piccino della punta d'uno spillo, fa. Poi pum!, è nato tutto. Allo stesso modo, fa, un nostro grande antenato, ser Filippo Brunelleschi, scoprì che da quel puntino minuscolo che è l'occhio umano nascono le linee, e così piglia una matita e comincia disegnare sul tovagliolo, vedi? E queste linee segnano lo spazio e l'ordine di tutte le cose. Quindi, faccio io, ser Filippo ha generato il Big Bang? Mamma si mise a ridere... Sì, mi fa, in qualche modo è stato così..."

Due lacrime scesero sulle guance della ragazza.
"Scusate, mi fa male la gola."
"Bevi un goccio di caffè."
"Grazie. È che mentre parlavo ho pensato una cosa."
"Ce lo dici? Se non vuoi non fa nulla."
"Ve lo dico, ve lo dico. Ho pensato che... che forse... ma vi giuro che non ci avevo mai pensato prima d'ora..."
"Parla, che ti fa bene."
"Ho pensato che quelle sono state le ultime parole che ho sentito da lei... o comunque sono le ultime che ricordo... Forse la mattina dopo m'avrà detto buongiorno, non lo so... ma..."
"Va bene, Giovannina, va bene, bevi il caffè finché è caldo."
Giovanna bevve un sorso.
"Così," concluse, perché a Maria Giovanna piaceva concludere, "così a quella riunione mi venne in mente quella frase, in fondo," sollevò le spalle, "sempre di Brunelleschi si trattava..."
Giulia, che fino a quel momento non aveva detto nulla, tornò sulle ultime parole dello studioso cinese su *Repubblica*: *... che a questo punto potrebbe essere anche morto.*
Le altre due la guardavano, incuriosite.
"Non vi sembra un messaggio in codice?"
Ma non attese la risposta delle sue compagne.
"Non mi date retta, dicevo per dire... Si va a cena?"

Cenarono in un piccolo, caldo ristorante vicino a Barberino. Al ritorno guidò Giulia, che era astemia, mentre le altre ridevano dicendosi sciocchezze. Lucia era stremata da mille cose ed era stato un bene che avessero bevuto. La vita, pensò, è pur sempre una cosa bella, anche quando ti tocca dirlo a denti stretti. Questa volta toccò a lei versare una lacrima, ma era buio e poté tenerla segreta.

Durante la cena la discussione era caduta sugli omicidi che avevano toccato la vita delle tre donne. Si parlò anche dell'attentato al questore, poi Giulia parlò della morte del portinaio di via Masaccio, sulla quale manteneva i suoi privati sospetti.

"Quello magari non c'entra nulla," aveva precisato, "però da giorni mi ripetevo *Carmine mi ha mentito, Carmine mi ha mentito*, e non sapevo perché."

"Di certo qualcuno lo sapeva," disse all'improvviso Lucia.

Le parole di Lucia produssero un silenzio immediato, sciolto, ma dopo diversi secondi, da alcune frasi spiritose, commenti alle pietanze, indiscrezioni su qualche amore tenuto nascosto. Di tanto in tanto, però, quel silenzio si ripresentava come un ospite abituato alle improvvisate: successe anche nel viaggio di ritorno, alla fine di una risata troppo strascicata, seguita da un colpo di tosse. Giulia guardava fisso davanti a sé, mentre le luci della strada scorrevano indietro – così pensò Giulia – *come tanti piccoli fantasmi*. E questa parola, *fantasmi*, dovette passare per la testa anche delle altre, perché uscirono tutte e tre eccitate dalla macchina, e come misero i piedi sulla ghiaia del vialetto Giò diede un grido che immediatamente soffocò premendo la mano sulla bocca.

"Che c'è, Giovannina?" disse Lucia senza smettere di ridere, e le cinse le spalle con un braccio.

La paura della ragazza la divertiva.

"Guarda dentro le finestre di cucina."

"Che c'è?"

"C'è qualcuno..."

"Non c'è nessuno, Giovannina."

Tra il grosso lampione esterno e il muro della cucina da un paio d'anni era cresciuto chissà come un abete, che ora proiettava la propria ombra agitata contro i vetri di cucina, che la rinviavano a loro volta sui muri, sulle pentole, sui quadri, sugli scaffali.

"Quando si dice dar corpo alle ombre..." sorrise la ragazza.

"Questo non lo devi dire," la corresse Lucia. "Le ombre hanno un corpo, altroché: le ombre *sono* corpi. Se così non fosse, pensi che mi sarei messa a scrivere romanzi?"

Per il resto della notte, sedute a luce spenta sui divani in pelle della sala, di fronte alla veranda chiusa, le tre donne parlarono di fantasmi, di donne e uomini inquieti che non avevano più un posto né da questa parte del Grande Arco né da quell'altra, e vagavano tra le due dimensioni. Risero rievocando storie alle quali i loro nonni e bisnonni – gente con i piedi bene attaccati per terra – avevano creduto ciecamente: risero, ma poi come tutti si strinsero anche loro nelle giacche.

Verso il mattino la conversazione si diradò, cominciarono a prevalere la stanchezza e il sonno, le parole si perdevano, le frasi si sfaldavano, soggetti senza predicati, predicati orfani dei soggetti. Lucia propose di andare a dormire, e l'azione di alzarsi le destò dal torpore.

Giulia aveva parlato meno di tutte ma era anche la meno stanca. Le sue palpebre non si erano mai abbassate, i suoi occhi avevano guardato, fissi, pensosi in direzione della veranda.

Sollevò una mano, le altre si girarono verso di lei e sospesero i loro discorsi.

"Giulia?"

Si voltò a guardarle. Poi, lentamente, quasi con fatica, disse:

"E se l'assassino, o gli assassini, fossero già tutti morti?"

"Lo dice anche il questore. Un bel giallo, non c'è che dire," si affrettò a commentare Giovanna, a cui questi discorsi non piacevano.

Le sue parole però non avevano dissipato il silenzio.

"Qualcuno mi accompagna fino al bagno?"

"Se seguitassero a uccidere… da morti?" aggiunse Giulia.

"Ti dico che l'ha già detto il questore," ripeté Giovanna con un gridolino.

"Ti pare un bel modo di dare la buonanotte?" sorrise Lucia.

"Pensateci," riprese Giulia. "Pensateci. Se fossero stati i loro fantasmi?"

"A fare che?"
"A uccidere."
"Che ti salta in mente?" domandò Giovanna, cercando di ridere.
Questo non aveva più nulla a che vedere con le parole del questore.
"Fantasmi assassini," disse Giulia serissima.
Lucia le andò sulla faccia, i pugni sui fianchi.
"Giulia, abbozza per favore."
Giulia volse la testa appena, senza cambiare espressione né tono di voce.
"Non hai detto che volevi scrivere un giallo?" disse.
"Nei libri gialli non ci sono fantasmi."
"Ma i libri gialli dicono la verità?"
"La verità, mia cara, è ciò che mi uccide giorno dopo giorno. Ti faccio leggere le recensioni ai miei libri. Nessuno che abbia capito un cazzo."
"Lo vedi? Allora meglio i fantasmi."

2. *Istanbul*

Nel frattempo le tavole non si trovavano più a San Paolo, dove erano state per anni. Erano sbarcate a Istanbul. Un vecchio amico di Oreste Marcucci, dipendente di una multinazionale, andava in pensione e lasciava il piccolo appartamento di Istanbul in affitto, dov'era vissuto per tanti anni: un ingresso, un frigorifero, un armadio a due ante, un fornello da campo, un letto, un minuscolo bagno cieco. E per Oreste era tempo di andarsene dal Brasile.

Conosceva bene Istanbul, dove aveva vissuto a più riprese, tra i venticinque e i trent'anni, per scrivere il suo primo libro sull'arte tra Bisanzio e l'islam. L'affitto era molto basso, il vecchio quartiere popolare ma vicino al centro, e dalla finestra dell'unica camera vera e propria si godeva uno scorcio che ricordava Parigi nel punto in cui comincia a salire verso Montmartre.

Come tutte le megalopoli del mondo, anche Istanbul era un agglomerato di città diverse, senza confini tra una e l'altra ma molto ben riconoscibili dalla condizione delle strade, dal costo degli immobili e dalla sicurezza generale.

La sua popolazione era stimata intorno ai diciotto, venti milioni. Nessun amministratore poteva governare città di queste dimensioni, anche se migliaia di droni le sorvolavano, o scivolavano sulle strade e sotto di esse, entrando spesso nelle case e trasmettendo immagini a nessuno o forse a qualcuno che però restava in silenzio e poteva farlo anche per anni, o per sempre. La popolazione era così vasta da non essere più nemmeno una massa di individui, ma piuttosto una specie di unico impasto umano, dal quale sorgevano, come bolle sulla superficie di un lago vulcanico, cose belle e cose orribili, gesti meravigliosi e crimini furiosi. Su questo punto le grandi città si somigliavano tutte, come nel fatto che numerosi distretti non soltanto periferici erano sotto il controllo della criminalità, e non per fatalità ma per un patto che in certe circostanze le amministrazioni non potevano evitare di sottoscrivere.

Le persone si ammassavano, si nascondevano, scavavano buchi; esisteva una città sotterranea accessibile forse da qualche sgabuzzino o stanzetta, dietro qualche finto pannello, ma alla quale tutti accedevano, compresi moltissimi tra coloro che erano impiegati attivamente nelle operazioni di controllo, e che avevano bisogno come tutti di allentare la sorveglianza, perché nessuno vi si poteva sottrarre, inclusi i sorveglianti. Chi gabbava la legge, per esempio falsificando un documento di identità, un permesso di guida, una tessera di accesso ai servizi pubblici, perfino un passaporto, finiva comunque sotto qualche occhio implacabile: ma venti milioni di esseri umani non si potevano poi punire, le prigioni erano insufficienti come lo era tutto il resto, tranne il cibo di scarsa qualità, e la pena di morte non era una vera pena di morte (anche se lo era) e veniva comminata molto raramente, in modo casuale e tra l'indifferenza generale.

Le stesse identità individuali cambiavano, cambiavano i pensieri, le strategie quotidiane. A Istanbul Oreste Marcucci non era più Oreste Marcucci. Adesso il suo nome era Cengiz Nakaroglou, e viveva e pensava come Cengiz Nakaroglou, dopo essere stato Isidro "Romeu" Guimarães da Silva e aver vissuto e pensato come un uomo che portava quel nome. Cengiz Nakaroglou era un uomo dai capelli bianchi, ancora in buona forma ma più magro e più fragile di una volta, che dopo breve tempo parlava e ragionava in turco (lingua che conosceva già) e nel dialetto della zona di Istanbul in cui viveva. Gestiva una minuscola azienda formata da lui stesso, da un ragazzo molto sveglio, dai grandi occhi neri, di nome Adil che abitava al piano di sopra, e dalla madre di questi, una vedova grassa e strabica, che però sapeva tenere i conti in ordine. Lui e il ragazzo tostavano nocciole, noccioline, semi di zucca e mandorle, le salavano oppure le zuccheravano per infilarle in sacchettini di cellophane da cinquanta grammi ciascuno. Il profumo sulla strada e sul pianerottolo era il loro distintivo. Lavoravano bene, meglio sembra di gran parte della concorrenza, e a Istanbul molta gente era ghiotta di semi salati o caramellati.

3. Verranno

"Sono cose vecchie, buttale via," disse il ragazzo guardando le tavole che Cengiz aveva tolto da sotto la sua branda e poi svolto dal doppio strato di cellophane. "Smettila di soffiarci sopra, non lo vedi? È polvere vecchia come il mondo."

"Come il mondo: hai detto bene. Sono molto preziose, Adil."

"Vuoi dire che si possono vendere?"

"No."

"Tu mi vuoi confondere."

"Per vendere qualcosa ci deve essere qualcuno che compra."

"Mmh."

"Prova a immaginare una cosa così preziosa che nessuno ha soldi a sufficienza per comprarla."

Adil si mise a ridere.

"Quella cosa non esiste, Cengiz."

Cengiz vide per la prima volta la perplessità affacciarsi dentro gli occhi luminosi del ragazzo. Immobile, quasi senza respirare, come una lucertola ferma su un muro, Adil inseguiva un pensiero. E se quella cosa esistesse?

"E rubarla?" disse all'improvviso.

"È un'idea. Ma chi può rubarla se poi non la può rivendere?"

"Se tu la ami ma io la amo ancora di più, allora si può rubare."

"Sei un ladruncolo, Adil," rise Oreste.

"Però io non ti ruberò mai quelle cose."

"Bravo, adesso però rimettiamoci a lavorare, ok?"

"Non le ruberò perché non le amo."

Ma quel pomeriggio l'uomo appariva diverso dagli altri giorni.

Adil vide Cengiz avvolgere nel cellophane due vassoi di legno che dovevano essere stati acquistati quel giorno stesso, e rimettere le tavole preziose sotto le lenzuola. Dall'espressione circospetta dell'uomo comprese che non doveva dire nemmeno una parola. Poi, verso mezzanotte, Cengiz prese le tavole sottobraccio e accompagnò il ragazzo sulla porta della sua casa, dove gliele consegnò, sempre senza dire nulla in proposito. Adil comprese e, ricevute le tavole, andò a metterle in qualche posto che doveva sapere soltanto lui. Poi tornò a salutare Cengiz ringraziandolo per la sua fedeltà. Sotto la luce dura del pianerottolo vide il suo viso pallido, sudato.

"Non stai bene, Cengiz?"

"Non è niente, passa subito."

Cengiz rientrò in casa propria e anziché andare a letto sedette al buio nella sua poltrona verde di similpelle anni sessanta mezzo sfondata, tutta appiccicosa per il sudore di molti anni. Quindi si mise in attesa, cercando di trattenere l'affanno.

Verranno, pensò. Si domandò perché l'avesse fatto. Perché non ce la facevo più, ecco perché l'ho fatto. Per quindici anni aveva aspettato che qualcuno scoprisse il suo segreto e venisse a ucciderlo. Forse qualcuno prima di premere il grilletto avrebbe avuto l'ultima misericordia di spiegargli quello che lui stesso aveva fatto. Nelle università di tutto il mondo il grande dibattito – da quindici anni! – era: quelle tavole esistono, quelle tavole non esistono. Per quindici anni aveva scelto di lasciare il mondo nel dubbio, ben sapendo che il mondo, in effetti, voleva rimanere nel dubbio, e questo stabiliva una bizzarra complicità tra lui e quelli che lo cercavano – o lo sorvegliavano... Ma l'equilibrio si poteva spezzare in ogni istante, e lui adesso non ce la faceva più. Aveva pagato un prezzo troppo alto: angoscia, insonnia, panico. Era tempo di mettere la parola fine.

All'ultimo però, forse colpito dalla sagacia del ragazzo, si era pentito della sua scelta e aveva provato a rimediare, sempre che fosse possibile.

Be', ora lo sapremo, concluse. Ordinò alla propria mente di arrestare i pensieri. Adesso si trattava solo di aspettare. O forse non di aspettare, ma solo di restare lì, di stare fermo, indifferente a tutto, all'attesa, all'immaginazione, al furto, alle armi, perfino alla morte. Il mondo gli sarebbe precipitato addosso da solo, senza inviti.

4. *Il bacio*

"Guarda chi c'è. C'è la puttana. Da quanti uomini ti sei fatta fottere stanotte?"

Fu questo il saluto che la madre riservò a Lucia quella mattina, dalla sua bella stanza in istituto. La vecchia matrona sedeva, circondata da vasi di fiori, in una poltrona color fucsia sistemata ai piedi del letto. Si attendeva la neve per la settimana successiva, ma intanto il sole continuava a brillare.

"Ciao mamma. Sei un amore."

"Sei o nove? Hai perso il conto?"

"Ho detto che sei un amore. Sei bellissima."

La donna si drizzò sul busto.

"Allora sono sei. Certo che sono bellissima. Ma non per questo mi faccio scopare da tutti. Che vergogna! Di chi era il cazzo questa notte? Te lo ricordi? Era grosso?"

"Hai passato una buona notte, mamma?"

"Che ore sono? Ho paura di aver fatto tardi. Devo mettermi qualcosa addosso per la cena. Te l'ho detto che stasera c'è il conte Baylon, l'hai fatto preparare il cinghiale?"

"Cinghiale?"

"O puttanaccia, hai scordato anche il cinghiale?"

"Dov'era?"

"L'ha messo stamani il Baggiani sul tavolo di cucina! Era difficile non vederlo. Che ore sono?"

"Ah, quello. Sicuro. L'ho fatto preparare dalla Lella."

"Da chi?"

"La sora Lella, mamma. Quella che…"

"La Lella! Meno male. Solo lei, bada bene, solo lei sa come si fa la cacciagione. Regola prima: niente forno. Il segreto è il cioccolato. Solo lei. Lei e la sottoscritta. Ma oggi non mi sento bene, mi sento fiacca, non ce la faccio. Dev'essere colpa di questo tempo tanto buio, vero ch'è buio?"

“L’hai già vista la Lella oggi?”
“È tutto scuro.”
“L’hai già vista la Lella?”
“Aveva il cioccolato in borsa.”
“Allora l’hai vista.”
“No, non l’ho vista; ma m’ha mandato a dire da parte del Baggiani che sarebbe venuta alle cinque. Che ore sono?”

La Lella e il Baggiani erano la cuoca e il casante di un piccolo podere che la famiglia aveva posseduto decine di anni prima in località Montespertoli, ed erano morti tutti e due da gran tempo. La malattia si manifestava nella signora come una specie di gran teatro nel quale recitavano anche i morti, e dove i viventi ricevevano la loro parte in base a ricordi cancellati, a vergogne patite e dimenticate ma vive sotto nuove spoglie.

Lucia conosceva l’origine dell’acredine che la madre le riservava ogni mattina, e che era nata molti anni prima del manifestarsi della malattia. Tutta colpa di un bacio furtivo e innocente sorpreso dalla signora dallo spiraglio di una porta socchiusa, dietro la tenda a fiorami che separava cucinino e dispensa: un bacio tra la figlia adolescente e quello che era stato il suo primo, bellissimo amore. Una giovane domestica spagnola di nome Lorena. Nelle ore fuori servizio Lorena usciva a fare due passi. Ai primi caldi indossava un largo cappello di feltro grigio e rosso, acquistato a Barcellona, in Carrer de la Princesa, e se ne andava per il centro con passo languido facendo innamorare uomini e donne.

Lucia andò verso il balcone.
“Mamma vuoi venire anche tu?”
“Io non mi mostro in compagnia delle puttane.”

Uscita, accostò la porta-finestra e si accese una sigaretta. La campagna brillava, tra il grigio e il verde tenue dei cipressi, le colline rivelavano altre colline, i casali altri casali, e dall’intersezione di due crinali si intravedeva, qua e là e come per caso, qualche frammento della città. Lucia si stringeva le dita della sinistra nel bavero del cappotto rosso, mentre l'altra mano reggeva la sigaretta, il cui fumo si distingueva dalla condensa anche quando venivano emessi insieme dalla bocca.

Il rosso del cappotto non era casuale. Lucia voleva sfidare la madre, pensava che le facesse bene. Sporta dal parapetto del balcone sulla campagna, ricordò le parole, pronunciate dalla madre mentre erano intente, giorni dopo quel bacio, a pulire i carciofi per la cena.

"Tu mi hai bruciato tutta l'anima a fuoco vivo."

Poi, nessuna parola, mai più. Lucia capì che non c'erano più discorsi da fare, giustificazioni. Era sempre stata affascinata dalle metafore della madre, tutte inerenti la cucina. L'universo usciva da una cucina che lavorava sempre, come l'antro di Efesto: un buco semibuio popolato di fiamme e di scintille immerso nel fetore primordiale dal quale si liberavano i profumi del mondo.

La vecchia amava le erbe, quelle di cucina e quelle officinali, e ne conosceva i segreti: non solo salvia e rosmarino, basilico e prezzemolo, aglio, cannella ed erba cipollina ma cassia, garofano, cassis, adonis, pepe, ginepro, alloro, anice stellato, coriandolo, nepitella, liquirizia selvatica, cumino, pepolino e tante altre. Le trattava alla stregua di illusioni, di antidoti momentanei, di distrazioni, piccole permanenze mentre tutto fluttuava in poltiglia. Lo stesso valeva per le idee, che erano le erbe dello spirito.

Lucia era tutto per lei, era la sua gioventù, era la sua intelligenza spavalda: molto più che un alter ego, Lucia era lei stessa, e lo era stata fin dall'infanzia. *Eri così giudiziosa, io venivo a chiederti consiglio su tante cose, mi piaceva farlo, e mi piaceva ascoltare le tue parole, e facevo quello che mi dicevi, anche se eri piccina così.*

I primi romanzi di Lucia furono i più temerari. La giovane scrittrice cercava lo scandalo, la provocazione. La sua omosessualità eterodossa veniva esibita in modo spesso fastidioso, con il racconto di orge e di eccessi dove la descrizione degli ambienti e delle situazioni scendeva lentamente fin dentro l'inferno dell'anatomia. La madre era fiera del successo della figlia, e il bacio di Lorena sembrava essere stato dimenticato. Ma non era così. Tutti quegli eccessi raccontati erano letteratura, mentre quel bacio era stato una cosa vera, piccola e vera, orribilmente vera.

Lucia ascoltava gli insulti della madre con curiosità, le piacevano. Osservò il fumo della sigaretta disperdersi nel paesaggio. La luce suggeriva nuove memorie, che si formavano e disperdevano come ammassi nuvolosi.

Il senso delle visioni, la legge delle associazioni mentali avevano assorbito gran parte del suo lavoro di scrittrice. Perché una data immagine ne richiama un'altra? Perché ogni volta che affetto pomodori mi torna in mente un conoscente di tanti anni fa, con cui non ho mai mangiato pomodori?

Ma le risposte arrivano sempre, pensò. Quando non te l'aspetti, ecco una visione, un'immagine, una parola magari insignificante ma capace di riconnettere tutto, e allora comprendi che i collegamenti dentro di te sono molto più grandi di quanto credi, che tu non sei quello che pensi di essere nelle tue giornate grigie e noiose.

In quei momenti, pensò, noi vediamo il nostro stesso vedere come si vede un corpo nuovo.

Fra tutti i suoi lettori, solo Paolo l'aveva capito.

Il paesaggio intorno a Firenze, così ritmico, così armonico, così aritmetico, la infastidiva. Non c'erano groppi, interruzioni, la bellezza non chiedeva di essere cercata, era sempre tutta lì, dev'essere per questo che sono diventata lesbica, pensò. Dev'essere per via di papà.

Professor del Chierico, come va la vita?

Benissimo!

Traduzione: non mi rompa i cosiddetti.

"Mi sono cercata a lungo" disse – e chi la sentiva? Ripensò all'isteria della madre, esplosa con la malattia ma rinchiusa per i tanti anni in cui era stata padrona di sé, e si rese conto che quell'isteria era presente già quando uscivano i suoi primi libri, con tutti quegli eccessi immaginari e un po' troppo calcolati. Il bacio di Lorena però era sempre lì, sulla tenda del ripostiglio, tra le bottiglie dell'olio e le scatole con i fagioli secchi.

Ma questi pensieri ne nascondevano altri. Il ricordo delle parole inquietanti di Giulia lassù, a San Cresci, quel cupo accenno, uscitole un po' per caso, a uomini capaci di uccidere anche da morti, ossia ai *fantasmi assassini*, ma senza poter fare alcun nome, la inseguivano come sguardi di qualcuno che era sempre stato lì, a due passi, e che lei non aveva voluto riconoscere. Per anni aveva cercato di fare letteratura cacciando via i fantasmi, ma era veramente possibile?

Rientrata in camera, vide la madre intenta a sfogliare un album di fotografie. Tutti gli album di casa erano stati portati all'istituto, perché guardare vecchie fotografie era l'attività di gran lunga preferita dalla signora, e ora se ne stavano ordinatamente impilati in fianco alla poltrona.

"Ciao mamma, chi ti devo salutare?"

"Nessuno, chi vuoi salutare tu? Sai chi viene stasera a cena? L'ingegner Lombardi. Nessuna persona è più degna di lui. Lombardi è la luce di Firenze."

"Non doveva essere il conte Baylon?"

"Il conte Baylon è morto," disse. E, un secondo più tardi: "Il conte Baylon viene domani sera." La signora guardò il volto interdetto della figlia. "Cos'hai da guardare?"

Lucia trattenne un sorriso.

"Niente," rispose.

"Che ore sono?"
"Le sei meno un quarto."
"È tardi. Come mi vesto?"

5. L'interruzione

Le giornate erano sempre più lunghe, la temperatura si alzò all'improvviso e vennero interminabili giorni di scirocco, con piogge e piogge che lasciavano una polvere rossiccia sui parabrezza. Il successo di Big Bang Portrait cresceva. Nello show successivo a quello che aveva ospitato Lang Lang l'incertezza su quale pianista jazz invitare fu dissolta dagli stessi artisti che decisero di intervenire tutti insieme. Eseguirono opere come la *Rapsodia in blu*, il *Concerto n. 3* di Béla Bartók e alcuni valzer di Šostakovič in una trascrizione per cinque pianoforti realizzata per l'occasione da Brad Mehldau, che diresse i pianisti dal podio senza sedere alla tastiera.

Ma più i mezzi d'informazione parlavano del concorso per la facciata di San Lorenzo, più vasto era il seguito degli spettacoli, e più l'opinione di molti cittadini sull'iniziativa si faceva negativa: il concorso avrebbe portato a una facciata posticcia per uno dei templi dell'arte universale, una superfetazione priva di senso, come un avamportico per il Partenone o un'armatura in vetrocemento per riportare in uso il Colosseo. Perché l'UNESCO taceva? L'UNESCO, che avrebbe impedito, se fosse esistita, di edificare la Torre di Pisa e il colonnato del Bernini, ora che poteva evitare uno scempio se ne stava zitta. Senza contare il danno che Firenze riceveva da tutte queste macchine per la trasmissione, da tutti questi palchi e palchetti montati dappertutto e da tutta questa gente – giornalisti, operatori TV, luminari e dottorandi – che assediavano il centro della città trasformandolo in un perenne backstage con enormi uomini in divisa e auricolare e donne alte e in ottima forma fisica (niente poetesse, dunque) anche loro in divisa con cartelle e cartellette, e tutti rientravano in albergo a tarda notte ridendo sguaiatamente e più in generale si segnalavano per una condotta di vita reprensibile. Le ragazze varcavano l'ingresso dell'hotel tenendo in mano le scarpe dai lunghi tacchi, gli uomini esibivano i loro lunghi capelli senza l'obbligo dello chignon, che nell'orario ufficiale troneggiava sulle loro teste sorrette da colli taurini. Le giacche sulle spalle, le cravatte allentate, i primi bottoni delle camicie liberi dalle asole. Gli atrii venivano invasi dall'odore dell'alcol, e tutto questo dispiaceva a molti.

Che ne era di Firenze? C'era sempre un passato prossimo (oltre a quello remoto) da difendere, a Firenze. Furono rimpianti alcuni caffè, chiusi per mafia, che avevano dato colore a un incrocio o a una piazzetta.

Il questore, dott. Salvischiani, terminata la breve convalescenza passata su una poltrona a guardare la porzione di viale Spartaco Lavagnini che l'ampia finestra della sala gli offriva, era tornato cautamente al suo lavoro d'ufficio – da principio due, poi tre, poi quattro ore al giorno. Aveva molta paura per la propria vita e non ne faceva mistero: perché, ne era certo, l'ordine di ucciderlo era stato un colossale errore da parte dei mandanti, e adesso lui era vivo e quelli sapevano che lui aveva capito il loro sbaglio e ne avrebbe tratto tutte le possibili conseguenze. A questo punto, tra l'altro, qualunque cosa avessero deciso di fare sarebbe stato un errore: se lo lasciavano vivo, lui avrebbe sicuramente approfittato dello sbaglio per dare loro la caccia, se viceversa l'ammazzavano avrebbero commesso un altro sbaglio, lasciando tracce indelebili. E quando l'alternativa è tra un errore e un altro errore, ragionava Salvischiani, si diventa molto pericolosi: specie se l'assassino *gli è anche un bischero*. Entrare nella loro testa *gli è difficile*, lo disse anche ai colleghi che venivano a trovarlo, *non perché son criminali ma perché son bischeri, e i bischeri 'un si posson capire perché 'un c'è nulla da capire.* Ma anche per questo, concludeva a beneficio dei tardi di spirito, la situazione era molto pericolosa.

Il telefono dell'ufficio ricominciò a suonare.

"Signor questore..."

"Con chi parlo?"

"Mi chiamo Giulia Landi, si ricorda?"

"La figliola?"

"La figliola."

"Ah. Il povero Paolo. Me ne dispiace tanto tanto."

D'un tratto tutti rimpiangevano Paolo del Chierico. Tutti lo trovavano buono, generoso, acuto ma al tempo stesso umile, insomma una persona meravigliosa.

Giulia sorrise al telefono.

"Signor questore..."

"Mi dica."

"Signor questore, c'è questa storia di Carmine Cuomo, il portinaio del palazzo dove abito, in via Masaccio."

"Carmine chi?"

"È morto."

"Condoglianze. Era un parente?"

"No, ma c'è un problema."

"Mi dica."

"Questa morte è strana. Si ricorda come morì il povero Paolo?"

"Scherza?"

"Aveva con sé una memoria scritta da Oreste Marcucci..."

"Senti senti."

"Gliela detti io, apparteneva al fondo di mio padre. Ma quando Paolo fu trovato morto quello scritto non c'era più. Lo ritrovai io, il giorno appresso, sul tavolo di cucina."

"Che c'entra il portinaio?"

"Ce l'aveva messa lui, sul tavolo, ma siccome aveva paura mi disse di non saperne nulla."

"Vuol dire che fu lui a portarla via al cadavere..."

"No, no, signor questore. È che per paura mi disse di non essere stato lui."

"E come sa che è stato lui?"

Giulia rispose con una lieve flessione nella voce, che il questore intuì essere tristezza. Quella mattina, alle sette, la vedova di Carmine l'aveva chiamata, col cuore che le batteva forte: una telefonata del marito la sera prima di morire l'aveva inquietata, e per la notte non c'era stato verso di dormire. Sulle prime no, poteva essere anche briaco, con tutti quegli aperitivi, e il bar dell'angolo, e quei due – buoni, quelli –, padre e figlio, che mescevano e mescevano e non sapevano fare altro. Però era strano ugualmente, perché Carmine non l'aveva mai, mai chiamata. Non aveva aspettato di essere a casa. E poi dalla questura.

"Dalla questura?"

"Era venuto a denunciare quelli che gli avevano ordinato di rimettere lo scritto in casa mia. Disse che erano vestiti da poliziotti ma che non potevano essere poliziotti. Si era persuaso che fossero gli assassini di Paolo..."

"Erano giovani?"

"Sui trentacinque, quarant'anni."

"E con chi ha parlato allora il povero Carmine?"

"Non se lo ricordava. Un certo sovrintendente..."

"Di cosa è morto?"

"È questo il punto, signor questore. Ufficialmente è morto d'infarto. Il fatto è che mentre usciva dalla questura gli era sembrato di essere seguito da uno dei due che gli avevano..."

"Ho capito, grazie."

"Per questo volle chiamare casa."

"Ho capito, grazie."
Adesso il questore sapeva con certezza che era il caso di avere molta paura.

In questura c'era un solo sovrintendente, che però negava di avere mai ricevuto il portinaio di via Masaccio. Non ho mai sentito parlare di quella lettera, disse: si figuri se non gliel'avrei detto, trattandosi dell'omicidio del Chierico.
"Quindi nessun portinaio?"
"Nessuno, signore."
"Uhm."
Il questore annusò l'aria. Sigaretta.
"Devoto!"
"Signor questore."
Salvischiani sollevò un dito per indicare qualcosa che tutti e due sapevano bene, senza troppi discorsi.
"Ci siamo capiti."
"Sissignore."
Il questore gli credeva: il sovrintendente Devoto, un cinquantenne alto alto, mite, dal naso grosso e dagli occhi acquosi, non avrebbe mai mentito. Però non poteva continuare a fumare in ufficio: che andasse sul balconcino in fondo al corridoio, perdio.
Del resto non era lui l'uomo dai capelli biondo-rossicci e dalla mascella sporgente (ma questo particolare era finito nella tomba assieme al povero portinaio) che si era presentato al Cuomo come il sovrintendente Tal dei Tali e che, in quello stesso momento, camminava su e giù per il corridoio, davanti alla porta chiusa, in attesa che il questore si liberasse.
La porta si aprì e, ciondolando, uscì Devoto, soprapensiero come sempre. L'agente dai capelli rossi lo salutò. "Bondì Curreli," rispose Devoto senza guardarlo.
La voce del suo capo lo richiamò dall'interno.
"Buongiorno, signor questore."

“Che c’è, Curreli?” chiese il questore all’agente, mentre questi chiudeva la porta dietro di sé.

Nel frattempo Salvischiani si era alzato ed era andato all’attaccapanni a prendere il soprabito. Uno dei soliti scherzi di Curreli, pensò.

“Avrei bisogno di parlare con lei.”

“Come vedi sto andando via.”

“Solo due minuti.”

“Accompagnami, Curreli, ma bada: oggi è una giornata del cazzo, ok?”

Curreli sorrise.

“Basteranno due minuti, anche meno,” disse, aiutandolo a indossare il soprabito.

Proprio allora un giovane impiegato corse verso il questore e tirandogli la manica lo obbligò a girarsi.

“Signore, c’è il sindaco al telefono. Dice che è molto urgente.”

Salvischiani si volse verso l’agente dai capelli rossi.

“Curreli, spiacente, mi sa che sarà per un’altra volta.”

6. *L’uomo dell’automobile gialla*

Il questore corse via lasciando sulla bocca di Curreli una smorfia tra la delusione e la perplessità. Il sindaco Nesi chiamava sulla linea privata e la notizia era riservatissima. Pochi minuti prima un vigile urbano aveva fermato un’automobile gialla che si era infilata contromano in una stretta via del centro. Poiché l’uomo alla guida sembrava un po’ nervoso, il vigile aveva chiesto al suo compare di perquisirlo, e subito l’uomo aveva cercato di fuggire ma mentre il primo perquisiva l’automobile (che risultò pulita) il secondo vigile l’aveva riacciuffato e immobilizzato. In un batter d’occhio l’incrocio si era riempito di gente. Il primo vigile aveva frugato nelle tasche dell'uomo ed estratto un foglio piegato in quattro, letto il quale era sbiancato. "Che c'è?" aveva domandato l'altro, e lui, con un filo di voce: "Zitto, andiam via, qui c'è troppa gente."

Il foglio conteneva le indicazioni che l'uomo al volante avrebbe dovuto seguire la sera successiva durante il sesto appuntamento di Big Bang Portrait. L'obiettivo era il presidente della Repubblica, che sarebbe stato presente alla manifestazione.

La notizia venne tenuta segreta, come l'inchiesta che seguì. L'arresto dell'uomo dell'automobile gialla aveva bloccato l'attuazione del piano.

Tuttavia la mattina dopo Maria Giovanna Fallai ricevette un messaggio di posta elettronica. L'indirizzo era quello di un internet point di Malta. Il messaggio avvisava dell'imminenza di un attentato sanguinoso. Nella speranza che si trattasse di uno scherzo, la ragazza chiamò il comando di polizia. Le diedero la conferma: era uno scherzo, il messaggio era arrivato anche da loro, tale e quale.

Quella sera Lucia del Chierico andò a trovare Maria Giovanna in ufficio, portando con sé anche Giulia.

"Grazie della sorpresa."

"Come va?"

"Non sono tranquilla: venite a vedere. In questura dicono che non è nulla."

La lettura del messaggio produsse un lungo silenzio. Per diversi minuti nessuna delle tre seppe cosa dire, le parole premevano contro le labbra ma non potevano uscire. Una selva di *chi?*, *che cosa?*, *perché?* incombeva su di loro. Si salutarono. Sull'angolo tra piazza Santissima Annunziata e via dei Servi si baciarono. Poi Lucia e Giulia fecero per andarsene, ma d'un tratto Giò, che le guardava, vide Giulia prendere per un braccio la sua amica. Le due donne tornarono verso Giovanna.

“Io,” disse Giulia, “forse sto cominciando a capire qualcosa.”
“Che cosa?”
“È presto per parlare. Lasciamo passare qualche giorno.”

7. Il tempo aggiunto

Erano già le tre di notte, a Istanbul, quando Cengiz Nakaroglou sentì qualcuno che armeggiava alla sua porta. Per due giorni la stessa faccia era comparsa, scomparsa e ricomparsa troppe volte nel suo campo visivo. Poco dopo un individuo entrava, guardandosi intorno. Non vide Cengiz, che se ne stava immobile sulla poltrona, dentro l’ombra proiettata dalla luna. Qualcosa brillò nel buio per un solo istante. *Non mi vede*, pensò.

L’individuo entrò in camera senza indugi. Sapeva quello che stava cercando e sapeva dove cercarlo. Cengiz udì un rumore di calci, poi la luce della camera si accese, l’individuo rise brevemente, poi la luce si spense. Il bianco lunare entrava dalla finestra della camera stampandosi sul pavimento e sul muro del corridoio. Cengiz vide, proiettata su quel muro, l’ombra dell’uomo piegata su qualcosa. Udì il fruscio di un involto. Poi l’uomo uscì senza vederlo e se ne andò con le tavole fasulle trovate sotto il letto. Doveva aver pensato che, non trovandosi a letto, a quell’ora non poteva essere che fuori casa. Forse non l’aveva cercato per questo.

Cengiz non avrebbe mai immaginato di poter sopravvivere a quella notte. I mandanti dovevano aver optato per un uomo stupido, della cui morte non si sarebbero dovuti rammaricare. Si era preparato a morire con scrupolo, il dare e l’avere in discreto equilibrio, e lui non aveva niente di particolare da dire al Giudice Supremo che l’avrebbe interrogato.

Ma trovare un ladro di opere d’arte disposto anche a morire non era cosa facile. Chi c’era dietro? La cosa per lui aveva poca importanza, fosse chi fosse. Mondi, immaginò, poco abituati al delitto. Professori, collezionisti, presidenti di qualcosa, che importa? Il tempo aggiunto alla sua vita gli era altrettanto indifferente e questo gli dispiaceva un po'. Si tratta, pensò, di trascorrerlo in qualche modo. Non provava nessun sollievo particolare.

Lasciò passare ancora un'ora e poi, dopo aver preso qualcosa dal tavolo ed essersela messo in tasca, uscì senza chiudere a chiave. Salito alla casa di Adil fece scivolare un biglietto sotto la porta, poi scese, uscì in strada e si diresse lentamente verso il Bosforo. A quell'ora il grande centro di Istanbul era ancora pieno di gente, soprattutto cittadini con famiglie e turisti turchi, e tanti bambini. Non aveva nessun progetto in testa, forse voleva guardare soltanto le luci delle stelle dentro l'acqua, forse voleva ripensare alla sua vita che aveva creduto sul punto di finire e lo lasciava ora senza futuro, ma con una strana inaspettata tenerezza verso sé stesso, come se avesse visto il proprio povero cadavere. Le ore e i giorni gli scorrevano davanti con indifferenza, però la luce era bella, gli occhi della gente scintillavano, un remoto sentore d'innocenza permaneva in una risata, nel bacio dato a un bambino che piangeva.

Un battello salpava, tra le grida di qualcuno dentro un altoparlante e una musica lamentosa diffusa da altri altoparlanti più lontani. Cengiz salì sul battello senza informarsi della destinazione. Adil è un ragazzo sveglio, pensò, sono certo che saprà cosa fare.

Il giorno dopo due amici di Adil impacchettavano nocciole e mandorle tostate, mentre lui e sua madre se ne andavano con le tavole chiuse in un vecchio trolley. Adil teneva in tasca metà dei guadagni dell'azienda e il biglietto di Cengiz. Presero un treno per Edirne, l'antica Adrianopoli, che era la città di origine della famiglia di lei. Come il treno si mosse, la madre disse al ragazzo di avvisare Cengiz della loro destinazione; lui attese qualche minuto, tolse il telefono dalla tasca e lo gettò dal finestrino dentro un fossato che il treno attraversava, a passo d'uomo, proprio in quell'istante.

"Perché?" chiese lei.

Adil si mise un dito sulla bocca.

Il battello di Cengiz attraversò il mar di Marmara fino a Çanakkale, poi un altro battello costeggiò il Mediterraneo fino a Smirne. Lì Cengiz ricominciò di tanto in tanto a essere, in segreto, Oreste Marcucci. Un pullman lo portò a Çeşme dove prese una camera in un piccolo anonimo albergo con un minuscolo balcone. La città, nota in passato come stazione balneare a poca distanza da Smirne, era adesso un quartiere periferico della stessa metropoli, la cui popolazione si avviava verso i sei milioni. Gli hotel di un tempo adesso erano per la maggior parte abitazioni provvisorie di famiglie venute dall'interno del paese, dall'Iran, dall'Iraq, dal Kazakistan, dalla Siria. Come a Istanbul, anche qui si vedevano le facce più diverse, incroci inediti producevano volti affascinanti, senza più nessun riferimento geografico, facce lunari, marziane. Smirne suscitava sempre in lui un senso di solitudine, di sperdutezza non triste, piuttosto riflessiva. Il mare si perdeva in un orizzonte alla fine del quale la fantasia poteva intravedere Creta, da dove venne El Greco, e poi Malta, dove aveva soggiornato, tragicamente, il Caravaggio. Nomi di cui era stata intessuta la sua vita, e che poi se n'erano andati all'improvviso, frantumandosi. Brunelleschi, uno dei padri fondatori dell'Italia che tutti amavano, su cui Oreste Marcucci aveva costruito una parte cospicua della sua carriera accademica, alla fine aveva fatto di lui un apolide, prima brasiliano poi turco poi chissà.

L'eco dei delitti di Firenze era giunta a lui non solo attraverso la TV ma anche grazie alla lettera che Maria Giovanna Fallai gli aveva inviato, in risposta alla sua, spedendola allo stesso ufficio postale del timbro sulla busta, e che si sarebbe persa se un presentimento non avesse indotto Cengiz a telefonare a quell'ufficio, che gliela inoltrò. Tolta la busta originale da quella dell'ufficio postale, Cengiz aveva letto il proprio nome italiano, e poi, sul retro, quello di Maria Giovanna.

Nella tasca destra di Oreste Marcucci c'era adesso quella lettera, di cui conosceva a memoria l'ultima parte, rivelatrice di tante cose. Uno scrupolo affettuoso (così lo chiamò tra sé) lo trattenne dal distruggerla, anche se sapeva che l'avrebbe fatto presto.

8. I senza madre

Anche Maria Giovanna sapeva che non era il caso di rispondere. Ma dopo la notte trascorsa con Giulia e Lucia nel Mugello adesso aveva paura.

Giulia si era spinta molto in là con discorsi che il suo animo aveva sempre rifuggito: fantasmi, giuramenti di vendetta, trame oscure. Giò aveva sempre amato la luce, i pensieri semplici, le parole chiare, e forse anche per questo (sospettava) non aveva ancora incontrato un ragazzo da amare e nemmeno qualcuno della sua età con cui parlare di questo e di quello, libri, cinema, musica. Dell'amore temeva i precipizi, i sentieri non scelti e dalla destinazione incerta; delle confidenze temeva il riverbero, l'eco. Il lavoro, nel quale godeva della stima generale, la distraeva dai pensieri solitari senza cancellarne uno; ma tutti ritornavano, puntuali, verso le tre di notte, quando il sonno cedeva il passo a una veglia perfetta, e l'incoscienza a una coscienza traslucida, fosforescente, libera dalle incombenze del giorno.

Durante una di queste notti decise di scrivere a Oreste, all'indirizzo indicato sul timbro, e mentre scriveva si domandava: che faccia avrà adesso, dopo quindici anni e dopo tanta lontananza?, e fu come se queste parole, non scritte, giungessero ugualmente al destinatario – non più soltanto lo storico dell'arte Oreste Marcucci ma anche l'insacchettatore di semi Cengiz Nakaroglou – attraverso la scrittura energica, arrotondata e un po' schiacciata, tanto simile a quella di sua madre.

La lettera terminava con la domanda suscitata dalle parole di Giulia:

Dimmi, Oreste caro, è davvero possibile che i morti continuino a uccidere?

Ricordò una sera, a Pian dei Giullari: l'unica volta in cui, invitata a una cena, mise piede nella villa dell'ing. Lombardi. A quel tempo frequentava il primo anno di università. Dopo la cena erano stati serviti i liquori, e dopo i liquori fu la volta dei sigari, e dopo i sigari erano state aperte le finestre, ed era una sera magnifica di maggio, neri cipressi s'innalzavano nella luce gettata al cielo dalla vicina città, e l'ing. Lombardi, guardando fuori, ebbe un momento di malinconia e, le mani appoggiate sul parapetto del grande balcone, bisbigliò *lieta dell'aer tuo veste la luna / di luce limpidissima i tuoi colli / per vendemmia festanti, e le convalli / popolate di case e d'oliveti / mille di fiori al ciel mandano incensi.*

A Maria Giovanna sembrò di avvertire, in mezzo alla tristezza, anche del sarcasmo.

"Le piace Foscolo?" disse una donna in abito lungo e nero con lo spacco, che si era messa al suo fianco.

"Lo detesto. Infame bugiardo."

"E dunque..."

"Basta così."

"Perché, ingegnere, non ha voluto una famiglia?" disse la voce di qualcuno, dietro di lui, e lui, senza girarsi:

"Per non avere figli."

"E perché mai non volevate figli?"

"Perché," rispose, sempre guardando fisso verso la luce

notturna di Firenze, “non volevo che un giorno, da grandi, scoprissero di avere per padre un infame bugiardo.”

“Nessuno ha mai detto che lei è un infame.”

“Non si può escludere nulla.”

Poi l’ingegnere si voltò lentamente, guardò le cinque, sei facce che stavano dietro di lui e, fissando gli occhi nella direzione della voce che gli aveva parlato, aggiunse:

“Vedete, amici, la madre degli imbecilli, come tutti sanno, è sempre incinta. Quello che non si dice è che i figli di puttana, al contrario, non hanno bisogno di una madre. Né di una madre né di un padre: nascono dai sassi, come i figli di Abramo. Con tutto il rispetto. Per i sassi.”

9. Antonio, l’altro figlio

In quegli stessi giorni, in una casetta di via Giuseppe Saverio Mercadante finivano nel completo anonimato i giorni di Beppe Masina, l’uomo che aveva scoperto le due tavole. Un secondo ictus lo colpì in una tarda mattinata, proprio nel tempo in cui aveva ricominciato da poco a muovere qualche passo e a balbettare sillabe, e il medico scuoteva la testa con un mezzo sorriso compiaciuto pensando *non ci avrei mai giurato*.

“Oggi mi andrebbe una minestrina in brodo,” disse verso le undici. Furono le sue ultime parole.

Se ne andò non del tutto insoddisfatto della sua vita. Aveva avuto il suo momento di notorietà e i suoi figli erano bei ragazzi, uno laureato, tutti e due in servizio alla polizia con diversi attestati di lode. Il maggiore, Lorenzo, era sposato con due figli maschi, ma il piccino non stava tanto bene e papà e nonna erano un po’ preoccupati, mentre nonno Beppe non lo era: “Se sta poco bene,” biascicò, e non una volta sola, “vorrà dire che si rimetterà.”

Lorenzo non poté, a causa del bambino, essere presente ai funerali di suo padre. Per la messa funebre venne addirittura (forse su richiesta del questore) un vescovo ausiliario, che durante l'omelia ricordò, tra la sorpresa generale, l'eccezionale ritrovamento di un canale etrusco nel sottosuolo di un antico palazzo, a dimostrazione che si trattava di un lavoratore coscienzioso, oltre che bravo padre di famiglia. Queste parole dovettero giungere, forse tramite uno dei figli, a TeleFirenze, che quella sera rimise in onda le vecchie immagini con le dichiarazioni euforiche del defunto. La famiglia al completo assistette, piangendo di commozione, mentre un altro pianto giungeva da una camera da letto. Il bambino aveva passato il giorno in ospedale e i risultati non avevano soddisfatto i dottori, che avevano ordinato nuove analisi. Lorenzo andava su e giù come una furia, a grandi passi tra la sala e la camera da letto, e non sapeva stare né da una parte né dall'altra, e il suo metro e novanta incombeva su parenti e figli come un edificio instabile.

"Siediti," gli disse la mamma, indicando la faccia ancora giovane del padre proprio mentre compariva sullo schermo.

"Io non ce la fo, mamma..."

"Ssst! Ascolta."

Una porta sbatté, il bambino riprese a piangere.

"Lascialo fare," disse Antonio, il fratello, toccando il braccio della madre.

Antonio era il secondogenito di Beppe. Anche lui impiegato in polizia, era più in alto in grado del fratello, essendo laureato. La sua tesi magistrale in Storia, dal titolo *Tecniche biopolitiche tra XVI e XIX secolo sul territorio pistoiese*, ebbe perfino la dignità di pubblicazione. Il fatto di essere un superiore del fratello maggiore creava in lui qualche imbarazzo. Forse anche per questo motivo lo difendeva sempre, in qualsiasi discussione in famiglia, perché Lorenzo era sì un buonissimo ragazzo ma molto nervoso, fumava cannabis per calmarsi, e spesso era soggetto a crisi di violenza piuttosto pericolose data anche la sua stazza fisica.

Più piccolo e magro del fratello, Antonio sapeva di non conoscerlo a fondo, e pur difendendolo sospettava in lui qualche oscurità. La stessa moglie di Lorenzo, una bella ragazza livornese fin troppo vistosa di nome Debora Armatori, destava qualche pensiero, se non altro perché era stata l'ignara fidanzata del rapinatore Piero Mazza – membro della celebre Banda del Furgone – che proprio Lorenzo aveva arrestato, cinque anni addietro. Lorenzo è bello e può darsi che Debora sia stata colpita dalla sindrome di Stoccolma, pensava Antonio, che però manteneva, sia sul fratello sia sulla moglie di lui, i propri sospetti, che si guardava bene dal manifestare. Si ricordava per esempio che suo fratello, finito il servizio militare volontario, era stato introdotto negli ambienti della polizia da un personaggio ambiguo, un informatore, certo Sabatino Sgroi, sul cui conto circolavano voci strane, e che fu trovato ucciso in un bidone dell'immondizia in via Reginaldo Giuliani. L'assassino, un piccolo delinquente che operava di solito tra Campi e Pistoia, l'aveva freddato con due colpi alla tempia prima di andare a costituirsi. Motivo dell'omicidio: una discussione causata da una presunta sosta vietata.

Fu l'avvedutezza più che la laurea ad aiutare Antonio Masina nella carriera. Sulla sua vita personale circolavano alcuni sospetti. Innanzitutto non aveva mai avuto, per quello che si sapeva, nemmeno una ragazza. E poi era troppo gentile, educato. Tuttavia nessuno avrebbe potuto dire che fosse gay: si era sempre comportato con tutti senza mai dare adito a deduzioni. Così i sospetti restavano, ma sospesi in aria: ipotesi. Alcuni pensarono, e forse erano nel giusto, che fosse soltanto un giovane un po' all'antica: molto affezionato alla mamma, aggiungeva qualcuno.

Una sera, ai primi di un marzo improvvisamente tiepido, Antonio conobbe Maria Giovanna. Ciascuno dei due sapeva bene chi fosse l'altro, ma fino ad allora non c'era mai stato nessun incontro.

L'occasione fu offerta dalla nuova serata di Big Bang Portrait in cui veniva presentato il progetto, realizzato da uno studio milanese, che tutti consideravano in pole position nel concorso per la facciata di San Lorenzo.

Le voci, poi smentite, di un nuovo possibile attentato non avevano fermato la città, e lo spazio destinato al pubblico era già esaurito diverse ore prima del nuovo spettacolo. I fiorentini sfoderavano la vecchia ironia: *Che volete che sia? Tutt'al più si muore...*, e molte famiglie si presentarono al completo, *per non lasciare orfani...*

Ospite della serata era un eccezionale supergruppo formato per l'occasione: Keith Richards, Roger Waters e Bruce Springsteen avrebbero eseguito, accompagnati da una poderosa band, le canzoni più belle dei Rolling Stones. Waters e Springsteen avevano tenuto a presentarsi rispettivamente in veste di bassista e cantante, anche se poi la scaletta fu sconvolta dalla band, che – d'accordo con Springsteen e Richards – intonò a tradimento *Hey You*, e da Mick Jagger, presente al concerto, che verso la fine della serata salì sul palco e dopo aver chiesto il la a Waters intonò a suo modo *Born to Run*, dapprima a cappella e poi seguito da tutti i musicisti, tra il delirio generale.

Durante i saluti al termine dell'esibizione il primo ministro, grande ammiratore degli Stones, disse parole generiche, tra cui spiccarono *Brunelleschi* e *grandi artisti*.

Intanto i vecchietti, seduti lì accanto ciascuno con la sua bottiglia di birra fresca, ridevano e chiacchieravano tra loro. Nessun riferimento esplicito fu fatto in merito alle tavole.

Un gruppo di persone di ogni età pretese poi di raggiungere gli artisti per un autografo o un selfie, e le forze dell'ordine faticavano a tenerli a distanza. Antonio si trovava lì a titolo personale e non era in servizio. Non era nemmeno in uniforme: indossava un paio di calzoni bordeaux, sneaker nere e un maglione blu si intravedeva sotto il giaccone sportivo nero di finta pelle in parte slacciato. Maria Giovanna si avvicinò timidamente al giovane e vide la luce sul palco riflessa nei suoi grandi occhi neri.

"Lei è il tenente Antonio Masina, vero?"

"Certamente," sorrise lui, incurante dei battibecchi tra fan e poliziotti, a dieci metri da lì. "Bellissima serata, vero?"

"Bellissima, sì."

"E lei è Maria Giovanna, se non sbaglio."

La ragazza sorrise in modo meno formale del solito.

"Ho saputo del suo babbo. Mi dispiace..."

"Mi dica: cosa posso fare per lei?"

"Abbiamo qualche problema con quei signori," disse Giò, indicando il gruppo di fan.

"Lo vedo. Lei cosa mi consiglia, li piglio a cazzotti? Per lei posso farlo, mi levo il giaccone e vado."

La ragazza rise.

"Magari i cazzotti no, ma ho la sensazione che i suoi colleghi non siano molto bravi a persuadere la gente."

Proprio in quel momento volò una bestemmia seguita, in tonalità più bassa, dalla stessa bestemmia con l'aggiunta di un "lo dico io".

"Ecco."

"Strano," disse Antonio accennando con la testa ai vecchi artisti sorridenti, "come uomini che hanno passato la vita tra tanti eccessi alla fine sembrino delle specie di santi."

"È vero."

"Ora vado e gli parlo."

Maria Giovanna vide Antonio avvicinarsi ai litiganti e prendere la parola. Fan e poliziotti si girarono verso di lui e per qualche istante l'attenzione fu distolta dai quattro vegliardi, che nel frattempo continuavano a chiacchierare serenamente e a bere birra. Dal gruppo volò qualche protesta, qualche giustificazione, ma furono reazioni timide.

Maria Giovanna guardava Antonio che sembrava tenere in pugno la situazione. Il giovane sollevò le mani, diede tutte le spiegazioni del caso, richiamò i fan alla responsabilità civile che sicuramente dimostravano in ogni altra occasione, e lasciò intendere ai suoi giovani colleghi che era meglio non scendere allo stesso livello di chi produceva disordine. Li pregò quindi di andare piuttosto a scortare gli artisti che erano attesi dalle autorità per una cena in piedi a Palazzo Strozzi.

Il gruppo dei fan, forse nel timore che il discorsetto del tenente potesse portare a qualche presa di generalità, impronte digitali o altro, era già sul punto di sparpagliarsi quando Bruce Springsteen si staccò dal resto del gruppo e venne a sedere sul bordo del palco, da quella parte, dimostrando per l'età una notevole forma fisica. Disse ad Antonio qualcosa in inglese. Antonio rispose in inglese, poi pregò i fan di mettersi in fila: il sig. Bruce Springsteen avrebbe soddisfatto ogni loro richiesta, purché lo facessero in buon ordine. Poi Antonio richiamò indietro due poliziotti affinché scortassero il Boss in quella situazione.

Quando tutto fu risolto era quasi mezzanotte, e né Antonio né Maria Giovanna avevano ancora cenato.

10. La bellezza

Anche a Çeşme, quella sera il volto della luna appariva, netto, al centro del cielo. L'albergo di Cengiz si trovava in un punto della città poco interessato alla vita notturna, ma da più direzioni giungeva il suono di diverse musiche discordanti, canzoni di moda, nenie cantate con voce nasale, ascese e discese melodrammatiche di sezioni d'archi e oud. Da qualche parte un bambino piangeva accompagnato da canzoncine stonate, ninnenanne, imprecazioni. Adesso Cengiz Nakaroglou non aveva più niente da chiedere a nessuno, poteva anche morire, le tavole maledette erano state lasciate al loro destino. Eppure anche così, pensò, resta qualcosa di bello. Le imbarcazioni che lasciano il porto, per esempio, sono belle. Laggiù c'è un ragazzo che prega una ragazza di chissà cosa, ma lei non vuole. Anche questo è bello. E tutto questo caos di voci, canzoni, violini, alla fine è bello. Non saprei dire perché, ma è bello.

4.
LA CRUDELTÀ DELLA LUCE

1. Terrore

L'allarme nazionale circa un possibile attentato per quella sera si era dissolto senza che le forze dell'ordine e i servizi segreti, che pure avevano segnalato il pericolo come dato da fonte sicura, avessero trovato nulla. Una rete di grandi proporzioni era stata messa in moto dall'istante stesso del ricevimento della notizia, diversi ambienti (associazioni mafiose, gruppi legati a frange massoniche fuori controllo, scuole coraniche, delinquenza comune) erano stati passati al setaccio, mezze parole erano state raccolte, troppo fumose per essere vere notizie: sì, qualcosa si era detto, si era sentito dire, pareva di aver sentito, qualcuno aveva accennato a – ma poi, silenzio. Non prendetevela, ci eravamo sbagliati. L'uomo dell'automobile gialla, arrestato giorni prima, disse di non avere la minima idea di questo attentato, che si trattava di un progetto differente da quello per cui era stato beccato. Questa frase gli costò un ceffone, ma poi i servizi segreti confermarono: quelli che stavano dietro questa seconda minaccia erano personaggi molto più potenti, gente che non pratica il fai-da-te, non guarda troppi film d'azione e non si fa beccare per un senso unico a rovescio. Furono nominati paesi stranieri, alcuni dei quali pericolosamente amici.

Ma chi era la testa di ponte a Firenze? Certi informatori furono più precisi: l'attentato era stato progettato, per dove?, proprio per San Lorenzo, ma alla fine non se n'era fatto nulla perché (così disse uno di questi informatori che sembrava un po' troppo informato) uno dei leader dell'organizzazione si era tirato indietro, le ragioni?, imprecisate, probabilmente – aggiunse uno di loro – si trattava di motivi personali.

"Personali?" fu chiesto all'interessato. "Cosa c'è di personale in un attentato terroristico?"

"Amico mio," fu la risposta dell'informatore, un insegnante d'italiano alle scuole medie, "qui non siamo tutti musulmani e nemmeno giapponesi. Qualcuno scrisse un libro, *Il fattore umano*, lo conosce? Mia moglie l'ha letto, dice che è interessante."

Questo accenno a un misterioso fattore umano, naturalmente, non fece rientrare l'allarme. Era evidente che questo informatore sapeva qualcosa di più, ma alle parole *non dico altro* non ne seguirono altre, né gliene furono chieste. La cosa chiara per tutti era che quando si tratta di un progetto di attentato terroristico non è mai il caso di parlare di annullamento ma soltanto di rinvio. Gli attentati si rinviano soltanto. Una volta rimosso il fattore umano, la macchina si sarebbe rimessa in moto.

Un criminologo intervistato sull'argomento fece un'affermazione che aumentò l'allarme: disse che da qualche anno gli attentati terroristici su scala mondiale venivano progettati non più da uomini in carne e ossa ma da un sofisticato costosissimo algoritmo messo a punto non si sa dove – Iran, Silicon Valley, Cina, Israele – poiché anche il *dove* aveva smesso di esistere, e "qua" o "là" erano parole ormai senza significato, "come dimostrano le guerre, che ne sono del tutto sprovviste, anche se una qualche nostalgia di tale significato," aggiunse, in tono televisivo, "permane nel fondo della razza umana, e forse per questo, alla notizia del concorso denominato Big Bang Portrait, il mondo si è girato tutto in direzione di una piccola città del subcontinente asiatico. L'uomo piano piano," concluse, "sta tornando a essere quello che era al tempo delle caverne."

"Cosa?"

"Una differenza. Un progetto scappato di mano."

A commento del periodo turbolento che la città stava attraversando furono intervistate diverse figure dell'enclave culturale fiorentino. Tra questi, anche Lucia del Chierico. Lucia lasciò correre parole grosse. A proposito del *fattore umano* (citato dall'intervistatrice) disse che l'uomo stava scomparendo da tutto, che presto dell'uomo non ci sarebbe stato più bisogno, che mandrie umane sarebbero state spedite su qualche altro pianeta per colonizzarlo, e che la popolazione, fatta solo di macchine, avrebbe avuto costi enormemente più bassi: niente industria alimentare, niente ospedali, niente tribunali, solo qualche *device*.

L'intervista fu commentata negativamente da quasi tutti: dai fan della prima ora, che deprecavano la sua deriva di scrittrice sul viale del tramonto; dai cultori della fantascienza, che ritenevano inverosimili tutte le sue ipotesi sul futuro; e soprattutto dagli ignoranti, che non avendo letto i suoi primi libri ma sapendo che parlavano di sconcezze, potevano fare i moralisti: quando non se le scopa più nessuno allora scoprono i valori.

Su TeleFirenze un buontempone la definì "mandragolona" e questo nomignolo, rimbalzato su tutti i mezzi di comunicazione possibili, divenne in poche ore di dominio pubblico, anche perché Lucia era piuttosto bassa e minuta, e ultimamente (specie dopo la morte del fratello) era ingrassata diversi chili.

Intanto il tenente dott. Antonio Masina e Maria Giovanna Fallai avevano stretto una bella amicizia. Antonio andava a prendere sul lavoro la ragazza, mai prima delle nove di sera, per cenare con lei o andare al cinema. Giovanna cominciò, dopo qualche sera, ad aspettarsi qualcosa di più. Anche Antonio, che era sempre stato timido, progettava un momento in cui l'attesa di lei potesse avere una risposta.

Ma bisognava scegliere il ristorante giusto e le parole giuste da dire al momento giusto. E, naturalmente, ci voleva l'anello giusto.

Preso in tutti questi pensieri per lui in parte nuovi, Antonio comprese il senso dei grandi monumenti che lo circondavano. In fondo basta dirle: ti voglio bene, pensava, è la cosa più naturale del mondo. Ma poi si rendeva conto che le cose naturali sono le più difficili, che la natura richiede smisurati monumenti.

Alla fine tutte le difficoltà furono appianate. Antonio trovò l'anello e il ristorante, prenotò un tavolo per due, telefonò a Maria Giovanna chiedendole se era libera per una certa sera, sì, e si dispose a vivere i due giorni più angosciosi, dubbiosi e fervidi della sua vita.

Ma poche ore prima dell'appuntamento Maria Giovanna ricevette da Antonio una telefonata.

"Giovanna."

"Antonio, che voce hai."

"Non è nulla, Giovanna, ma stasera non si può."

"Che succede?"

"Te lo dirò."

"Come stai?"

"Male, Giovanna. Non di salute. Ma preferirei avere un tumore, te lo dico francamente."

"Oddio, Antonio mio!"

Quella parola, *mio*, fu per Antonio l'unica medicina efficace. Il giovane tenente ebbe addirittura la forza di sorridere. Si mise una mano sul petto e disse tra sé un grazie senza destinatario.

"Giovanna mia..."

"Mi vuoi bene, Antonio?"

"Me lo domandi?"

"Allora aspetto."
"Aspettare? Stiamo aspettando?"
"No."
"Ssst. Silenzio allora. Non diciamo più nulla. Grazie, mi hai fatto il regalo più grande."
"Però mi dirai."
"Certo. Ma se morissi?"
"Perché dovresti morire?"
"Ma se morissi?"
"E se tu facessi meno il bischero?"
"Ti chiamo io."
"Tra quanto?"
"Spero qualche giorno."
"Devi andare via?"
"Peggio, peggio."
"D'accordo. Ciao Antonio."
"Ciao Giovanna."
"Ciao Antonio."
"Ciao."
"Mi raccomando."
"Certo. Ciao."
"Ciao."
"Ciao."
"Ciao."

2. *Sul lungomare di Smirne*

"Cosa sto facendo?" si domandava Cengiz Nakaroglou, l'insacchettatore di mandorle e nocciole che, tanto tempo prima, con il nome di Oreste Marcucci, aveva insegnato a tradimento Storia dell'arte nella città che ne aveva prodotta di più.

Come feci ad arrampicarmi fin su quella cattedra? A quell'altezza? Come ho potuto infilarmi in cose tanto complicate come la vita accademica? Non saprei più, ora, come metterci piede, in un'università. Sono diventato un altro, ecco tutto. Più vecchio, più stupido, e senza nessuno scopo: e mi va bene, visto che dovevo essere già morto.

Le leggi della prospettiva adesso lo interessavano meno della tostatura delle nocciole, che a sua volta non lo interessava più. In compenso era vivo: non che gli fosse chiaro il come e il perché, ma era vivo. Ogni azione, ogni istante sottostava al suo arbitrio, non c'era più nulla che *dovesse* fare, e questo non che lo rendesse felice però lo incuriosiva, gli poneva tante questioni inedite. Cosa sto facendo?, si domandava mentre strappava un rametto di acacia e se la faceva scorrere tra pollice e indice, in modo da raccogliere le foglioline come in una specie di fiore verde simile a volte a un giglio, altre a una rosa; o mentre pervaso da una curiosità generica se ne andava a zonzo per la cittadina, lungo le erte che costeggiavano villette senza pretese ma variopinte e che terminavano in uno sterrato pronto per una nuova villa; o mentre camminava lungo il mare intento a guardare le lunghe file di grossi yacht, i cui proprietari aveva tanto odiato per l'ingiustizia di cui erano i custodi, mentre adesso provava per loro una bizzarra simpatia: li guardava seduti sul retro delle loro imbarcazioni, intenti a compiere azioni che appartengono a tutti gli uomini: sedersi, bere vino, ascoltare musica, preparare pesce arrosto.

Fu mentre camminava sul lungomare che si ricordò, una mattina, del suo vecchio collega Aldo Sartorio, che era stato docente di Filosofia morale. Sartorio aveva sposato una donna di Smirne, alta e dal collo lunghissimo come la Madonna del Parmigianino, il cui nome cominciava e terminava con la "u"; e ripeteva che, una volta in pensione, sarebbe andato a vivere a

Smirne, dove non era mai stato. Pochi mesi prima del ritrovamento delle tavole Sartorio se n'era andato davvero, salutando i colleghi con un brindisi piuttosto sbrigativo. Aveva poi scritto a un comune amico che l'Università Yaşar lo aveva invitato a insegnare filosofia presso il corso di laurea in Architettura e design. Chissà se era vero, nessuno verificò, non si verificano gli annunci dei filosofi pazzi.

Mi piacerebbe, si disse Cengiz, rivederlo.

Gli capitava di pensare a lui. Gli aveva scritto perfino una lettera qualche anno addietro, ai primi tempi di Istanbul. Non era stata imprudenza: il tempo gli aveva insegnato che imprudenza è, piuttosto, nascondersi nella pancia del mondo, dove prima o poi ti scovano. Se ai nemici e agli amici è bene far perdere le proprie tracce, così non è per quel mondo intermedio che non è né l'una né l'altra cosa. Qualche sonda va lanciata di tanto in tanto. Certo, non sempre i tempi sono normali.

Del resto si era trattato di una lettera generica, una specie di reagente chimico – *vediamo se mi risponde* –, con notizie vaghe, la pressione arteriosa, l'insonnia, gli ansiolitici, nessun riferimento alle tavole e nemmeno alle mandorle caramellate.

Come ampiamente previsto, Sartorio non rispose mai. Cengiz ricordò la sua figura: aveva sempre portato una gran barba e capelli lunghi, era basso di statura e camminava in modo inconfondibile, mezzo di traverso.

Decise di andare fino alla Yaşar. Se non è morto, pensò, magari lo rivedo. Io lo riconoscerò mentre lui di sicuro non riconoscerà il sottoscritto. Sorrise alla parola *sottoscritto.*

Ma mentre si trovava sul pullman strapieno che conduceva dalle parti dell'università, Cengiz fu colpito all'improvviso da una certezza tanto assurda quanto invincibile. Lo incontrerò, sono sicuro che lo vedrò.

Cengiz guardava la città tremare nel caldo dell'asfalto misto al gas di automobili vecchie e difettose e provava uno strano sollievo, quasi una bizzarra felicità al pensiero di questo suo antenato così simile a lui – lui che non aveva più nulla, a parte qualche soldo messo da parte grazie alle noccioline e alle mandorle.

Lo troverò, pensò di nuovo. Si sentiva dentro la voglia di ridere e non capiva bene perché.

Sceso dal pullman decise di entrare nella città vecchia per conquistare un po' d'ombra. Non conosceva bene Smirne e istintivamente si mise a cercare a Smirne quello che conosceva di Istanbul, là dove la densità dei gas faceva tutt'uno con quella dei muri e delle pietre e dell'odore dell'olio fritto, e le acacie allargandosi formavano intorno a sé piazzette inaspettate piene di dislivelli, di paracarri, di voci che uscivano dalle finestre, e dove appena possibile gli industri metropolitani sistemavano sedie di ferro e tavolini traballanti e aprivano bar e piccoli ristoranti in cui l'odore del caffè e quello dolciastro della frutta si univano a quello grasso e fumigante di polli e polpette.

A Smirne trovò invece casette imbiancate, sedie di legno sistemate contro il muro lungo viuzze trafitte dal sole, alberelli smunti in fuga da sotto una casa, da dietro la rete di un minuscolo orto, persiane azzurre in stile greco, palme tronfie simili a quei signori panciuti e mezzi calvi dall'aria burocratica che si incontrano ovunque ma soprattutto in Turchia e in Egitto, sempre in camicia, sempre privi di qualunque espressione. Scese ripidi scalini per raggiungere l'ingresso di un minuscolo buio caffè, dove ordinò anche una bibita e conversò con il gestore – alto e grosso, piegato sotto la volta del locale, che si lamentava di tutto, del becco dell'aria calda, dello scalino di legno tra il bancone e la piccola sala, delle gambe delle sedie che uscivano in fuori (scelte dalla moglie) e voleva servirgli arak con la gazosa. Cengiz rifiutò sorridendo e chiese una limonata e un caffè. Così per qualche minuto poté godersi un po' di fresco e di dolce oscurità.

Più tardi sedeva su una panchina di fronte al porto, al centro di un vasto piazzale ornato di palme alte ed eleganti. Lo strepito delle automobili non lo turbava, le voci miste a musiche fuggite dai finestrini aperti gli ricordarono i nomi di musicisti audaci che aveva amato tanti anni prima. Ma il musicista di quel giorno ordì una sorpresa, trapunta a meraviglia in quel tappeto di suoni.

"Marcucci! Sei Marcucci, vero?"

L'uomo, curvo per gli anni, stava in piedi al lato della sua panchina, la testa piegata in avanti, e non portava barba né capelli lunghi.

"Aldo!" disse senza voltarsi. Era sufficiente la voce, la stessa voce di ragazzo che l'aveva stupito nel corpo di un quasi settantenne e che rimaneva tale quale adesso, che l'uomo di anni ne aveva più di ottanta.

Era Aldo Sartorio, il filosofo.

"Non dire *che coincidenza*, Marcucci: non è una coincidenza."

"L'ho forse detto?" disse alzandosi.

"No, non l'hai detto. Volevo solo impedirti di pensarlo."

"Sono venuto qui apposta."

"Naturalmente."

"Ti immaginavo con la barba."

"Andiamo via di qui."

3. Ciò che era prima

Con l'arrivo della primavera le ombre a Firenze si allungavano smisuratamente prima di scomparire. La notte scendeva più tardi e nelle sere più tiepide i grilli accompagnavano la luna, timidi. I bambini ridevano vedendo la propria testa stampata sul contrafforte di Ponte Vecchio, a venti metri di distanza, e sollevavano la mano che, di laggiù, restituiva il saluto. Nella boscaglia del Mugello, fra terre un tempo coltivate e poi restituite al corso selvatico della natura, quando scendeva il buio regnava ancora l'assiuolo.

Il termometro posto sullo stipite dell'uscita posteriore in una sera ai primi di marzo segnava venti gradi. Dalla finestra della veranda di San Cresci, ora spalancata, Lucia del Chierico ascoltava le voci che venivano dal folto dei castagni, dai lecci insidiati dalla robinia, dove l'uomo non era invitato a passeggiare, dove rami, foglie, insetti, fiori assediavano l'aria e dove ogni antico sentiero era stato cancellato.

Verso le undici le luci dei poderi vicini cominciarono a spegnersi, ma proprio allora un'automobile si fermò dall'altro lato della casa, una portiera si richiuse di lontano, dei passi risuonarono in mezzo alla voce dei grilli. Poi i passi sulla ghiaia scomparvero, un'ombra bianca traversò il riquadro della finestra, Lucia si alzò per vedere e proprio in quell'istante Giulia entrò in casa.

"M'avevi quasi fatto spaventare. Lo vuoi un nocino?"

"Grazie."

"Che ci fai col cappotto?"

"È un soprabito."

"Pesante però."

"Diceva che c'era il temporale."

"Chi lo diceva?"

"Alla radio."

Giulia sedette, mentre Lucia tornava con il nocino e due bicchierini.

"Dio, che faccia hai."

"Senti, Lucia, guarda questo."

Aprì la borsa, una sacca viola, vi frugò e ne tolse un vecchio quaderno molto spesso dalla copertina nera.

Lucia allungò una mano per prenderlo, ma Giulia lo trattenne.

"Aspetta."

Bevve un sorso di nocino.

"Tu lo sai che è morto Beppe Masina, vero?"

"Lavorò anche per tuo padre."
"Una sola volta, poi non fu più chiamato."
Lucia si avvicinò, in attesa come d'un mistero.
"Babbo non fu soddisfatto."
"Perché?"
"Non gli piaceva. M'è sparita della roba, mi disse poi."
"Roba?"
"Un vecchissimo orologino che fu della nonna, una scatola d'avorio e anche un'altra cosa che non rammento."
"Ma è certo che fosse stato lui?"
"Non poteva essere stato nessun altro. Babbo non fece nulla, si limitò a non chiamarlo più."
"Cos'è che ti spaventa, Giulia?"
Giulia le mostrò il quaderno. Disse che suo padre teneva, sia pure sporadicamente, un diario. I quaderni si trovavano da sempre pigiati in un basso scaffale della libreria dello studio. Aggiunse di averli sfogliati qualche volta dopo la morte del babbo, ma che il pudore le toglieva gran parte della curiosità. Ser Filippo le aveva fatto da babbo e qualche volta anche da mamma, ma soprattutto da nonno: era stato tenero e severo, indulgente ed esigente, era stato tutto, e per quanto la natura le avesse dato l'occasione di essere corteggiata da tanti uomini, adesso che Paolo non c'era più e l'età iniziava a declinare si rendeva conto che nessuno l'aveva mai sostituito. Nemmeno Paolo, forse.
I quaderni erano lì per lei, eppure lei esitava a leggerli, pensava confusamente che esistono segreti che è bene restino tali, che qualche informazione sgradevole avrebbe potuto sporcare in modo fraudolento un'immagine che non aveva nessuna necessità di essere messa in discussione.
"È stata la noia," disse, "più che il coraggio, a farmi prendere in mano questo quaderno. Sai, la sola cosa bella di questi mesi è stata la notte passata qui, te, io e la Giovannina. A un certo punto te ne uscisti con quella frase..."

Lucia sorrise, scuotendo la testa.
"Quale frase?"
"Che i morti uccidono."
"Fosti tu a dirlo. Ricorda bene."
"Sì, ricordo, ma..."
Giulia trasse un respiro come per continuare a parlare.
"Lo dicesti così, per scherzo?" domandò Lucia.
"Ma sì. Però fosti tu a farmelo dire."
"Può darsi. Son cose che si sanno."
Giulia la guardò fisso, gli occhi spalancati.
"Non si scrivono romanzi se non si sanno certe cose."
"E se ti dicessi che ne ho la prova?"
"Non mi servono prove, è così."
"No, la prova è un'altra cosa."

Giulia aprì il quaderno, dove aveva inserito una cartolina trovata su una bancarella poco dopo la morte di suo padre, e di cui s'era innamorata facendone il proprio segnalibro universale. C'era raffigurato un giovane in preghiera mentre la sua nave entrava nel porto di New York. Dietro, una mano sconosciuta aveva scritto a penna le parole *Non meno di questo*.

"Ecco, vedi? È qui, su questa pagina."

Le due teste, sotto la grande lampada ad arco, si piegarono sul quaderno, fin quasi a toccarsi.

Il Torrigiano me lo raccomanda ancora e ancora. Ma a me questo Masina piace poco poco poco. Dice che è un bravo manutentore, carpentiere, pittore, fabbro, insomma che se ne intende. D'accordo. Ce n'è tanti, ma Faliero insiste. È un amico. Ora gli dovrò dire che non ce lo voglio più, e me ne dispiace...

Dunque, a quanto pare la fedina penale è bella sudicia. Di Campi Bisenzio. Lasciamo stare i piccoli furti. Accusato, trent'anni or sono, di omicidio...

"Di omicidio?" gridò quasi Lucia. "O Gesù..."

"Leggi, vai avanti."

... Il nome del morto non dice nulla, si sa soltanto che non era di Campi. Beppe si fa qualche mese di carcerazione preventiva, poi alla fine del dibattimento viene prosciolto per non aver commesso il fatto. Richiesta danni ingente. Questo è quanto. (...) La Giannina è di Campi, si parlò molto, dice, di quel delitto. Storie di debiti, il Masina aveva l'incarico di riscuotere. Secondo la Giannina tutti sapevano che era stato lui, però (dice) la giustizia non fece il suo corso perché ci fu qualcuno che pagò. Non è che mi fidi tanto della Giannina, però da quello che mi risulta il delitto restò impunito. Nessun assassino, nessun mandante, il forestiero morì strozzato dalla balia... (...) E Faliero lo porta in palmo di mano, Beppe di qua, Beppe di là...

Pericle Procacci, ecco il nome della vittima. Anno 1975. Di Barberino nel Mugello. A Campi ereditò un palazzo in seguito alla morte d'un parente, ma sull'eredità ci fu qualche contestazione. La sorellastra del morto, una vecchietta di nome Valentina, era stata tenuta fuori dall'eredità a favore del Procacci, che del morto era cugino di secondo grado. La donna non aveva un quattrino e stava sulla sedia a rotelle per la rottura del femore. Non credo sia stata la mandante di nessun omicidio... (...) Ora, non voglio sospettare di Faliero, anche perché, parole sue, lui a Campi non ha mai avuto interessi, però comincio a pensare che mi avesse detto una bugia. Fin qui, niente di grave...

(...) Gliel'ho domandato. "So tutto," mi fa, "ma perché ne vuoi parlare?" "Perché evitasti il processo?" gli faccio, e lui: "Perché alla fin fine, Bargello, era giusto così." A questo punto non gli ho chiesto più nulla (...).

"L'idea che si fece tuo padre è piuttosto chiara," disse Lucia, alzando la testa.

"I morti non smettono di uccidere, lo vedi?"

"Sembrerebbe così."

4. Lorenzo Masina detto Renzo

La cronaca italiana dei giorni successivi fu occupata dalla tragica storia di un poliziotto fiorentino.

Uscito sul primo pomeriggio dall'ospedale pediatrico Meyer, quest'uomo era salito sulla sua Volkswagen Golf 2.0 GTI color blu elettrico per dirigersi a gran velocità verso la città. Dalle parti di piazza Dalmazia aveva poi parcheggiato in area disabili e si era precipitato nel primo bar che aveva trovato, dove aveva ordinato una bottiglia di brandy.

A quell'ora, oltre al gestore, nel bar c'era un uomo appoggiato al banco che chiacchierava con lui, mentre all'unico tavolino sedevano una donna anziana col cappellino a fiori con una tazza di tè vuota e un ragazzo down con la bocca sporca di gelato al cioccolato, che a intervalli di quindici, venti secondi sollevava la testa e ripeteva: "Perché Mario?"

Il poliziotto entrando aveva infranto il microclima del bar balbettando tra sé: "Ora gliela fo vedere." Fu come se una secchiata di vernice fosforescente fosse stata gettata dall'ingresso dentro la quieta penombra di metà mattina, dentro l'odore di brioche delle Tre Marie e di macchina del caffè umida e inoperosa. Il poliziotto aveva ordinato il brandy urlando, furibondo come se fosse la decima volta che ripeteva quella parola, brandy, brandy, brandy – mentre l'aveva pronunciata una volta sola – e come se il gestore si rifiutasse di capire perché era più imbecille dell'imbecille che ripeteva "Perché Mario?"; perciò, senza aver proferito una sola sillaba, il poveretto si sentì minacciare di morte se solo avesse osato rivolgergli un'altra volta domande su quale marca di brandy preferisse.

Tutti si erano resi conto che l'uomo era oltremodo pericoloso e che avrebbe potuto benissimo dar seguito alle proprie minacce, perché quell'uomo aveva un teatro in testa e non sapeva più uscire da quel teatro, dentro il quale gli esseri umani non esistevano più, sostituiti da comparse incapaci di recitare la loro parte. Quel bar, come forse anche il resto dell'universo, era in quel momento solo una scena sbagliata, realizzata da uno scenografo incompetente, e tutti l'avevano capito perché quando un uomo agisce in questo modo è come se la sua testa si aprisse e si vedesse tutto quello che c'è dentro.

Era un uomo alto e robusto e portava nella cintura un'arma nera che toccava di continuo con le punte delle dita della mano destra e sembrava poterla usare da un momento all'altro, sembrava che usarla o non usarla fosse questione non di una decisione presa ma piuttosto di un caso, di un ghiribizzo. Il gestore, terrorizzato, non trovando altre soluzioni continuò a parlare del più e del meno con l'avventore che cercava di proseguire, però balbettando, il suo racconto fatto tutto di *e lei allora la mi disse* e *e io allora gni fo*, di *nulla nulla* e *che mi pigli per bischero?* Sulle prime nessuno volle dar da vedere di stare ascoltando il discorso che, bicchierino dopo bicchierino, quel poliziotto aveva cominciato, all'inizio quasi tra sé, per borborigmi, continuando forse i pensieri che lo stavano distruggendo e che l'avevano portato lì a bere, ma poi a voce sempre più alta fino a che il suo dolore cominciò a occupare tutto lo spazio del bar.

"Che cazzo avete da guardare, tutti!" gridava mentre i presenti cercavano di non guardarlo, e non lo guardavano ma lui sapeva che, sotto sotto, nessuno guardava altri che lui, nessuno escluso naturalmente il povero down, un quarantenne di nome Franco, che nel silenzio gelido ripeteva di tanto in tanto: "Perché Mario?"

"Zitto, Franchino," disse la vecchia, con gli occhi ridotti a due minuscole fessure nere e lucide.

"Francooo, Franchinooo... È il suo figliolo, signora?"

Il poliziotto si alzò, tenendo la destra sul fodero della pistola e sorridendo alla donna.

"Lo sa, signora, che lei è fortunata? Ma proprio fortunata, sa? E anche il suo Franchino, fortunatissimo: perché se solo avesse un altro nome... Se solo qualcuno di voi avesse un altro nome... Il nome che dico io... te, come ti chiami?" disse, puntando l'indice contro il petto dell'avventore e sospingendolo. "Dimmelo."

"Mi chiamo Luciano."

"Bravo Lucianino. E te?" disse al barista.

"Io non ci ho nome," rispose il barista, folle di paura.

Allora il poliziotto estrasse la pistola.

"A me non si dicono bischerate."

"Arturo mi chiamo."

"Quello che caca duro, è giusto?"

"È giusto."

Il poliziotto rimise via la pistola senza però chiudere il cinturino.

"Perché a me le bugie non mi stanno bene. E no che non mi stanno bene. E se uno solo perché ti si presenta col camice bianco pretende anche di metterti soggezione – lo sai come son fatti vero? Be', allora guardami questa, bischero, te hai il camice bianco e io ci ho questa, che dici, siamo pari?" gridò all'aria e andò su e giù imitando la pistola col pollice e l'indice, "siamo pari, eh?, e pim pum pam lo fo io con questa o lo fai te col camice? I protocolli, i protocolli, fa, m'importa 'na sega a me dei protocolli, questi sono i risultati, fa, delle analisi, carta canta! Ma che canta?, che siamo all'opera?, carta straccia! M'importa a me della carta, se qui al famoso rinomatissimo stimatissimo e illustrissimo ospedale Meyer il corpo medico non sa levarsi il dito di culo allora vorrà dire che s'andrà da qualche altra parte, ve lo dico io, da qualche altra parte s'andrà, a Milano s'andrà, a Brescia, a Londra, a Berlino s'andrà."

"Perché Mario?"

"Senti, vuoi che t'ammazzi?" disse il poliziotto, togliendo la pistola e puntandola contro il down.

"Perché Mario?"

"Ora t'ammazzo."

La madre emise un grido strozzato e allungò le mani sopra la testa del figlio, la pistola fece *clic*, il poliziotto rise metallico, "la sicura, prestare sempre attenzione a che la sicura sia inserita," la donna congiunse la mani, quasi il corpo del poliziotto fosse la statua di un santo, e sussurrò una parola incomprensibile, mentre l'avventore volgeva le spalle, tutto curvo su sé stesso, e il barista sedeva su uno sgabello, incapace di levarsi in piedi. L'avventore era un uomo di quarant'anni noto nella zona per essere un prepotente, un bullo, ma adesso forse pregava, curvo come se la schiena con le sue costole e la sua colonna vertebrale fosse una protezione buona a salvargli la vita. Il barista era grasso, mezzo calvo e dimostrava più dei suoi cinquant'anni, e aveva negli occhi la traccia di una grande speranza dimenticata nell'alcol.

"Te non sei buono," disse dolcemente al barista.

"Io? Che gli devo dire?"

"Dimmi il vero. Te non sei buono."

"Io? Faccio come posso..."

"Non ti ho chiesto nulla, pezzo di merda. Ho detto che te non sei buono e basta."

"Sa come si dice..."

"Ssst! Zitto!" il poliziotto si mise un dito sulla bocca, "te non sai come si dice. Te non lo sai! E ora levati quel grembiule del cazzo se non vuoi che te lo inzaccheri tutto di rosso."

"Mi vuole ammazzare?"

"Stai zitto e levati quel grembiule. Bravo, ora buttalo a terra."

Senza smettere di guardare l'uomo armato il barista lo gettò a terra, dietro il bancone, ma il poliziotto fece segno di no col dito.

"No, no, no..."

"No?"

"Qui davanti, che lo vedano tutti."

Una macchia di sugo apparve nel centro del maglione.

"Qui davanti."

Il barista raccolse il grembiule, lo depose davanti al bancone e intanto si ricordava della moglie, “Mangia piano,” gli ripeteva e lui: “Abbozzala, Cesarina, io mangio come mi pare,” ricordò la luce gialla della cucina, la lampadina riflessa nell’olio dentro il piatto.

“E ora pisciaci sopra, forza! “Ti ho detto: pisciaci sopra!”

Fu lo stesso barista a raccontare al signor questore il pezzo seguente della storia. Disse che, mentre calati i calzoni cercava come poteva di obbedire al pazzo, questi si disinteressò all’improvviso della scena e si rivolse al cliente, quello in piedi, chiedendogli perché non cercasse di difendere il suo migliore amico.

“Difendi il tuo amico, forza. Il tuo confidente. Il tuo prete. Dove sono finite le parole di prima?, io t’ho sentito sai? *A me non mi si piglia pe’ il culo*, l’hai detto te, non io. Allora forza, fai l’eroe, se no Franchino *Guarda ’sto bischero*, penserà.”

L’uomo rispose che il barista non era il suo migliore amico, ma il poliziotto ripeté che “era” il suo migliore amico, “è il tuo migliore amico perché te lo dico io,” e che se non voleva morire a causa della sua vigliaccheria orribile e schifosa doveva gettarsi sul suo migliore amico e proteggerlo con il proprio corpo. E poiché quello non si mosse, e forse nemmeno ci riusciva a muoversi, il pazzo tirò fuori la pistola e fece fuoco una, due, tre volte. Uccise così Luciano Leoni, uno sfaccendato noto alla polizia per rissa, schiamazzi notturni e minacce, della cui morte nessuno si dispiacque, nemmeno il barista e nemmeno i familiari del Leoni stesso, nessuno insomma, e questa, pensò il questore mentre ascoltava la deposizione, era senz’altro la cosa più triste di tutte.

Poi il poliziotto era scappato, aveva ripreso il volante della sua Golf color blu elettrico ed era corso via a tutta velocità in direzione delle Cascine, ignorando i semafori. Mentre correva telefonò alla moglie, che intanto era giunta al Meyer e ora piangeva ed era lì, seduta su una sedia di formica verdina, mentre l'uomo dal camice bianco, il prof. Terlizzi da Sesto, in piedi in silenzio davanti a lei, aspettava che smettesse di piangere e di telefonare per poterle spiegare ciò che la medicina poteva mettere in atto per tentar di salvare, ma le speranze erano poche ed era bene che lo si sapesse, la vita del suo bambino, ricoverato giorni addietro per una diagnosi di rinite acuta e che ora stava morendo di leucemia.

Antonio Masina sapeva che suo fratello Lorenzo era un uomo buono ma anche cattivo, cattivo perché prigioniero del proprio punto di vista e di mille altre cose, e che prima o poi sarebbe successo qualcosa di irreparabile.

Era stato Lorenzo a segnalare al padre la presenza di quello strano involto che conteneva le tavole del Brunelleschi. Confusamente, pensava Antonio, Lorenzo si sentiva il cavaliere di qualcosa: la palpabile corruzione dava riparo a una malintesa innocenza.

Lorenzo era ignorante, confondeva la storia medievale con *Il Signore degli Anelli* e la serie *Game of Thrones* e non aveva mai fatto una passeggiata in campagna. Era passato direttamente, o quasi, dalla PlayStation alla polizia, aiutandosi, ma solo qualche volta, con un po' di marijuana. In una discoteca aveva rivisto la Debora Armatori (la ex del Mazza, da lui arrestato), ubriaco lui ubriaca lei, e se l'era portata a letto senza sapere di preciso come fosse la sua faccia, ma presto era venuto al mondo un bambino, e poi un altro bambino particolarmente bello, grasso e sorridente, gli occhi uguali ai suoi, e questo bambino sembrò riportare anche Lorenzo al nostro mondo. A tratti si rivide il Lorenzo adolescente, tutto babbo e mamma, quello che insegnava al fratellino a tirare con la fionda ai pesci e gli segnava col dito le ragazzine degne di essere corteggiate e quelle con cui, invece, ci si poteva divertire senza farsi tanti problemi. Lorenzo fu il papà più affettuoso del mondo. Eppure qualcuno sapeva che aveva ucciso, anche se le mezze parole non facevano nessuna prova. Antonio era diverso da lui, e già graduato ricordava il disagio che gli agitava lo stomaco quando suo fratello gli segnava col dito questa o quella ragazza *tutta fica e niente cervello*, e ricordava la propria decisione di non essere mai per nessuna ragione al mondo *amico* di suo fratello, fratelli sì amici mai, queste le parole che ripeté tra sé, per anni.

Per anni Antonio fu tormentato dal sospetto, niente di più ma fisso e insistente e simile a una certezza, che suo fratello avesse a che fare con l'omicidio del Chierico. Fu per via di certe mezze parole, di un "se l'è cercata", e della strana intesa che balenò tra il fratello e il padre, l'affabile Beppe Masina, tra occhi e sorrisi, una domenica, davanti ai bucatini, sulla rossa tovaglia a quadretti.

Ricordò il suo sguardo sfuggente quando, sospesa la forchetta a mezzo tra piatto e bocca, gli domandò: "Perché, ne sai qualcosa?", e quello, il volto e l'occhio induriti, e una tristezza pietrosa, che dominava quella faccia anche quando la mascella si agitava per una risata:

"Mentre si sta mangiando? Via, Antonio..."

E giù a ridere, di quel ridere lì, proprio quello.

Ricordò il progressivo peggioramento delle sue barzellette, sempre più volgari e soprattutto banali, e del suo modo di raccontarle, come se avesse fretta di ridere lui per primo. Ricordò il peggioramento del suo profumo, delle sue lavande.

Già, quella maledetta fretta di che?, di scappare via dal tempo, dagli istanti.

Per tutti gli anni della sua vita Antonio aveva cercato di tenere le distanze dal fratello, aveva studiato, si era laureato, ma poi Lorenzo, che aveva sempre sulla bocca il fratello studioso e intelligente, lo presentò al questore che ne rimase colpito, e lui, che era poliziotto nell'anima, entrò in polizia e ci rimase. Antonio cercò sempre di sorridere dei propri sospetti verso il fratello, ma più ci provava e più i sospetti crescevano, specie la notte. Perché Lorenzo aveva stretto tanta amicizia con quel figuro dai capelli rossi, quel Curreli, che picchiava la moglie e portava in questura i sospettati dopo averli mezzo ammazzati di botte?; quel Curreli che andava con lui – magari in compagnia di quell'altro, quello tutto ossequioso, Palumbo – a cena da babbo e mamma, "Indovinate un po' chi c'è?" e la mamma a fare le feste, e babbo col suo sorriso sardonico che tale sarebbe rimasto anche dopo l'ictus, che gli aveva stampato addosso la maschera definitiva: quella dell'uomo che era stato su tutte le televisioni nazionali.

L'amore per mamma Marisa l'aveva sempre distolto dal pensare troppo a quello che sapeva bene, e cioè che era capitato in una brutta famiglia, e che quello che aveva potuto realizzare di buono l'aveva fatto solo per lei nel tentativo di liberarsi e di liberare la poverina.

Ma poi fu lui a sollevare il telefono. E in quella tarda mattina di pallidissimo sole, ricevette la notizia che, sul viale dell'Aeronautica, alle Cascine, una Volkswagen Golf GTI color blu elettrico si era schiantata a tutta velocità contro un albero, uccidendo sul colpo il conducente, che fu riconosciuto subito perché la macchina, ironia della sorte, non prese fuoco. Nessun segno di frenata sull'asfalto.

Vigliacco, pensò.

"Vigliacco! Vigliacco!"

Lasciare la moglie così, con un bambino che stava morendo, e la mamma vecchia e sola ad accumulare dolori su dolori.

"Vigliacco! Vigliacco!"

E mentre Antonio lo diceva, tra i denti, piangendo in solitudine, si chiedeva se le sue parole di stizza fossero rivolte soltanto a suo fratello, o a tutta questa vita cagna.

"Ülkü è morta e io non sento più nessuna responsabilità verso la storia: lei era la storia," disse. Sartorio lo squadrò fino a farlo sentire imbarazzato, chinandosi e girandogli attorno. "Vedo che sei smagrito e porti i capelli alla moda di Istanbul. Istanbul. La città degli uomini in camicia. Vieni da Istanbul, giusto?"

"Sì."

"Io preferisco Smirne, Marcucci, perché quando vengo qui, proprio qui, dove ci troviamo ora, io mi siedo e guardo. Proprio così, vedi?"

Sedette su una panchina invitando il suo ospite a fare lo stesso.

La mattina era più calda del solito, e senza vento. L'umidità gravava sul lungomare, il mare scompariva prima dell'orizzonte. Gli uomini si passavano spesso il dorso della mano sulla fronte e camminavano lentamente toccandosi i baffi, le donne spingevano passeggini e trasportavano borse ostentando una certa noia. L'Oriente si annunciava, qui, con il suo miscuglio sonoro, fatto di canzoni che uscivano dai bar, dai canti diffusi dalle moschee, dalle voci dei molti passanti modellate da una lingua che sapeva di stanze chiuse, di diplomazia, di controspionaggio. E, naturalmente, dall'uso del clacson.

"*Sul molo di Smirne.* Due imperi si sono affacciati da questo lungomare. Gli imperi di tanto in tanto sono necessari. Mescolano le memorie, ed è un bene. Altrimenti diventano incubi, come ora, che a partire da queste spiagge sono solo i miserabili della Terra. Sono come grandi ondate, gli imperi, che invadono la terra e ci lasciano qualcosa, io la penso così: e qualcos'altro si portano via. Danno e prendono, danno e prendono."

Cengiz sembrava immerso in altri pensieri però ascoltava. Gli interessava capire fino a che punto Sartorio fosse uscito dal mondo dal quale intendeva uscire quindici anni prima.

"Anche la memoria nella nostra testa e nelle braccia e nello stomaco funziona pressappoco così, non c'è differenza tra il cielo sopra la luna e quello sotto. Le leggi sono le stesse."

Stese la mano verso il mare.

"Qui di memoria ce n'è tanta, dev'essere per via del mare. Dove c'è mare il tempo scorre più lento, ci sono la frenesia e la follia di tutte le città del mondo, ma c'è anche la stessa vita di due, tremila anni fa: gli eserciti, i mercanti, i pezzenti e gli imperi vengono e vanno, ma poi c'è chi rimane ad aggiustar le reti, a fare spremute di limone, a spazzar le strade, a vivere la vita di ogni giorno."

"E a piangere i morti."

Cengiz ebbe un breve moto di riso.

"Finché gli viene concesso, mio caro."

Sartorio scosse la testa come per liberarsi da un'obiezione inopportuna.

"Te lo ricordi Erdoğan? Si è lasciato chiamare mascalzone e non ha battuto ciglio, ha abolito – dicono – la democrazia, ha commerciato in uomini e donne, ha sopportato gli insulti di quelli che avevano il compito di pensar bene, mi capisci?, mentre era evidente che ormai il mondo pieno di pensieri elevati, che aveva visto nascere Aristotele Dante e Cartesio, per prolungare la sua povera vita aveva bisogno dei servigi di un signore, dicono un farabutto, che vendeva questi servigi – e a ragione – a un prezzo esorbitante. Uno? Ma che dico, uno: di mille farabutti. Si finge di non capire quello che è semplice. Per prolungare questa vita, incluse le reti da pesca, gli alberi da frutto, gli orti, con dentro i bambini, le donne, le uova fritte era necessario tanto lo sdegno dei virtuosi quanto questa stirpe di levantini. Che poi 'farabutto' vuol dire mediatore, lo sai? La Turchia conosce quest'arte meglio di altri, da Serse a Solimano il Magnifico fino ai celebrati padri della patria."

Cengiz lo guardò in un modo che avrebbe spaventato il suo

vecchio amico, se questo non fosse stato tutto preso nel suo discorso.

"Perché questa commedia?"

"Perché, mi domandi. Perché non ce la stiamo facendo, ecco il perché. Tutti a proteggersi, a difendere confini geografici, culturali, religiosi. Quanti pronunciamenti. Quante precisazioni. Le dottrine! Le ortodossie! Te lo ricordi Bin Laden? Sempre col dito indice ritto, ad ammonire. A poco a poco la malattia dell'indice ritto si è estesa a tutti i potenti."

"Sì," rispose Cengiz, "capisco bene quello che dici. Ma non m'interessa più. Hai ragione, credo, ma non m'interessa più. Gli anni che ho passato mi hanno reso straniero."

"Le tavole, giusto?"

"Cosa ne sai delle tavole?"

"Sono quindici anni che il mondo accademico ne parla. Tu sai come è fatta l'università, quando un fatto qualunque la tocca nell'intimo. Si possono sopportare delitti, orge e molto altro, la viltà e il doppiogioco sono di casa, ma questo non è l'intimo: l'intimo è pur sempre il sapere, Marcucci. Lì hanno sede le vergogne, le pudenda. Lo specimen. Questo e nient'altro è l'ipotalamo dell'università. Si possono trovare cadaveri di donne accoltellate nei bagni dell'ateneo, si può scoprire che l'assassino fu un chiarissimo professore, si possono scoprire tra i docenti cellule terroriste: non è questo lo scandalo. Ma un allievo modello, un ventenne presuntuoso, che a voce alta confuta il maestro in un corso di filosofia teoretica può diventare oggetto di discussioni per anni, per decenni: e definirà carriere e progetti. La tua fuga con le tavole, Marcucci, è stata, *probably*, l'evento centrale nella storia accademica di questi quindici anni. E a quanto vedo lo è stata anche per te. Oreste Marcucci, alias?"

"Cengiz Nakaroglou."

"Naturalmente, naturalmente... Quindici anni con le tavole del Brunelleschi nascoste dentro un armadio..."

"... a volte sotto il letto..."
"... senza nessuna protezione, senza stabilizzatore di umidità, al caldo di Istanbul... mi piacerebbe sapere che vita è mai stata, la tua, in tutto questo tempo."
Cengiz comprese tutto ma fece finta di niente, lo guardò e quasi gli venne da ridere.
"Vita? Quelle tavole sono state il passaporto per uscirci, dalla vita."
"Schopenhauer?"
"Mi sento come un turista."
"O come un latitante. Ma a questo punto toglimi una curiosità, Marcucci. Perché stai parlando con me? Potrei essere una spia."
"Potresti. Ci ho pensato."
"Sai in quanti sarebbero disposti ad ammazzarti?"
"Mi sono fatto un'idea. Non molti, credo."
"Ti tengono semplicemente in vita, credi a me. Prova solo a pensare ai tuoi messaggi WhatsApp."
"Non ne faccio uso."
"Mio caro, l'aria che respiri si è trasformata in un grande WhatsApp. Tutto quello che dici o pensi può essere registrato, ascoltato e riascoltato da qualcuno. Sono i *big data*. Tu finisci nelle celle di un bar, di un negozio di cappelli, di un cesso pubblico senza che te ne accorgi. Celle... Ti dice niente questa parola? Potrebbe non esserci nessuno di là, mi spiego?, ma un bel giorno potrebbe esserci qualcuno. Hai idea di quello che potrebbe comprendere questo qualcuno? Non mi riferisco ai cosiddetti segreti inconfessabili, mi riferisco a tutto quello che, anno dopo anno, si ripete immutabile: il nostro modo di pensare, di reagire a una notizia, di giudicare, la ricchezza o meno del nostro lessico, le parole ricorrenti, la mia sintassi abituale, i tempi di reazione... Credi che occorrerebbe poi tanto per stabilire in modo infallibile il mio nastro mentale? Un robot in grado di simulare esattamente il mio, il tuo modo di pensare, e perciò

di anticiparci sempre? Di prevedere quello che faremo, quello che diremo, dove andremo? L'uomo è prevedibile, Marcucci. L'uomo è deludente."

"Quelle tavole non sono più con me," disse Cengiz all'improvviso, stanco.

Dio, pensò, queste confessioni senza peccati, queste agnizioni così vuote...

"Come hai detto?"

"Ho detto che quelle tavole non sono più con me."

Sartorio lo guardò con un senso di sorpresa che non doveva essergli abituale.

"A chi le hai date?"

La voce allarmata di Sartorio rivelò molte cose. Cengiz sorrise mentre guardava il mare.

"Non ti credo," disse Sartorio, senza riuscire a nascondere l'inquietudine. "Non puoi averlo fatto."

"Pensi di sapere cosa può e cosa non può un uomo che ha passato quindici anni come i miei? Sai dove e con chi ho pranzato e cenato? In quali letti ho dormito?"

"Proprio per questo! Capisco che tu sia fuggito ma..."

"Sei stato tu. Ho ragione?"

Sartorio balzò in piedi.

"A fare che?"

"A mandarmi un amico, a Istanbul."

"Quale amico? Di cosa cazzo stai parlando?"

"Non gridare. E non dire cazzo."

Sartorio lo guardò con occhi spalancati e vuoti, forse chiedendosi in quale punto della conversazione avesse lasciato adito a quel sospetto.

"Io non ho amici, Marcucci, sappilo. Io non ho mai avuto amici, un filosofo non ha amici."

Cengiz sorrise.

"Amici no, ma..."

“Ma?”

“Ma hai delle opportunità.”

“Opportunità? Che stai dicendo? Quali opportunità?”

“*Un filosofo non ha amici, solo opportunità.* Parole tue. Quindici anni or sono, Sartorio. Il tuo discorso d’addio alla facoltà, il giorno della pensione. Immagino che la parola ‘amici’ significasse altro, comunque la frase fu quella.”

Sartorio se ne andò sdegnato, col suo passo di sempre, non intaccato dagli anni: un po’ di traverso, a causa – ora Marcucci ricordava – di un vecchio incidente alla caviglia destra, durante una gita. Il tendine aveva subito, sembra, una lesione permanente. Tolto il gesso, quella era diventata la sua camminata, come se non ne avesse mai avuta una diversa: imitata dagli studenti, riconoscibile da dietro tutti gli angoli.

6. *La lettera*

“Ecco,” disse Maria Giovanna in piedi, ancora avvolta nell’impermeabile, e posò la lettera sul tavolo, accanto alla busta stropicciata, gettando un’ultima occhiata al giallognolo, al verde polveroso, al fucsia spento dei francobolli. Poi volse la testa e lo sguardo altrove.

Aveva preso un giorno dal lavoro per partecipare a due funerali: quello di Lorenzo Masina e quello del suo sfortunato bambino. Una tragedia, pensò, ma anche (forse) la fine di una tragedia. Si guardò allo specchio del bagno per controllare il fard, storse la bocca, sollevò il mento, aggiunse un filo di mascara, un altro di rossetto. Ripensò alla sera del giorno prima, sorrise, poi si vergognò di avere sorriso, poi sorrise di nuovo. Antonio, dopo la nuova, duplice morte, aveva fretta: la cena tanto desiderata era stata rinviata ma soltanto di un giorno, no, due. Di fronte a un futuro immediato fatto di dolore e di fastidi, perché essere il fratello del morto – e morto come! – non gli riservava giorni facili, Antonio sentiva il bisogno urgente di dichiarare a Maria Giovanna il suo amore.

Con la goffaggine che ogni ragazza pretende dal proprio innamorato in quei momenti, il giovane tenente, proprio come in un teleromanzo, alla fine della cena le aveva offerto, tra i piattini sporchi di dessert e il moscato che aspettava nelle flûte, un anellino di oro bianco con tre piccoli diamanti posti in fila e le aveva detto la frase più difficile da pronunciare, quella frase che fa sentire piccoli e disarmati, e presenta la felicità come una soglia aperta all'improvviso su un paesaggio arduo, non allegro, quasi spaventoso.

Lei aveva sorriso imbarazzata mentre riceveva nel palmo della mano il piccolo oggetto, indugiando a guardarlo prima di osare infilarlo al dito, e non aveva risposto né sì né no, perché sapeva che il sì e il no in queste occasioni sono nell'aria molto prima dell'appuntamento, dell'ingresso al ristorante, dell'aperitivo offerto dalla casa. Si guardò la mano con l'anello, stendendola davanti a sé. Molto prima. Anche un sì privo di grazia si trasformerà in un no: meglio il silenzio.

"Sei proprio un poliziotto senza fantasia," aveva detto, prima di mettersi a piangere per la felicità.

Così, nella sera di uno dei giorni più brutti Antonio Masina e Maria Giovanna Fallai si erano ufficialmente fidanzati. La felicità, con la sua folla di romanzi tutti al futuro, era necessaria ora più che mai, anche se il pudore avrebbe riaperto, di lì a poco, le porte allo strazio.

Sarà uno strano funerale, pensò Giovanna.

Tutto il dolore, tutti i pensieri, tutte le lacrime sarebbero stati per il piccolo innocente. Nessuna lacrima per il padre, che del resto non si trovava nemmeno dentro la bara. Accertamenti: forse un tasso eccessivo di stupefacenti avrebbe potuto scagionare il disgraziato, restituirgli un po' dell'innocenza ricevuta all'atto di venire al mondo.

Quello stesso giorno, nel pomeriggio, un terzo funerale si sarebbe celebrato, dalle parti di piazza Dalmazia, al quale Antonio avrebbe preso parte. Luciano Leoni non aveva famiglia, si diceva, e in pochi avrebbero partecipato. Antonio aveva telefonato al prete, che ridendo gli aveva detto: "Mi ha spaccato i vetri della macchina, mi ha rubato dalla cassetta delle offerte, mi ha tirato perfino un ceffone una volta, e ora tocca a me accompagnarlo in cielo; non dica *è il suo mestiere*, non ci sono mestieri, noi si sta alle porte del destino, si guarda la gente uscire e entrare fino a quando uscire toccherà a noi e alla porta ci sarà un collega sconosciuto."

Giò si palpò le tasche per cercare le chiavi della macchina.

La lettera!

Aveva appena chiuso a chiave, poi ricordandosi dell'altra lettera, opera funesta dello stesso autore, riaprì, prese quella che si trovava sul tavolo di cucina, la piegò per farla stare nella tasca del soprabito, di nuovo uscì sul pianerottolo, chiuse, sostò, riaprì la porta, entrò un'altra volta, prese un libro qualsiasi dalla biblioteca dello studio, si tolse la lettera di tasca e ve la nascose, riponendo poi il libro e augurandosi di dimenticare presto di quale libro si trattava, così da seppellire le parole lette.

Il "grande enigma" – così lo chiamavano lei, Giulia e Lucia – stava rilasciando qualche altro pezzettino di sé, ma più la conoscenza dei fatti penetrava faticosamente nel buio, e più lei si sentiva mancare le forze per continuare, e aveva paura, e forse avrebbe lasciato perdere tutto se l'enigma non fosse cominciato con l'assassinio di sua madre.

C'era poi da pensare al prossimo evento, non era possibile tralasciarlo. Il lavoro non è indulgente, ripeteva tutti i giorni il suo capo. The Big Bang Portrait si stava avviando alla fine, presto si sarebbe saputo quale dei dieci progetti avrebbe vinto il concorso e se, dopo, sarebbe stato realizzato. Seduta al volante pensò al suo collega, Luigi, che deprecava la triste necessità di avere *una mente, brrrr, che brutta parola!, multitasking…*

Ah sì, pensò Giovanna: proprio una mente così… E i funerali, e l'amore, e la lettera, e lo spettacolo, tutto in una volta, tutto insieme… Ricordò Joyce, all'esame d'inglese: "Ineluttabile modalità del visibile", *thought through my eyes*. Perché, l'invisibile scherza? Altro che prospettiva…

Ma poi tutto precipitava verso quella lettera, come un punto di fuga ma verso il basso, verso le viscere immonde, verso lo Stige. C'erano le interviste da organizzare, le anteprime. Durante il prossimo concerto Anish Kapoor in persona avrebbe realizzato un'opera in pubblico, nello stesso luogo dove nel 1985 Mario Schifano aveva realizzato il capolavoro *La Chimera* tra gli insulti del pubblico – cosa che a Kapoor non sarebbe certo capitata. Dietro l'artista, sull'enorme palco, l'orchestra della Scala avrebbe eseguito la trascrizione di *Civilization Phaze III* di Frank Zappa. C'erano molti timori circa il successo dell'impresa, qualche voce di dissenso si era già espressa: musicologi, registi. Un *enfant prodige* alla direzione, a venticinque anni già il più pagato del mondo, e poi Frank Zappa chi se lo ricorda? Aberrazioni, ma quelli se ne… I sorrisi di compassione, in TV, dell'anziano maestro Riccardo Muti.

Ma la lettera.

"Ecco, ecco. Accidenti. Ecco."

Smirne, --/--/----

Giovannina cara,

è davvero un guaio che io non possa scriverti lettere allegre e speranzose, come vorrei. È il mio ultimo giorno di permanenza a Smirne. Ho sognato di poter essere libero, qui, come non lo ero stato in questi quindici anni tra il Brasile e Istanbul, ma mi sbagliavo. Pensavo di essermi liberato di tutti i pesi, ma anche in questo mi sbagliavo. Ho lasciato Istanbul e le tavole due mesi fa. Ora le tavole sono in viaggio non so verso dove. Per qualche settimana ho provato una strana libertà, mi sono sentito come un visitatore della Terra, sceso da un altro pianeta. Ma così non è. Hai mai sentito parlare del professor Sartorio? (...) Pare impossibile, ma tre giorni fa ci siamo incontrati, ci siamo seduti davanti al mare, abbiamo parlato. Da principio mi sembrava il solito originale a tutti i costi, poi ho cominciato ad avere dei sospetti. Diceva e non diceva, sapeva e non sapeva. Poi ho capito che stava raccogliendo informazioni. Non penso che ci fosse qualche politico dietro di lui, penso piuttosto a qualche rete impazzita, frange di servizi segreti al soldo di offerenti occasionali, magari di ambiente accademico. L'università paga male, ma crea relazioni. I filologi si conoscono tra loro, gli storici dell'arte, gli economisti, tutti. Sartorio è una spia. Quando si è accorto che l'avevo smascherato se l'è filata.

La vacanza è finita, mi sono detto.

Ma eccoci al fattaccio. Stamattina la donna che va a fare le pulizie a casa di Sartorio l'ha trovato morto nel suo letto. Poi accendo la TV *e sento parlare di suicidio. La donna, così mi hanno riferito i vicini, dice che è stato sgozzato, la gola aperta. Ma guarda caso: nessuno l'ha sentita, né intervistata. Quasi certamente la polizia ha messo prove false sulla scena del crimine, sembra non sia la prima volta: e la* TV *è stata al gioco. Si è parlato di ingenti debiti contratti al poker, di strozzinaggio, di stato depressivo.*

Ho paura che questo assassinio fosse soprattutto un avvertimento diretto a me. Non sono un megalomane, però l'ipotesi funziona. Loro fanno così, è il loro modus operandi. *Per il momento non mi possono uccidere, e quanto a Sartorio, non serviva più a nessuno, e poi era mezzo matto, quindi pericoloso. Un messaggio, qualcosa come: non ti perdiamo di vista.*

Se potessi gli risponderei: e ammazzatemi, una buona volta...

Ti domanderai: com'è possibile che un uomo preferisca morire piuttosto che vivere? Invece è possibile. Non sai quanta voglia di morire ho, alle volte, specialmente la notte, quando cammino solo lungo il mare e non c'è verso che io dorma.

Adesso non ho idea di dove andrò, ma solo che devo partire. Ho la sensazione che ci potremmo perfino incontrare, anche se non so se mi riconosceresti. Ormai mi chiamo Cengiz Nakaroglou, e ho paura di essere troppo stanco per ridiventare Oreste Marcucci. Di lui mi resta solo il legame con la tua cara mamma, e quindi con te.

Ti bacio,
Cengiz

5.
FLUSSI DI MEMORIA

1. Anno 2015, con riferimento a fatti molto più lontani

Lucia del Chierico camminava per casa nuda, come sempre. Qualcuno suonò il campanello da basso. La piccola emorragia era finita, il cotone emostatico poteva essere gettato via. Passò davanti allo specchio e guardò la figura che le stava di fronte, e che era il suo opposto, legata a lei da un'ingannevole somiglianza. La luce perplessa di quegli occhi non era la sua. Era solo l'effetto dell'inversione degli occhi, il destro al posto del sinistro, così come era invertito tutto il resto, orecchi, i due mezzi nasi, le due mezze bocche, i due seni, i due mezzi pubi, e poi naturalmente le gambe, le braccia. Chi fosse quella lì, lei non lo sapeva. Quanto a sé stessa, sapeva che la perplessità della sconosciuta corrispondeva in lei a qualcosa di differente: disgusto forse. Le ore, i giorni e gli anni passati a scrivere, a diventare scrittrice, avevano prodotto nella sua anima ciò che lei pensava di gettare lontano da sé. Credendo di descrivere *il mondo*, aveva dipinto solo il proprio doppio bugiardo. Una delusione che prima o poi tocca a tutti.

Drin, driiiin…

A Lucia piaceva farsi male. Ancora giovane, bella, piccola e minuta, gli occhi grandi e distanti, la bocca grande, il naso quasi da bambina, Lucia sentiva dentro di sé una vecchiezza indicibile, sentiva i secoli, i millenni e le rughe profonde. Una parola odiava più di tutte: *sessualità.* Che è mai, la sessualità? Cosa lo è, cosa non lo è? Né uomini né donne la interessavano più, e aveva appena passato i trenta. Le sarebbe piaciuto essere maschio, ma così, per una o due settimane, poi basta. Voleva il dolore, ecco. Uno dei suoi amanti, un muratore di nome Carmelo, di ventinove anni, un biondo siciliano residente a Ponte a Ema, amava le stranezze in fatto di sesso, e lei lo apprezzava non per le stranezze in sé, ma per il dolore che producevano, e lo stesso succedeva quando scriveva. Cosa faccio quando scrivo?, si domandava. Questo faceva, anche se aveva impiegato tanto tempo per capirlo: cercare di tenersi il più possibile vicini il dolore, la vergogna, il disgusto di sé. Solo questo. Di conservarli. Scrivere le dava dolore, la fantasia produceva immagini punitive che la realtà, nel XXI secolo, non più era in grado di offrire, quantomeno in Europa.

Driiin...

Eppure Lucia sapeva, o meglio intuiva, che il suo tormento era figlio dell'Europa così com'era: ricca, distratta, legata al resto del mondo da rapporti di fastidio o da sogni vuoti: viaggi, prestigio, notorietà. E dallo smarrimento vuoto, senza soluzioni, di fronte a ogni imprevisto, piccolo o grande che fosse.

Il campanello suonò per la terza volta.

La sconosciuta allo specchio le rubava qualcosa. Quella fica, per esempio, dai labbri invertiti le parlava di desiderio, e quei seni, vuoti di ogni pensiero di maternità, avrebbero gradito il bacio di un amante, o di un'amante. Quella donna di fronte aveva trentadue anni, e li aveva rubati a lei, che invece ne aveva mille.

"Paolo," disse Lucia al citofono, senza domandare chi fosse.

Solo lui sapeva aspettare tanto, da basso, continuando a suonare.

"Mi apri per favore?"

Si infilò la vestaglia, la strinse in vita.

Paolo salì due a due i larghi scalini di pietra grigia. Lucia lo vide arrivare di corsa, l'eterno fanciullo, la sinistra appoggiata al corrimano di marmo rosa, per darsi lo slancio.

Quasi sicuramente per dirle qualcosa di non necessario, pensò.

Cosa è necessario?, pensò.

"Lascio," disse Paolo, entrando. "Lascio, lascio, lascio."

"Che succede?"

"Ier sera, al circolo."

Lucia rise.

"Perché lo chiami circolo?"

"Non è un circolo?" rispose Paolo.

Certi ricordi non si dicono nemmeno alla sorella, specialmente se sono in apparenza così scemi. La parola "circolo" veniva da un posto frequentato da ragazzo, senza dirlo a nessuno: in via della Fonderia, figurarsi. Un posto detto il circolo. Una stanza con quindici seggiole, un tavolo e qualche manifesto appeso: Marx, Lenin, Trockij. Quanto bastava (le immagini, non le opere che portavano quel nome) a fondare ideali, programmi. Si stava con quello col barbone, con quello dagli occhi sottili e gli zigomi alti, con quello coi baffi. Facce che erano garanzie, facce che guardavano *vis-à-vis* il futuro, il radioso avvenire. Tutti fumavano, al circolo. Dalla bottega adiacente, un vinaio, giungeva un odore pungente e costante di fondi di fiasco. Si leggevano libretti il cui progetto grafico prevedeva un solo colore, il rosso. C'era un ragazzo di nome Pierantonio che vestiva solo cose rosse, e girava solo a sinistra. Se doveva andare a destra girava a sinistra e poi ancora a sinistra e di nuovo a sinistra. C'era anche una ragazza, alta e sottile, dai capelli corti, di nome Valeria, che fu la prima a spiegargli cosa fosse un bacio.

"Il salotto."

"Ah, ci andavi ancora?"

"Fino a ieri, lo facevo per la mamma."
"Lasciala perdere, la mamma."
"C'eri ancora quando cominciò a venire Sartorio?"
"Sartorio."
"Il filosofo, quello basso, che cammina di traverso, mezzo matto. Feci l'ultimo esame con lui, un delirio. Fu lui a chiamarmi Marchino."
"Ah."

Esame di filosofia morale. Corso su Kant, seminario su Marco Aurelio. La sua passione per l'antico imperatore. Le sue frasi, ma specialmente il suo ritratto, il suo sguardo rivolto a qualcos'altro, la testa che pensa altri pensieri, con i quali i fatti contingenti dovevano avere a che fare solo, come si dice, *tangenzialmente*.
"E tu vorresti essere come lui?"
"Sì, professore."
"Bene, ti chiamerò Marchino Aurelio."
"D'accordo, professore."
"E dimmi, Marchino Aurelio: mi parleresti adesso del femminile nell'opera di Kant?"
Il femminile nell'opera di Kant? Che c'entra? Che cazzo c'entra il maschio o la femmina con l'imperativo categorico?
"Sospetto che tu conosca assai poco la parte muliebre del mondo, mio caro Marchino."
Cosa intendesse dire, non l'avrebbe capito nessuno. Si sapeva che a quel tempo era perso dietro una ricca giovane signora venuta da Smirne, fuggita sembra dal marito violento e ora di stanza con la cameriera in un quadrilocale di via di San Niccolò. All'origine della separazione: un conflitto di poteri – così pare: lei era la donna e lui l'uomo, su questo nessun dubbio, però lei aveva anche il portafoglio. Lui, vale a dire il marito, sembra fosse una specie di avventuriero, un inglese troppo dedito al gin perché l'avventura potesse finir bene, e si sa che nessuno

è meno affascinante di uno sconfitto. Meglio un prestigioso accademico fiorentino.

"Ma la legge morale..."

"La legge morale nulla, giovanotto. Piuttosto il cielo stellato. Senza il femminile, senza la femmina, voglio dire la femmina che è sopra di noi e quella che è in noi o noi in lei, mi dica: a che servirebbero le stelle?"

Si era alzato, aveva sporto la faccia sopra la cattedra. L'alito che sapeva di fumo e di alcol.

"Ventotto. L'accetta?"

E poi, dopo un paio d'anni, eccolo nel salotto della mamma, il professore: in compagnia della moglie e del suo delizioso accento turco-fiorentino. Le frasi fatte la salvavano sempre. "Grazie, s'è bell'e preso, s'è bell'e preso." Il professore, fenomenologo, parlava di Platone, sciorinava l'argomento ontologico, discuteva le due fasi distinte del pensiero di Emmanuel Lévinas. Presentò *La farmacia di Platone* di Jacques Derrida deliziando il distratto uditorio con il suono della sua voce, che ripeteva *pharmakón te kaí phàrmakon* con il suo immancabile cambio d'accento – "un mio vezzo, naturalmente". Introdusse nuovi nomi nell'olimpo del Pensiero Umano, ma nessuno dei presenti ne ricordò uno che fosse uno. Amava camminare da solo, parlar facile, smascherare le parole grosse. Alcuni quotidiani cosiddetti non allineati gli chiesero la collaborazione, ma ebbe maggior fortuna con le interviste. La lontananza di Hegel e di Nietzsche lo rendeva temerario, cosa che a Oreste Marcucci, anche lui spesso presente al circolo, riusciva più difficile, data la spaventosa vicinanza di Giotto, Brunelleschi, Michelangelo e tutti gli altri.

"E allora?" disse Lucia.

Seduta al tavolo di cucina, Lucia guardava intensamente un cassetto della credenza, il secondo.

"Tutta la sera, dico tutta la sera a raccontare le mie idee su

Marco Aurelio, a interrogarmi in pubblico, ma laddove il nostro dice bla bla bla, il nostro Marchino cosa potrebbe aggiungere? Cosa è restato nella testa dell'augusto imperatore?, e così tutta la sera. E la mamma? A ridere..."

"E finalmente!" sbottò Lucia. "Mandala all'inferno."

Uno stesso pensiero, non dicibile, circolava nelle loro teste. L'inferno, appunto. Andarsene finalmente via di qui, via da questa terra. Due fratelli che in nulla si somigliavano, non nel carattere, non nel modo di pensare, e men che meno nel corpo, lui così lungo e curvo, con questo fisico cavato chissà da dove (padre e madre erano piuttosto piccoli, come Lucia che somigliava a entrambi), due mondi così poco conciliabili, eppure un unico pensiero, che saliva e saliva in loro, con motivazioni contingenti differentissime, dall'unica radice familiare. Farla finita, togliersi di mezzo. Lei che vedeva i suoi desideri prendere il volo verso strade sconosciute, e che a trentadue anni, annoiata da tutte le perversioni, sognava solo una notte di quiete senza fine – "non esistere più", ecco il sogno più grande, tracciato nella battuta di un suo personaggio minore –; lui che, spinto a gran forza su tutti i piani alti, avvertiva ogni giorno di più, come una vertigine, la propria incapacità, la propria superficialità, anche se forse non era così sciocco come credeva.

"Fortuna che l'ingegnere mi dà fiducia."

"Non lo conosco," disse Lucia, che lo conosceva benissimo.

"È una persona straordinaria."

"Sembra molto originale."

"È un vero fiorentino, di quelli come ce n'era una volta. Uno da Giubbe Rosse, come ce ne poteva essere ai tempi d'oro di Soffici, di Vallecchi, di Rosai, popolani e intellettuali."

Due anni addietro Lombardi aveva invitato Lucia e pochi intimi a una delle sue cene a Pian dei Giullari. Era l'inizio di maggio, il pretesto quello di pubblicizzare presso qualche alta sfera il nuovo romanzo della giovane concittadina. Al momento del whisky, poi, mentre i più ammiravano dai balconi la campagna immersa nella notte e le luci di Firenze salire come un annuncio di luna piena da dietro la solita collinetta e i soliti cipressi, lui l'aveva invitata ad ammirare la sua collezione di maestri del Cinquecento. Ma quando la visita stava per raggiungere l'obiettivo lei declinò gentilmente dicendo che a volte si sentiva più che altro la voglia di ridere, e che quella sera il vino era stato parecchio buono.

Da quella volta Lombardi l'aveva chiamata al telefono tante volte, sempre senza risposta. Lucia conservava diversi suoi messaggi sul telefono e qualche bella email, scritti senza nessun riguardo alla tutela del proprio nome, perché lui, a differenza di quasi tutti i suoi simili, non aveva nessun bisogno di tutelarlo.

Era bello ridere un po' a quei ricordi. Ma il pensiero fisso era un altro.

2. Tornando al principio. Anno 2010

L'ingegner Arturo Lombardi era un uomo tranquillo, che a molti incuteva timore proprio a motivo della sua imperturbabilità. Magnanimo e bonario con tutti, erano poi sempre gli altri – compresi i governi cittadini e nazionali – a dover venire a patti con lui. Nessuno poteva permettersi di non essere suo amico, era questo un pensiero fuori luogo, e infatti a nessuno, per quello che si sa, era mai venuto in mente.

La notizia dell'allagamento del sotterraneo di Palazzo C. da cui ebbe inizio tutta questa storia era giunta a lui prima che a tutti gli altri, e questo non per chissà quale ricatto ma perché in quegli anni appariva naturale, a Firenze, che le primizie di ogni novità, positiva o negativa che fosse, toccassero a lui. Si riferiva a lui perché si riferiva a lui, punto: atto preterintenzionale, indiscusso. Si fa perché si fa. Il suo completo grigio-chiaro dai riflessi argentati, di alta sartoria e dalla foggia vezzosamente vecchile, la penna stilografica, mai Montblanc però e mai nel taschino, ma sempre sulla scrivania, come di chi abbia sempre qualcosa di importante e molto personale da annotare, si presentavano al visitatore del suo studio (non ufficio) elegante ma non sfarzoso e nemmeno monastico, dopo una breve anticamera fatta di caffè e di sorrisi formali scambiati con la vecchia segretaria e dopo il suo "Venga avanti, venga" attraverso la porta chiusa. Ma nessun ufficio esterno, nessun PR curava la sua immagine: i suoi atti erano perfettamente spontanei, e anche questo faceva di lui un uomo invincibile.

Prima dell'inizio di questa storia l'ing. Lombardi conosceva già i particolari del problema. Prima di riferire al CdA della Dombey & Son, il geologo Giovanni Tarchi da via Volterrana si era recato da lui, com'era naturale. A sentire il suo nome attraverso la porta sempre solo socchiusa l'ingegnere si alzò e, mostrandosi nel vano, invitò il Tarchi a entrare.

"Venga avanti, caro Tarchi, venga."

L'ingegnere ascoltò attentamente le parole del geologo collegandole ad altre parole presenti nel pozzo inesauribile della sua memoria, profonda e attraversata da mille sentieri incrociati. Il Tarchi parlava di un canale etrusco riattivato da un dissesto in sé preoccupante al quale era necessario far fronte con pesanti interventi strutturali: più tempo si lasciava passare e più radicali e dispendiosi sarebbero stati questi interventi.

Intanto, nella mente del benevolo un abisso si spalancava, e il benevolo lo approvava, poiché in quell'abisso riconosceva la comune origine, propria e della città. Il canale etrusco si trasformava nella Pesa, nella Sieve dove andava a pescare da ragazzo. E come questa sua memoria appariva inesauribile, di epoca in epoca, fino agli etruschi e dunque fino a ben prima della fondazione stessa dell'usurpatrice Roma – che nient'altro che una colonia era, superba e apostata –, così lui stesso sprofondava nell'antichità del proprio sangue e delle proprie viscere, e vedeva i nonni, i trisavoli, fino agli antichi progenitori.

Se in lui il passato non aveva fondo era forse perché non era affatto passato ma tutto presente: avesse potuto sputare in viso ai Tarquini!, al voltafaccia di chi aveva mangiato il pane e la zuppa di Toscana e poi ne aveva firmato la condanna a morte, e non una ma due volte: all'atto della fondazione della Res publica Romana e poi nel 1466, quando complici gli infami Pazzi i romani cercarono di metter le mani sulla città, disegno rinviato peraltro solo di pochissimo e sempre a furia di sotterfugi e inganni.

Il *Genius loci* fiorentino, ahi!, sempre stuprato, sempre ingannato, lui, il solo italiano, parente – ma alla lontana – di Atene e Vienna e di nessun'altra, il solo capace di generare cose nuove non da incroci e contaminazioni, non da migrazioni e meticciamenti di uomini e idee, ma unicamente da sé stesso, come da Zeus a Pallade, di cui l'ingegnere si sentiva figlio nell'intimo perché Firenze stessa era parto di Atena. Nessun senso, proprio nessuno, aveva discutere se fosse maggiore in pittura il Rinascimento fiorentino o quello veneziano: questo era un prodotto d'importazione, quello no. Firenze non fa importazione, e siccome non "importa" (non fa importazione, appunto), allora non *importa* (non interessa a chi vive solo di compravendite, ossia questo mondo cane, diosanto!).

Ma se questo era lo stato del mondo ai suoi occhi, nessuna novità doveva ferire ulteriormente la sua patria già ferita a sufficienza. Lombardi odiava i turisti, odiava i calzoncini corti indossati con i calzini lunghi, le macchine fotografiche a tracolla, i cappellini flosci (specie quelli beige) con la taschina chiusa da una zip a contenere il resto del giornalaio, gli occhiali da sole delle attempate signore angloamericane, la curiosità distratta, l'amore indifferente, lo stupore di prammatica, la manualistica dittatoria, le guide turistiche arbitre del bene e del male e gli itinerari in genere. Il consumismo turistico consumava Firenze in maniera tanto più desolante da che le orde tartare avevano tolto alla città il suo artigianato, garantendo cospicue pensioni integrative ai maestri a riposo e finta tranquillità economica ai nipoti. Altro che città orgogliosa! Umiliata, piuttosto.

La notizia del ritrovamento delle tavole del Brunelleschi lo colse di sorpresa, sentimenti in lotta sorsero in lui. Anche qui, era stato il primo a sapere la verità sul ritrovamento. Senza bisogno dell'expertise del Marcucci, uomo di valore nel suo ambito, buon conoscitore del Rinascimento ma figura troppo modesta per suscitare la sua stima: gli era bastato vederle, lì, nello studio, al cospetto di Beppe Masina e del suo fido Lorenzo.

"Se le vuole tenere lei per osservarle meglio, o vuole tenersele e basta..."

"No, Beppe."

"Noi non diremo nulla, vero Lorenzo?"

Lorenzo fece di sì con la testa, Lombardi rise bonario.

"Questo gli è Brunelleschi, Beppe. Non è roba mia."

"Io non lo so, ingegnere, se è roba sua o no."

"Beppe, lasci fare."

Non che non esistessero le ragioni, anzitutto etiche, per tenere nascosta la scoperta e avere il tempo, se proprio si voleva, di allestire un museino *ad hoc*, magari di fianco alla Cappella de' Pazzi, dato il minor afflusso di turisti, ossia di bisonti. Poteva anche tenersele, e buonanotte: ora o mai più: conservate in una stanza segreta, a temperatura costante, a beneficio esclusivo dei suoi occhi consapevoli e al riparo dalla saccenza dei baccellieri angloamericani o anglocinesi. Ma la frode non si vince con la frode, e poi c'erano quei due, babbo e figliolo, a piede libero.

Iattura: ecco la parola. La scoperta era ai suoi occhi una specie di iattura e non ci voleva. Questa proprio non ci voleva, pensò. E lo pensò al modo di Caifa, che non avrebbe voluto ammazzare quel pezzente, se quello non ci avesse messo del suo dichiarandosi Dio. Succede quando qualcosa si deve sapere e non sapere, ma intanto è successa, e chi s'è visto s'è visto. Sono gli incomodi della storia, i garbugli, le *maladizioni*, e povero quello che ci si trova in mezzo.

"Vede, Beppe, a governare tutte le faccende umane alla fine è sempre lei, la Fortuna. Siamo sicuri che la *Gioconda* sia il quadro più bello del mondo? Per conto mio, e non solo mio, ce n'è altri mille che son meglio. È *quistione* di fortuna, Beppe, mi capisce vero?"

Il Masina scosse la testa, compreso nella lezione.

"Questo vale per il novantanove per cento di tutte le cose. Perché una macchina ha successo e una no? Perché è più bella? Perché cammina meglio? Il più delle volte è solo fortuna. Capire come si muove la fortuna è diventato il problema del mondo, per questo si fanno statistiche, sondaggi, campionature, e dappertutto, a perdifiato, nevvero?"

Il Masina continuava a scuotere la testa, persuaso della propria fortuna del momento (aveva già TeleFirenze in petto), e ogni tanto guardava il figlio per vedere se capiva, cioè se scuoteva la testa: segno di intelligenza e di rispetto.

"Ma con la scoperta della prospettiva la fortuna non c'entra un cazzo, mi capisci Masina?" L'ingegnere si rivolgeva sempre e soltanto al padre. "Ma proprio un cazzo un cazzo."

Si levò gli occhiali per guardare meglio l'uditore, che disse: "Diamine."

"Perché qui c'è un'idea non soltanto tecnica, non serve per dipingere i quadri, io sono ingegnere e non la vedo così. E sono umanista. Ingegnere e umanista: e non la vedo così." Tentennò il capo, si infilò gli occhiali, come dovesse leggere qualche testo scritto. "Cerchi di capire, Beppe: io sto qui – non io, un uomo, che posso essere io, o lei, o chiunque: e sono sempre al centro di qualcosa. Al centro di cosa? Della mia visione, del mio campo visivo – è mai stato dall'oculista?"

"Una volta."

"Gliel'hanno fatto, il campo visivo?"

"No, era un orzaiolo."

"Il campo visivo è quello che lei sta vedendo ora. Lo vede il mio dito?" Sollevò l'indice. "Ora tenga gli occhi fissi, senza muoverli..."

Cominciò a spostare il dito verso sinistra.

"No, ciuco, ho detto fissi, non deve guardare il dito."

"Cosa devo guardare? Avevo capito il dito."

"Babbo," intervenne Lorenzo, "dritto, dritto fisso, lascia perdere il dito."

"Lo vede ora il dito?"

"Appena, con la coda dell'occhio."

"E ora?"

"Se non giro il capo non lo vedo."

"Non lo vede perché è uscito dal campo visivo."

Beppe lo guardò come chi non ha nessuna idea del dove e del perché.

"Dai confini del nostro campo visivo si partono delle specie di linee. Man mano che le cose si allontanano da noi, mentre il campo si allarga queste linee si restringono, e le cose diventano sempre più piccine, sempre più piccine, e vicine tra loro, lontane da noi e vicine tra loro, finché tutto precipita verso un solo punto, dove non ci sono più distanze. Ma attenzione, Beppe: in quel punto lontanissimo chi c'è? Glielo dico io chi c'è. In quel punto ci siamo ancora noi, perché la prospettiva è la rappresentazione rovesciata del nostro stesso campo visivo. Nel campo visivo le cose precipitano nei nostri occhi, tutto è dentro di noi, come se facesse parte di questo punto minuscolo, che è la nostra pupilla. E il mondo che ci sta davanti, che cos'è? È il nostro stesso campo visivo rovesciato, che si chiude tutto in quel punto sull'orizzonte.

Se laggiù ci fosse qualcuno in carne e ossa, la sua visuale precipiterebbe tutta qui, dove siamo noi. Ma quel punto non esiste nello spazio. Noi immaginiamo che sia da qualche parte, sul mare, o dove si perde lo sguardo, dove nascono gli arcobaleni: ma non è così. Quel punto si sposta con noi, perché quel punto *siamo* noi. La sua collocazione dipende solamente da dove ci troviamo."

"Che cose straordinarie," disse il Masina, tanto per non restare zitto come un pesce.

Lombardi rise.

"No, Masina. Queste sono proprio le cose ordinarie. Fu un nostro concittadino a scoprire queste leggi, al principio del Quattrocento. Ed è quasi di certo l'autore di queste tavole: ser Filippo Brunelleschi."

E adesso, continuò tra sé, mentre il Masina si grattava la testa, che si fa delle tavole? Poterle vedere era stato un sogno, ma ora si accorgeva che era meglio se non le avesse viste, se quel maledetto dissesto idrogeologico non ci fosse stato, se la terra si fosse fatta i fatti suoi e le tavole se ne fossero rimaste dietro a quell'armadio. Finiranno alla Sovrintendenza, dio ne scampi. Poi la Sovrintendenza verrà da me, e io non potrò dire quello che vorrei: "Bruciatele subito!"

Un futuro di mediocrità si disegnava davanti a lui. La città non era, non sarebbe mai stata in grado. E quelli dicono: Firenze è vittima del proprio passato, occorre innovare, innovare... Già, e per colpa degli innovatori Firenze si stava dissolvendo nell'acido della cacca di piccione! Accidenti a Firenze, accidenti alla storia e accidenti a Filippo Brunelleschi.

"Senta, Masina, chi ha firmato per la perizia?"

"La Fallai."

"Allora faccia una cosa. Riavvolga questa roba e la porti alla Fallai senza dire che era passato da me. Io non ho visto né saputo nulla, ci siamo intesi?"

L'ultima cosa che Beppe Masina vide prima di chiudere la porta dello studio fu il volto preoccupato dell'ing. Lombardi. Non si poteva dire che Masina avesse studiato molto nella vita. Ma non era stupido, e se della spiegazione dell'ingegnere non aveva capito nulla, aveva capito però che questa faccenda disturbava non poco i pensieri del suo benefattore. Quelle tavole erano state trovate per sbaglio. Pensò di distruggerle personalmente ma poi rifletté che la cosa non era possibile: l'ingegnere avrebbe telefonato alla Fallai, le avrebbe domandato com'era andata l'ispezione del sotterraneo, e se lei non avesse fatto nessun cenno alle tavole lui si sarebbe insospettito. Prendere un'iniziativa così personale non era possibile, anche perché l'ingegnere, che pure avrebbe (forse) desiderato distruggerle di persona, in realtà non l'avrebbe mai fatto. Mi chiamerebbe e direbbe: "O Masina, com'è questa faccenda?"

Così quella sera, dopo cena, Beppe prese con sé Lorenzo e uscì per fare due passi. Camminando arrivò fino alla casa di un vecchio amico, Mario Curreli, operaio diplomato alle serali, il cui figlio, di sei anni maggiore di Lorenzo, era stato arruolato da poco in polizia. Quella sera il figlio era in casa, come Beppe ben sapeva, perché era col figlio più che col padre che voleva parlare. Di questo figlio si sapeva molto. Non era stato un principe negli studi, ma il padre gli aveva insegnato molte cose, e una di queste cose era il rispetto per le forze dell'ordine e specialmente per la polizia. Anche Masina aveva pensato a questa strada per il figlio maggiore: era forte, sveglio e gli piaceva menare le mani. In polizia avrebbe imparato come ci si comporta senza dover rinunciare alla naturale esuberanza.

Qualche sera dopo, in via di Villamagna, verso Rosano, Loredana Fallai moriva uccisa da un colpo alla tempia. Nessun vetro era stato rotto, sebbene il fresco della sera, che ancora tratteneva la memoria delle giornate umide da poco trascorse, consigliasse finestrini alzati.

*

In quella stessa fatale sera, nel medesimo istante o giù di lì in cui Loredana Fallai veniva uccisa, Filippo Landi e l'ing. Arturo Lombardi si attardavano, nel solito ristorante di piazza degli Ottaviani, davanti ai piattini con il resto del dessert, a discorrere di filosofia. L'ingegnere non era riuscito a dimenticare il volto di Beppe Masina mentre ascoltava, o fingeva di ascoltare, il suo discorso sulla prospettiva. Non che quello capisse molto del discorso in sé, però una cosa doveva essere entrata nel suo cervello: l'idea che quelle dannate tavole, una volta trovate, non si potevano più eliminare. Era come – sorrise in segreto – se quell'imbecille avesse realizzato per la prima volta nella sua *inutil vita* il senso della parola *essere.*

"Una volta entrata, quella parola non esce più. Saggi i popoli, e sono la maggior parte, che non ce l'hanno nemmeno. L'essere è una malattia, e ti porta fuori dalla vita ordinaria. Può fare di te un filosofo, oppure..."

"Oppure?"

"Oppure un assassino."

"O Torrigiano, che dici?"

"Dico, dico, Bargello mio. Dico."

Da quella sera Maria Giovanna, di anni dodici, quasi tredici, cambiò il proprio nome da Meri a Giò. Maria Giovanna era cresciuta solo con la mamma, senza nonni, senza zii, senza cugini, senza qualcuno che potesse ripararla dai colpi feroci della vita cagna, senza un salotto, senza il latte con i biscotti, senza pomeriggi a casa con la mamma, perché la mamma doveva lavorare fino a tardi, sempre più tardi. Il tempo pieno a scuola fu una benedizione, la vecchia maestra Paola sapeva della mamma e della solitudine che le era toccata, del babbo che non c'era mai stato, dei nonni morti in un incidente d'auto, precipitati da un viadotto verso Grosseto, quando ancora lei non esisteva. La maestra Paola conosceva la storia di Loredana, figlia unica di un'inseminazione artificiale vecchia maniera, poiché il padre legale non poteva procreare. Storia dolorosa e umiliante, da cui era nata questa ragazza di carattere, che assunse il comando della famiglia quando ancora non aveva dieci anni, sempre volitiva anche nell'errore, determinata nello stordimento giovanile e poi nelle scelte tutte volte a far male a sé stessa, come quella di avere una figlia avvisando l'uomo che lui mai e poi mai ne sarebbe stato il padre, anche se lo era. No, non lo era, le cose andavano messe in chiaro da subito: non lo era, non lo sarebbe mai stato, e non lo era stato nemmeno per un secondo, nemmeno in quel preciso istante. Era solo sperma, liquido viscoso, glande, gonadi, ghiandole non differenti da quelle salivari, e poi spasimo animale, eiaculazione, lupo che grida alla luna, nient'altro. Lui avrebbe dimenticato, "dimenticherai": questa bimba non era affar suo. E così ecco la bimba, eccola crescere tra computer, porte che si aprivano e chiudevano, ragazze seminude, ingenuità, aroma di cannabis, eccola al nido, allattata col biberon da una Luana qualunque, e a scuola con la maestra Flavia e la maestra Silvia e infine la maestra Paola, tutte indulgenti con la sua svogliatezza, con il suo viso triste. Non che non studiasse, e se è per quello anche i voti erano buoni, però nulla la interessava veramente, due più due, la capitale della Nigeria, il *Sabato del villaggio*: tutto uguale.

La sera che udì lo sparo, Maria Giovanna scese cautamente in cortile, vide il cancello già aperto, lo superò, ma poi si arrestò a una decina di metri dalla macchina. Non provava nessun sentimento, come sempre. L'umidità saliva verso gli alberi, c'era afa dall'Albereta a Rosano, ma lì c'era anche fresco per via degli alberi antichi, roveri e cedri, e Maria Giovanna si stringeva il golfino sulle spalle anche se il golfino era di troppo, perché non era questione di caldo o di freddo.

In pochi secondi la via si riempì di persone in abiti da casa, in ciabatte, ruotando sul fogliame fece la sua apparizione una luce blu intermittente, passarono alcuni minuti, o alcune ore, quando una vicina la condusse a casa propria e le offrì un bicchiere di latte, dei biscotti alla mandorla un po' stantii, le fece i complimenti per il golfino di seta e cotone color carta da zucchero, per la bella pettinatura, per i denti.

Vide il sangue? Sì, lo vide, in forma di un rivolo sottile che scendeva lentamente lungo il color amaranto della portiera, solo un poco più rosso, e altro sangue le tornò alla mente disorientata, quello che una settimana prima, poco più, aveva visto scendere lungo le proprie gambe, sotto la doccia: dapprima confuso con l'acqua ai propri piedi, tanto che si era domandata se fosse vero o se fosse solo un effetto della luce, poi risalendo con gli occhi lungo le gambe lo vedeva acquistare colore, sempre di più. Ne aveva provato imbarazzo, forse vergogna: uscita dalla doccia si era tamponata alla meglio con i dischi struccanti di sua madre e aveva buttato tutto nel water. Sei diventata donna, le aveva detto un'amica più grande di un anno, la mattina seguente, e aveva tolto dalla cartella un assorbente, insegnandole come doveva essere sistemato. Ma tutto questo sua madre non lo seppe mai. Solo dopo tanti anni Maria Giovanna seppe formulare per sé stessa, con parole, quello che le era accaduto quella sera, e che era rimasto muto troppo a lungo.

Al sangue non c'è rimedio, disse, e lo pensò così fortemente che il suo pensiero le rimase inciso, e nessuna considerazione successiva l'avrebbe mai cancellato.

“Fermati a dormire da noi,” le disse la vicina. “Ho bell'e preparato il letto. Va bene, Meri?”

"Non mi chiamo Meri," disse senza capire chi stesse parlando attraverso la sua bocca.
"Come ti dobbiamo chiamare?"
"In un altro modo. Giò. Chiamami Giò."

3. Anno 2019

Gli ultimi mesi della vita dell'ing. Lombardi furono tormentati dai ripensamenti più ancora che dal dolore fisico.

Qualcosa gli saliva su come dallo stomaco, un disagio che nulla aveva a che fare con l'avvicinarsi della morte. La morte era solo un'occasione per pensare cose in verità già pensate altre volte, solo che adesso qui c'era il letto, c'erano giornate sempre più vuote: di leggere non gli andava, le visite lo asfissiavano, la TV l'aveva sempre annoiato ("Cos'ha da ridere tutta quella gente?, cos'ha da gridare?, perché sparano in continuazione, su tutti i canali?"), i panel dei talk show erano calibrati sul più alto grado possibile di incompetenza, e nei telefilm l'intelligenza degli ispettori e dei commissari sembrava favorire il crimine più che vincerlo. Perciò il tempo per pensare cresceva.

L'esame di coscienza non sortiva esiti inattesi e memorabili: ogni volta l'assoluzione era piena, nessun pentimento e perciò nessuna penitenza. Non aveva peccati né errori particolari da rimproverarsi, tutto era stato fatto sempre a ragion veduta, e sempre per la medesima ragione. Non si può buttar via tutta una vita.

C'erano però i ripensamenti. E questi, viceversa, erano parecchi. La natura sorge, ivi inclusi il prestigio, l'autorevolezza eccetera, e s'inerpica sulle nostre azioni nostro malgrado. Lo stesso fulgore delle idee, pensava, tentennando la testa davanti al cucchiaio colmo di pastina, produce spesso mostriciattoli che poi se ne vanno per il mondo portando con sé le nostre idee e il nostro nome. *Godi, Fiorenza, poi che se' sì grande / che per mare e per terra batti l'ali / e per lo 'nferno tuo nome si spande!*

Ora gli sembrava di capire l'indignazione contro la sua amata Firenze da parte del più grande fiorentino mai cacato su questa terra. Il beneamato enunciava soltanto una legge universale, nota agli specialisti come "legge dell'eterogenesi dei fini", ossia per i buzzurri quella legge per cui tutti i mezzi messi in atto per ottenere un certo scopo finiscono in determinate circostanze per sortire l'effetto contrario. La grandezza di Firenze non si discuteva, ma poteva questa povera città di medie dimensioni far fronte alle conseguenze del proprio passato? Quando aveva il mondo ai suoi piedi? Ah-ha, attenzione, perché poi il mondo si vendica.

L'ing. Arturo Lombardi, man mano che la salute declinava, sentiva il proprio destino personale sempre più avvinto a quello della sua città. I secoli vivevano in lui come altrettante tappe di una biografia medio-lunga, finalmente esausta, che volentieri avrebbe deposto per sempre se non fosse stato per tutto ciò che, di lui, e senza il suo consenso, "batteva le ali per il mondo".

E così si rammaricava, l'incolpevole, della troppa fiducia accordata, dell'eccessiva stima concessa a individui che non la meritavano, di tutti gli stupidi e i malevoli ai quali aveva dato volentieri una mano (con qualche guadagno), e questo perché? Peccato veniale, venialissimo, se mai peccato fu, leggerissima vanità: per poter, ecco, poter essere ricordato, poter finire sulle labbra, che so, d'una nuora, di un cliente su nel Mugello, per sentirsi dire grazie. L'elemosina: sempre, certo non a tutti, però a qualcuno sì, al *suo* lavavetri in piazza d'Azeglio, al *suo* senegalese che cercava di vendergli libri davanti a Scudieri, e lui glieli comprava pur di non doverne acquistare nelle attuali rivendite di libri e cancelleria varia, e vendicare così a modo suo la scomparsa di Marzocco, del Marzocchino, di Seeber, ahi via de' Tornabuoni! un tempo la più bella strada del mondo, oramai preda di arricchiti gretti e cattivi.

A ogni esame di coscienza, l'ingegnere sentiva che la città lo riacchiappava, lo avviluppava, come donna non soddisfatta. *Sed non satiata.* E stava lì, forse, la radice di atti orribili, che lui né aveva ordinato né mai approvato, e dei quali anzi poco e niente aveva saputo, ma che ugualmente avevano avuto in lui, nella sua persona, nel suo pensiero, nella sua autorità, la sola origine, a parte s'intende la stupidità e la violenza cieca di certi individui – già, "quelli", ecco la parola, "quelli".

Perché *quelli*? Io che avevo già tutta Firenze ai miei piedi, col sindaco e il questore e tutti gli altri a farmi da zerbino. Forse perché ho avuto, povero me, ho avuto bisogno, sì, bisogno di quei farabutti ossequiosi affinché il mondo mi si prostrasse davanti?

Eppure non ho mai detto loro altro che quello che pensavo, pari pari stesse idee stesse parole di quelle che finivano poi sugli editoriali de *La Nazione*, e sulle quali si intavolavano discussioni con interventi autorevoli sul medesimo giornale, alla radio, quando non venivano organizzati convegni con pubblicazione, s'intende, degli Atti.

Di cose orribili s'erano macchiati, *quelli*. E in suo nome. E lui lo sapeva, sapeva cioè che quelle azioni turpi erano state compiute non soltanto per lui, ma in omaggio a lui, al suo pensiero. In qualche modo, in suo nome. Uomini senza dignità si erano sentiti d'un tratto, da reietti o poco più, i nuovi alfieri della giustizia, della tradizione, dell'identità, amici di Dante, commensali di Masaccio.

Due, tre volte al giorno un impulso non del tutto chiaro lo obbligava a levarsi dal letto, senza impellenze fisiologiche. L'azione gli era sempre più penosa, il corpo pur smagrito si era fatto più pesante alle giunture fragili, al respiro affannato. Le ginocchia e l'anca gli dolevano, ma lui doveva scostare le coperte e, con cautela, smuovere prima una gamba e poi l'altra, finché la prima toccasse il pavimento e il piede si mettesse, motu proprio, a cercare la pantofola. Allora si issava col gomito (l'operazione gli riusciva al terzo o quarto tentativo) e posava finalmente l'altro piede a terra. Andava, appoggiandosi a un bastone che teneva pronto in fianco al comodino ingombro di farmaci e bottigliette d'acqua, fino al bagno, dove sostava, le mani salde sul lavabo, a guardarsi allo specchio. Mendaci finché la vita ci sorride, pensava, gli specchi tornano a dire il vero quando quel sorriso sparisce. Il viso stretto e lungo, un tempo corroborato da una complessione robusta, piene le guance, il corposo sottomento, cominciava ora a rivelare lo scheletro. Le orbite infiacchite e arrossate, le palpebre inferiori ricadevano rovesciandosi quasi all'infuori, le due metà del naso si differenziavano sempre più, una narice sempre più alta, l'altra sempre più bassa. La pelle del viso ricadeva floscia sotto il mento, e lui sapeva che d'ora in avanti la direzione delle cose non sarebbe più mutata. Lo specchio, dunque, diceva la verità, la sua ultima verità dopo tante menzogne. Tu morirai. Tu morirai.

L'ing. Lombardi scrutava il proprio viso, la pelle diafana sugli zigomi percorsa da stanche vene blu, il reticolo di vasi dentro il bianco degli occhi, il celeste sfibrato dell'iride, la fronte capace ormai solo di pensare e ripensare gli stessi pensieri. Insopportabile, inaccettabile verità. Così Firenze e la Terra sarebbero state condannate a morire sotto i colpi di architetti presuntuosi, assessori iperattivi, puttanucce titolari di blog alla moda, event manager importati dalla Finlandia o peggio dall'Argentina. Festival letterari, festival del cinema, gentilmente offerti dal celebre Biscotto, dalla celebre Automobile, dal celebre Digestivo. E i dissesti idrogeologici e i cambiamenti climatici a completare l'opera: già, col solito coro di prefiche a piangere sulla rovina senza pensare che la natura ci sta dando solo una mano a realizzare i nostri sogni (mai raccontati) di morte. Col pretesto di valorizzare il patrimonio della città avrebbero ben presto cancellato tutto, e se questo era ciò che Firenze voleva, be', che andasse affanculo. No!, no, no, no. Questo non s'ha da fare, gridava una voce in lui, infuocando ancor più gli occhi già arrossati, spalancandoli. Non può finire così. Questa... questa è una guerra, e si deve stare in trincea.

Così i pensieri tristi, i ripensamenti, il timore per le azioni criminali da lui in qualche modo permesse o non ostacolate fino in fondo si dissolvevano, e rinasceva la rabbia, una rabbia in verità artificiale, progettata: non è che l'ing. Lombardi, con dentro l'immagine restituitagli dallo specchio, ogni volta più smagrita, cadente, mesta e inesorabile nell'indicare il breve cammino restante, bene: non è che quest'uomo potesse credere ancora alle sue vecchie litanie sulla buona conservazione del mondo, però il non credere – questa attitudine che in buona fede aveva riservato a uno solo dei tanti argomenti della vita, vale a dire Dio – si poteva ben estendere, e qui se ne presentava l'occasione propizia, a tutto il restante della vita. Se non credo nell'esistenza di Dio, perché mai dovrei credere nell'esistenza della Groenlandia? Dei flussi di denaro? Perché dovrei credere a tutto quello che mi passa per la testa? Dunque non si trattava più di credere, ma soltanto di fare, di eseguire. Il mondo non è altro che una catena di fatti, ragionava, anzi, una catena di catene, la coscienza è accessoria.

Fu tornando dal bagno, da un'ennesima visita allo specchio e dal disgusto non di sé ma del mondo che questo gli rinviava, che una mattina prese l'ultima decisione. Su un quaderno che teneva nel primo cassetto segnò in buon ordine, con mano tremante ma la mente lucida, la successione delle ultime azioni da compiere alla svelta, e dalle quali non sarebbe tornato indietro.

Il primo a presentarsi, il giorno dopo, fu Beppe Masina. A lui l'ingegnere disse che non si sarebbe mai dovuta costituire alcuna società tra lui e i suoi compari, che nessun soggetto legale o fittizio o perfino di nome (come le società segrete che, bambini, si fondavano tra i banchi delle elementari, con tanto di bigliettini da visita fatti a biro e messaggi in codice) doveva sorgere tra loro: individui erano, nessuno doveva sapere – e qui la testa pencolò a sinistra in segno d'intesa – quello che facevano gli altri. L'eredità sarebbe stata divisa tra loro in parti uguali, la villa donata al Comune, e il notaio si sarebbe portato il testamento dentro la tomba. Un vitalizio per la domestica, naturalmente, e per la segretaria – ma di questo si sarebbe occupato lui col notaio. L'importante era il da farsi, di cui non si sarebbe mai dovuto far parola fuori da quella stanza. E il da farsi era uno solo. Non si difende nulla, disse, se non lo si difende *a oltranza*. La difesa, ricòrdino, è solo a oltranza, se no è complicità col nemico.

Poi si aprì la porta, si sentì domandare permesso e venne il vicequestore, in compagnia dell'app. Palumbo e dell'app. Curreli, vecchie conoscenze dell'ingegnere.

"Ci sarebbe un'ultima cosa," disse l'ingegnere quando la visita volgeva alla fine.

"Mi dica, per lei tutto."

"Ci sarebbe il figliolo di Beppe qui. Beppe è un caro amico e una cara persona."

"Lo conosciamo tutti."

Il richiamo a TeleFirenze fece affiorare un sorriso sulla faccia compunta del manutentore.

"Tirate le tende, è arrivato il sole, fatemelo vedere, diobono."

Palumbo obbedì.

"È un ragazzo in gamba. Io credo che qualche responsabilità in più farebbe bene, a lui e alla polizia."

Il vicequestore si rizzò, le mani dietro la schiena, cercando di tirare in dentro la pancia gonfiata dagli anni. L'assunzione di una postura più dignitosa mise subito in luce il sudicio dei suoi capelli.

"E quando si può fare la conoscenza di codesto giovanotto?" chiese.

"Veramente," biascicò Beppe, "sarebbe qua fuori."

"E fallo entrare, bischero," disse l'ingegnere, cui l'affollamento della stanza aveva restituito l'intero copione della commedia.

"Io non volevo creare troppo disturbo..."

"Beppe, si dice recare e non creare. Non dire bischerate e vallo a chiamare. Io mica sto morendo."

Per anni nessuno esclusi i presenti venne a conoscenza di ciò che accadde quel giorno, in quella stanza d'ospedale, delle cose che furono dette, di quello che successe l'indomani alla presenza del notaio, che fu a sua volta uno dei beneficiari dell'eredità, con l'incarico supplementare e remunerato di provvedere personalmente alla donazione. Man mano che i mesi e gli anni passavano, gli effetti di questi avvenimenti segreti si moltiplicarono di pari passo col dissolversi delle cause.

Gli stessi figli degli eredi non seppero nulla di quel colloquio, anche se godettero la loro parte di eredità e si adoperarono a proseguire la strada sulle orme dei genitori. Perché si deve rammentare che, a differenza di altri posti, a Firenze il babbo e la mamma contavano ancora qualcosa, vivaddio, e se poi la vita dei ragazzi era quello che era, come dappertutto, tuttavia la domenica c'era il pranzo dai nonni, e tutti apprezzavano la ribollita fatta bene, e il coniglio in umido.

4. *Danni collaterali*

Verso la fine di settembre del 2012, una domenica sera, intorno a mezzanotte, la dott.ssa Luana Comerci, primo sindaco donna di Firenze, sedeva finalmente in lingerie sulla sponda del suo letto, e aspettava, contenta di qualcosa che sapeva solo lei. Sui quarantacinque-cinquanta, bella donna, molto alta, piaceva ai magazine per il suo buonsenso e per i modi pacati. Era molto fotogenica, e pronunciava benissimo la parola "Firenze".

L'uomo che venne a farle visita, all'una passata, si chiamava Attilio Gariboldi. Li stringeva un segreto. Gariboldi, titolare di un'agenzia di comunicazione di grande successo al tempo, era alto quasi due metri e provava verso la donna un vago sentimento. Conosceva la sua debolezza e la assecondava con discrezione: fare con lei quello che faceva con gli uomini. Nessuno avrebbe saputo mai nulla, nessun organo di informazione, nessun ufficio stampa. Essere sindaco, essere donna, ecco i titoli che i magazine attendevano, senza bisogno di notizie strane.

Peccato che in questo mondo all'inverso i migliori di tutti siano anche i più reprensibili, e che le menti più brillanti siano anche le più ricattabili. Tra i sospiri il sindaco parlò di maestri e di ciabatte (quel giorno era stata a Siena, a vedere l'*Allegoria del Buon Governo*, dove maestri e ciabattini convivono) ma poi vennero discorsi pericolosi: la favola della sparizione delle tavole, la morte reale della Fallai.

"È assodato, Luana, che la povera Fallai sia morta per mano degli stessi che trafugarono le tavole," la corresse Gariboldi, interrompendo il coito, col tono di chi è molto ben disposto verso il suo interlocutore.

"Assodato come?"

"Lo sanno tutti, via."

La Comerci non valutò a sufficienza il peso di questa risposta, e volle insistere.

"E se, quando la Fallai fu uccisa, le tavole avessero già preso il volo?"

Attilio la guardò, perplesso.

"E questa come l'hai pensata?"

"Ci ho pensato."

"Te ne ha parlato qualcuno? Chi mette in giro certe bischerate?"

"Ci ho pensato da me, prima che tu arrivassi. Ora vogliamo finire il lavoro?"

Gariboldi valutò con molta attenzione le parole del primo cittadino di Firenze, e decise di lasciar passare qualche tempo. Poi in qualche sede di partito cominciarono a circolare voci insulse, non corroborate da prove, circa le insolite abitudini del sindaco. Se ne venne a sapere anche nelle redazioni, niente di pubblicabile s'intende. Luana Comerci continuò a essere lo stesso personaggio di sempre, le interviste erano lusinghiere, si parlava molto di social housing e grandi opere, di cultura e di femminilità. Fecero la loro apparizione anche domande sulla sua vita intima, su come conciliava l'essere un personaggio pubblico con una vita affettiva soddisfacente, nulla che potesse almeno in apparenza offuscare la sua immagine pubblica, però quella non-pubblica, ecco, quella, proprio quella, era ancora in buona salute? La Comerci lo capì ben presto, e capì anche che non poteva farci più nulla: l'immagine del Gariboldi era già abbondantemente compromessa e perciò inviolabile. I due, che non formavano una coppia, vennero soprannominati da qualche spirito mordace "Dante, e Beatrice", proprio con la virgola, e tali restarono per un pezzo, il che a Dante importava assai poco, non così a Beatrice.

*

Fu pressappoco in quello stesso disgraziato periodo, intorno ai primi di gennaio del 2013, che la vedova del Chierico cominciò a dare chiari segni di decadenza mentale. Da amante del teatro, decise di congedarsi dalla vita mondana da attrice di razza, che non avrebbe mai accettato parti secondarie, e così un giovedì sera, nel salotto, tra molti ospiti illustri fra i quali (a titolo personale) anche un ministro della Repubblica, commentando la forzata assenza "per impegni pregressi" della sig.ra sindaco, disse candidamente:

"È probabile che stia aspettando il Gariboldi."

Il ministro, che veniva da Roma e non era stato messo a parte delle voci che giravano, domandò con aria candida chi fosse il Gariboldi.

"Come? Non sa chi è il Gariboldi?"

"No."

"È quello che te lo mette in culo per du' soldi."

Qualcuno dei presenti non trattenne il sorriso.

Il giorno dopo tutta Firenze venne a conoscenza dell'uscita della signora e molto si rise in tutti gli uffici pubblici. La rima baciata contribuì al successo della performance. Il ministro, rientrato a Roma quella sera stessa, deprecò di avere accettato l'invito. La Comerci pensò di dimettersi ma fu consigliata in senso contrario, e mai, mai, mai una parola su un episodio che non aveva mai avuto luogo.

Un mese più tardi, dopo diverse altre prove di squilibrio, alla signora del Chierico venne affiancata un'infermiera esperta, dopo un anno e sei mesi si rese obbligatorio il ricovero.

La vita della signora fu tuttavia ancora lunga, teatrale e densa di eventi. Per diversi anni prevalsero le grandi commedie, dove la figlia figurava sempre puttana e il figlio imbelle impotente, con incursioni del fantasma del coniuge in forma ora di lupo ora di orso da tener fuori dal fragile uscio.

"Chiudi, chiudi a chiave, presto!" diceva all'ospite di turno. "Non lo vedi? C'è il mi' marito fuori. Ma che lo sai? Ora è un orso, mettici contro l'armadio, se no quello butta giù ogni cosa!"

E si metteva, con una stampella in mano sollevata sopra la testa, in piedi al lato dell'uscio, pronta a colpire.

Con lo scemare delle forze passò a drammaturgie più modeste, con riferimenti esclusivamente alimentari, e infine nemmeno quelli. Le ore del giorno si rastremarono fino ad arrestarsi in una perenne sera ante cena: poteva essere un fulgido mezzogiorno ma per lei aveva comunque fatto già quasi buio, bisognava vestirsi per la cena di gala, preparare lo stracotto.

"Mamma, ma sono le due, guarda!"

"Che, che, che," scuoteva la testa. "Non vedi che il sole è sceso?"

Paolo la portava sul terrazzo e le indicava il disco infuocato.

"Guarda, mamma! Guardalo lì, il sole."

Lei sorrideva.

"Il sole? Ma che sei bischero? Quello non è mica il sole."

Abili scenografi dalle intenzioni malvagie si erano impadroniti del backstage del mondo, producendo astri ingannevoli.

Nella sua camera, alla fine del 2019, la signora ricevette la notizia della morte dell'ing. Lombardi, l'amico più caro.

"E lui?" domandò.

"E lui cosa?"

"Che vestito s'è messo?"

"Ma è morto."

"È tanto elegante..."

Quando, anni più tardi le morì il figlio, ormai non parlava più. Lucia però avvertì, non appena le ebbe dato la notizia, una specie di rantolo, di sospiro raschiato sotto la superficie di un volto e di uno sguardo sempre uguali. Niente più che un sospiro, eppure, sarà stata magari un'illusione, ma qualcosa doveva averla raggiunta. Da tempo non rideva più quando sentiva fare il nome di Paolo, sembrava persa per questo mondo, invece qualcosa restava.

6.
GLI APPUNTAMENTI FINALI

1. Luogo e data

Giulia Landi uscì dal suo ufficio con in mano la sigaretta spenta e si affacciò sul salone. L'intento era di attraversare il salone e uscire sull'ingresso a fumare, invece lo spettacolo cui dovette assistere, che era lo stesso di sempre, la obbligò a fermarsi e guardare.

Le sedie erano tutte occupate, e decine di persone sostavano in piedi, mentre altre persone entravano e andavano a ritirare il loro biglietto. C'erano vecchi, giovani, donne con bambini che ridevano e piangevano. I più grandicelli giocavano a nascondino tra la gente, qualcuno si girava divertito, qualcuno si arrabbiava. Voci litigiose si mescolavano a pianti infantili e femminili, a esplosioni di buonumore. Vide cinesi indifferenti, senegalesi dal sorriso pronto, maliani impenetrabili e silenziosi, nigeriani arroganti, egiziani supponenti, miti filippini, sudamericani agitati e rumorosi, rumeni strafottenti, ucraini affranti, indiani dallo sguardo denso e obliquo. Su tutto dominava il peso della vita, non occorreva immaginarsela caso per caso. I più giovani parlavano perfettamente l'italiano perché erano italiani, nati in Italia, e dei loro paesi d'origine conservavano i tratti fisici, una madre grassa e un papà un tempo autoritario e ora soltanto vecchio. C'erano perlopiù due tipi di vecchi, quelli saccenti e quelli umiliati, e si diventava vecchi a quarant'anni. I loro figli erano da anni quasi i soli italiani che incontravi in un ufficio pubblico, in una scuola, in un ospedale, mentre erano ancora rari nelle redazioni, negli assessorati, nelle banche. I loro scrittori si ispiravano alle serie TV, e della provenienza dei loro occhi, dei loro zigomi, delle loro ginocchia restava solo una patina di colore, qualche nome ormai non più esotico. Restava il dolore, che trovava però ormai solo parole internazionali, prestabilite, "parole-soldato", come le aveva definite uno dei loro scrittori, una lingua comune, artificiale, non nata da donna, da carne, da viscere ma solo dalla lingua stessa, dal suo rinnovarsi automatizzato.

Guardando tutto questo, Giulia si rese conto di non essercisi mai abituata. Non sapeva dire se questo fosse un bene oppure un male. Perché non abituarsi, pensò, è sempre un bene, è segno di buona disposizione a incontrare cose nuove, però è un male ostinarsi a non vedere che tutto questo ormai non è più diversità, novità: siamo noi stessi, perché il "noi" parla un'unica lingua, e ha ormai la pelle scura, gli occhi a mandorla, ha il fisico schiacciato degli andini e l'andatura stanca degli uomini abituati al deserto, mescola insidie rumene e fatalismo filippino – *Questo siamo, noi*, pensò. Un "noi" senza nessuna giustizia, e senza nessuna pace. Il mondo è tutto una periferia, senza centro.

Sostò sulla porta a guardare la giornata triste, i passi freddolosi della gente, l'umidità spalmata sulle vetrine. Riecco un pezzetto d'inverno, e messer Aprile è alle porte. Il dolore per la morte del suo amante non poteva attenuarsi e la portava giorno e notte a riflettere su tutta questa storia quasi incomprensibile. Due delitti uguali, a quindici anni di distanza, tutti e due incomprensibili. Più il povero Carmine. Trovate quelle maledette tavole, non era tanto semplice portarle, che so, agli Uffizi e lasciare che se la sbrigassero loro? Perché Marcucci era scappato via? Perché la Fallai fu ammazzata, e poi il mio povero Paolo? Perché la realtà è tanto complicata? Perché io, laurea a ventun anni, mi trovo qui?

Un litigio scoppiò nel salone, alle sue spalle, tra un uomo e una donna. Una voce anziana sedò gli animi. Alcuni giovani risero, poi un bambino si mise a piangere. Giulia non si voltò. Passò il dott. Calistri salutandola, col suo passo nervoso. Aveva novant'anni e ancora riceveva clienti. Finché posso fare la mia parte, diceva sempre. Già, pensò Giulia: la parte. Paolo era uscito dalla sua. Quella del ragazzone, del chiacchierone, dell'*idiot de la famille*. Si era messo a fare la persona seria. Giulia rivide, come in un sogno, una bocca che rideva, i denti marci di nicotina: *per certe cose si deve cominciare da bambini*. Era la bocca di suo padre.

Scendeva una pioggia sottile e freddina. Le nubi calavano giù dall'Appennino, da Fiesole. Da piazzale Michelangelo, in lontananza, i turisti inglesi e americani ammiravano la fine delle nuvole laggiù, verso Pisa, dove un raggio nebbioso ingialliva l'aria densa. Il fumo della sigaretta si alzava verticale, formando arabeschi, Giulia pensò a una gita a Petra, con Paolo, tanti anni prima, poi a un caffè che avrebbe preso volentieri, poi anche all'inverno e ai cumuli di neve ai lati delle strade.

Vide la tasca illuminarsi a intermittenza.

Era Lucia.

"Sei tornata?"

"Per fortuna."

"I complimenti te li ho già fatti."

"Per carità."

"Lucia. Ti sento un po' giù."

"Bersaglio colpito."

Per qualche secondo esistette solo il fumo della sigaretta. C'era poca gente in giro, l'orologio segnava quasi le undici.

"Verresti da me domani notte? Stiamo insieme domani sera e domenica, poi si torna tutte a Firenze, vuoi?"

"Hai paura?"
"Sì."
"Ci vediamo domani sera."
"L'ho detto anche a Giovanna, dice che ce la fa perché non c'è spettacolo fino a sabato quell'altro."
"La passo a prendere?"
Un uomo corpulento, che camminava su e giù forse in attesa di qualcuno che doveva uscire dall'ufficio, si voltò e la guardò forse un secondo di troppo, senza tradire alcuna espressione.
"Giulia?"
"Eccomi, scusa."
"Che dici?"
"Ho detto va bene, passo a prenderla. La chiamo ora."

2. *La vigilia*

Maria Giovanna e Antonio ridevano, uno in fianco all'altra, con tutti i vestiti indosso, nella camera di lei, seduti sulla sponda del letto. Giò rideva e sorrideva, di sottecchi, e lo guardava: c'era voluto molto per rivederlo ridere. Cos'era successo? Era successo che d'un tratto, lì, due minuti prima, avevano scoperto di essere nient'altro che due bambini ingenui. La cena di fidanzamento, andata in scena senza altre tragedie, occupava i ricordi e l'anello d'oro bianco brillava ora piccolo, elegante, al suo dito. Lei lo guardava di tanto in tanto stendendo la mano come la Vergine nello sposalizio di Raffaello.

Poi verso mezzanotte i due erano saliti in casa di lei per fare l'amore, ma più salivano gli scalini e più i loro passi rallentavano. La fretta li abbandonò così, all'improvviso, senza una ragione. Qualcosa di inaspettato stava succedendo, e chiedeva calma. Giovanna accese la luce dell'andito, richiuse la porta dietro di sé. Si guardò intorno, stupefatta, cercando i segni della novità che sentiva dentro di sé. Tutto era come sempre: i quadri ai muri, i soprammobili sulla mensola, i promemoria appiccicati all'uscio. La luce era quella di sempre.

Eppure niente era come sempre. Come se una mano misteriosa avesse, in sua assenza, annullato tutto per rifarlo identico, ma più lucente. Giovanna guardava tutto quello che la circondava e lo trovava nuovo, come quando – pensò – a furia di ripetere una parola questa parola si schiude e lascia vedere una cosa nuova.

Antonio la guardava, stupefatto di capire quello che le passava per la testa, perché era la stessa cosa che pensava lui. Si guardavano e ridevano, e non avevano più voglia, a dispetto del sangue che correva all'impazzata, di spogliarsi e di infilarsi nel letto. Bisognava aspettare, perché aspettare adesso era più bello. A passeggio per tutta notte gli sarebbe piaciuto andare, per il centro della città illuminato e deserto.

Il dolore era stato troppo. Ma questa leggerezza improvvisa da dove veniva?

Si guardarono per qualche secondo.

"E... allora?" disse Antonio.

Giovanna sollevò la mano con l'anello.

"Allora sì," rispose.

Avevano pensato di fare come nei film, quando i baci in macchina chiamano corse a precipizio per le scale, lo spogliarello sull'uscio, il tuffo nel letto, e invece tutto, automobile e baci e scale e uscio, si trasformò all'improvviso in un indovinello. Giò, che conosceva il gran libro, si sentì come tanti anni prima aveva desiderato di sentirsi, mentre leggeva in *Anna Karenina* la dichiarazione di Levin a Kitty, tutta fatta non di parole ma soltanto delle loro iniziali, e comprese che l'amore si può dire con un acronimo perché l'amore è un acronimo. Tutto era un indovinello, era parole non ancora comprese, puntini di sospensione, altre parole incomprensibili. Ci sposeremo, avremo dei bambini. Lui immaginò una bambina uguale a lei, lei un bambino uguale a lui.

Era l'una di notte passata. Il meteo annunciava nuove piogge, ma quel pomeriggio il cielo si era schiarito e adesso la notte era tutta punteggiata di stelle, come succede quando l'aria torna pulita. Con la vendita della casa di via di Villamagna, Maria Giovanna aveva acquistato anni addietro questo appartamento in via di Bellariva, in una parte piacevolmente anonima della città, dove tanto tempo prima era vissuto Mario Luzi, il grande poeta, di cui la mamma (che non l'aveva mai conosciuto) parlava spesso con toni familiari, quasi che in qualche modo avesse avuto a che fare con qualcuno della sua famiglia, o un nonno, se non addirittura suo padre, lo sconosciuto.

"Andiamo a vedere la casa di Mario Luzi," disse lei.

"È parecchio distante?"

"Distantissima."

Dopo una trentina di metri lei si fermò, prendendolo per un braccio.

"E ora?"

"Siamo arrivati."

Gli indicò la casa.

"Stava qui."

Giunsero sull'Arno. Il lungofiume, anche in quella zona periferica e a quell'ora, non era deserto, e sebbene il giorno dopo fosse di lavoro molta gente aveva scelto di godere lo stellato. Nell'aria fresca e pulita un gruppo di ragazzi smaltiva la leggera sbronza cantando canzoni troppo vecchie.

Di là dal fiume ecco l'Albereta, nulla di speciale, alberi radi, qualche impianto sportivo, uno spazio per i cani, un grande progetto di parco pubblico lasciato per ora in sospeso.

"Tu stavi lì?"

"In realtà no. Stavo a Villamagna."

"Che c'entra coll'Albereta?"

"Ragioni bischere. Da ragazza la mamma stava all'Albereta, poi quando cominciò a lavorare si prese un appartamentino poco distante, poi nacqui io e ne prese un altro a Badia, e alla fine ne prese uno più grande ancora più in là, a Villamagna appunto, ma per lei restò sempre l'Albereta."

A queste memorie familiari Antonio ebbe un moto di tristezza. Pensò a sua madre, che per tutta la vita aveva creduto di poter contribuire alla felicità della sua famiglia preparando il pollo la domenica, con le patate arrosto, e le lasagne al forno, e l'agnello a Pasqua, e la panzanella d'estate; che era felice quando la famiglia stava tutta davanti alla TV la domenica, a guardare il Gran Premio di Formula 1, a commentare una palla corta, un arrivo in salita. Che sogni aveva avuto, da giovane? Che faccia aveva il giorno in cui disse di sì a quel coglione di suo padre? Adesso, poi, le avevano trovato il diabete. Era successo qualche giorno prima, e lei aveva paura di avere trasmesso del sangue cattivo al nipotino morto e si sentiva in colpa, anche perché "la Debora (la nuora)" non voleva vedere più nessuno, non rispondeva al telefono e odiava tutti.

Le immagini della mamma gli scorrevano davanti senza posa.

"Adesso è sola," disse.

"In casa c'è posto."

"Come si fa a levarla di là? C'è tutta la sua vita."

Giò lo guardò.

"Che dici, si torna a casa? Sono quasi le due."

Camminarono in silenzio.

Giunti sull'uscio di casa gli chiese: "Quale vita?"

"È stata una vita," rispose Antonio.

Poi, in mezzo a tanti pensieri ecco, ci fu un bacio, inaspettato soltanto da lui, il più bello. Un nuovo pensiero lo raggiunse, avrebbe voluto dirlo, ma lei lo anticipò mettendogli il dito sulle labbra.

"Ssst! Dimmi per favore. Verrai con me domani sera?"
"Verrò dove?"
"A Borgo, da Lucia."
"Devo farmi rimpiazzare."
"Lo farai?"
Antonio rise.
"Una di quelle vostre riunioni fra donne?"
"Forse."
Dopo un ultimo bacio, si diressero lei verso casa e lui verso la macchina. Poi Antonio si volle girare per vederla un'ultima volta. Un istante dopo anche lei si fermò, le chiavi di casa già nella mano destra, e si girò a sua volta. Distavano non più di cinque metri. La luce gialla di un lampione le illuminava il viso, e benché gli occhi non si potessero vedere bene, Antonio ne colse lo stesso l'espressione di attesa e di lieve perplessità, o incredulità. A quello sguardo il giovane dedicò tutto il viaggio di ritorno.
L'automobile correva silenziosa per la circonvallazione deserta. Un'idea inquieta lo attraversò: domani succederà qualcosa; ma subito dopo si domandò chissà perché l'avesse pensata. Già, chissà perché? Forse per via di quegli occhi? Cosa vuoi che succeda? Farò da cavaliere a tre donne, ecco cosa.
Ma l'inquietudine restava, restava la paura.

3. Nomadi

"Allora è proprio lei?" disse l'uomo in abito grigio scuro con la cravatta rossa. "Sei proprio tu?"
Il vecchio documento d'identità, scaduto e quasi illeggibile, tolto da una fodera della giacca, stava lì, nelle sue mani incredule, tentennanti come il dubbio che la testa non riusciva ancora, nonostante tutto, a dissolvere.

Per due minuti buoni l'uomo era rimasto in piedi, a guardarlo, senza riuscire a domandarsi chi mai fosse quel tizio che aveva chiesto di lui. Poiché in effetti lo conosceva, sapeva che si erano parlati, incontrati, che forse avevano mangiato e bevuto insieme, ma tutto questo non conservava immagini, fotogrammi: incontrati dove?, mangiato e bevuto dove?, quando? E il tempo correva, gli anni indietreggiarono vuoti di indizi, finché riemersero un tavolo apparecchiato, due cameriere sedicenti *criolle*, e poi un salone con un mappamondo, un uomo con la barba in compagnia di una donna altissima e dallo sguardo sconcio, cacciatrice di altri sguardi, che fu sua compagna di letto nelle due notti che seguirono; a quel tavolo – ecco, sì – sedeva anche l'ospite d'onore, sì, sì, l'ospite per la *feria*, invitato da lui stesso con lettera su carta intestata.

"Uruguay, vero? Montevideo se non sbaglio."

"Non ti sbagli."

"Ero a Montevideo venticinque anni fa."

"Venticinque anni, appunto."

"Oreste Maria Marcucci, ordinario di Storia dell'arte moderna. Feci fare io il manifesto. Feria Internacional del Libro. Belle conferenze."

"Mi riconosci ancora?"

"Sotto la maschera sei ancora tu."

Ricordi piacevoli accomunavano ora i due uomini, seduti nella hall dell'albergo dove risiedeva, in attesa di sistemazione, uno dei due, quello in abito scuro, cav. Enrico D'Auria, nuovo ambasciatore italiano in terra turca.

"Una coincidenza da romanzo."

"Nei romanzi è meglio non eccedere con le coincidenze. La vita è più generosa," rispose Oreste. "Però finché siamo qui è meglio se mi chiami col nome di qui: Cengiz. Lo sento più mio, ormai, Oreste Maria si è staccato da me due volte: quando sono scappato dall'Italia e quando ho veduto Istanbul per la prima volta."

"Lo sai che mezzo mondo ti sta dando ancora la caccia, e che l'altro mezzo pensa che tu non esista, e quindi non ti difenderà?"

Un sorriso apparve sulla fronte di Cengiz.

"Concordo a metà. Se mi avessero dato davvero la caccia... E poi, fosse solo quello... Enrico, io devo tornare in Italia. C'è un ultimo affare che mi preme. Il più importante."

Era freddo e luminoso il cielo quel giorno ad Ankara. L'ingresso dell'albergo si trovava su una via stretta, poco frequentata, chiusa a quell'ora dalle automobili della polizia. Stringendosi nella giacca troppo leggera, Cengiz aveva camminato per le vie della città ancora bagnate dai camion del servizio municipale. La hall si presentò nel suo anonimo comfort internazionale, i divani profondi, due grandi schermi, ragazze in divisa. Odore di detergente per pavimenti, di gomme di taxi, di cucina lontana. Essere lì era come essere dappertutto. Dalle quattro stelle in su questa era l'offerta del mondo: dimenticare i confini, parlare inglese, sorridere, osservare le pettinature delle donne. Cengiz aveva presentato il documento turco prima alla polizia sull'ingresso e poi alla reception. In perfetto inglese la signorina gli aveva chiesto notizie del suo accento portoghese. Lui in inglese aveva risposto che era una storia troppo lunga. Allora lei aveva sorriso, il *troppo* equivaleva già così a un racconto completo, la rendeva partecipe di una vita. Disse di chiamarsi Betül: l'ambasciatore sarebbe giunto a momenti.

"Le tavole?"

"L'ultima volta che le ho viste erano in partenza immagino verso Edirne, poi non so."

"Immagini?"

Cengiz non ritenne necessario rispondere.

"Forse non esistono più," continuò, "o magari si trovano nella cassaforte di qualche miliardario finlandese. Non m'importa."

"Nessuno crederà a questa storia."

"Mi concentro su quello che mi resta da fare."
"L'affare più importante. Potrebbero ammazzarti prima."
"Correrò il rischio. Hai modo di farmi arrivare in Italia?"
"Ci vado domani. Accompagno a Roma un ministro. Sto per fargli un grande favore."
"Roma non è un bel posto per me."
"Sono d'accordo. Faremo scalo a Lubiana."
"Un altro invitato?"
"La moglie. Insegna a Lubiana."
"Capisco, a me va bene Lubiana."
L'ambasciatore aggiunse un orario e qualche precauzione da osservare.
"Sperando che non ci siano giornalisti."
L'ambasciatore rise.
Ricordarono poi i giorni felici di Montevideo e le due conferenze di Oreste alla *feria*. Il Sudamerica era ossessionato dal fantasma della Vecchia Europa, perciò gli sforzi dell'oratore si erano concentrati sull'Europa e sulle sue origini culturali.

Ricordarono un pranzo in ambasciata in compagnia di uno storico, grande studioso di Giuseppe Garibaldi. Furono evocate le imprese piratesche dell'eroe sul Río de la Plata, le candele fabbricate a New York, la straziante storia di Anita Ribeiro, le lezioni di matematica impartite ai bambini e, per finire, un capitolo mirabolante nel romanzo (Garibaldi scrisse purtroppo anche sei romanzi) di quello strano uomo la cui vita si compose quasi solo di fughe, dolori ed esilii. Nel capitolo si leggeva che, fuggito nella pampa con un gruppo di amici, l'eroe si trovò davanti una casetta, l'unica nel raggio di molte miglia, sperduta nell'immensa pianura. Nella casetta viveva una donna molto anziana, tutta sola. Era argentina, india d'origine, ma parlava perfettamente l'italiano. La casa era composta da un'unica stanza; su una piccola mensola erano disposti diversi libri, tutti in italiano: tra essi la *Divina Commedia*, il *Canzoniere*, il *Decameron*, l'*Orlando Furioso*, la *Gerusalemme*

Liberata. Raccontò di essere la vedova di un professore italiano che, dopo avere insegnato a Buenos Aires, era stato costretto a fuggire per ragioni politiche: per questo si erano rifugiati nella pampa. La donna aveva invitato i suoi ospiti a dormire lì, perché la pampa era pericolosa più di notte che di giorno. Abbiamo i fucili, disse Garibaldi. La donna rise, compassionevole.

"Ma andò proprio così?" chiese Cengiz.

"Qualcosa di vero ci deve essere," rispose l'ambasciatore.

La storia gli appariva troppo semplice.

"Ma anche molta fantasia," aggiunse.

"Senza fantasia non c'è verità," rispose Cengiz.

L'uomo sollevò le sopracciglia, dubitativo.

"Non saprei," concluse. "Piuttosto, non hai qualcosa di più caldo da mettere?"

"Forse."

Cengiz guardava l'uomo che l'avrebbe riportato in Italia e pensò al reticolo di storie, parole, pensieri, avventure, ai cambiamenti di programma, a quelli di nazione e di lingua, che dovevano averlo trasformato in qualcosa di non ben conoscibile, in un mistero non però nascosto nella profondità dell'essere ma piuttosto sospeso nell'aria, come le nuvole durante certi tramonti di fine estate, dopo una giornata di temporali. Le vecchie sedi, le nuove sedi, i passaporti diplomatici, le vie preferenziali, la necessità di vivere una vita sempre ufficiale, dichiarativa, i microfoni, l'odore dei corridoi... Magari anche le tende, però: la mimetica, le yurte, i viaggi a dorso di cammello. Un nomade, come me, concluse Cengiz. Eppure così differente.

"Quando smetterai di girare il mondo?" gli chiese a bruciapelo.

"Non so se ci riuscirò," disse l'ambasciatore, come se avesse letto i suoi pensieri. "La carriera diplomatica ti insegna a essere italiano però fuori dall'Italia, e non so se ce la farei a esserlo a casa nostra."

Rimase un attimo in silenzio, poi continuò.
"Non so se ce la farei..."
"Cosa?"
L'ambasciatore ebbe un breve indugio, forse pensò di nuovo a Garibaldi, sorrise.
"A non rappresentare più niente."

4. La grande notte

L'inverno era finito. Scendeva sulla città un'aria acquosa ma fresca, mentre nei castagneti del Mugello molti ricci resistevano sui rami per la scarsità del vento nei mesi passati.

In quei giorni, su *La Nazione* apparve un editoriale di Lucia del Chierico intitolato "L'onore della città": un articolo che Antonio Masina in cuor suo disapprovò. Non per il contenuto, ma per l'opportunità. La memoria correva indietro, a casi dolorosi: troppe cose giuste dette al momento sbagliato avevano sortito conseguenze tragiche.

Perciò, mentre l'automobile con i due fidanzati filava per via Bolognese verso il Mugello, il giovane si manteneva silenzioso. La giornata moriva e sulla Bolognese il traffico scemava chilometro dopo chilometro. Giò finse di non avvedersi dell'umore di lui, e parlava senza interruzione di piccole cose: il prossimo spettacolo con Roberto Bolle e Svetlana Zakharova, le tante voci su quale sarebbe stato il progetto vincente del Big Bang e perché, i malumori di Luigi, il formidabile capo ufficio stampa, contro Dario e il suo "handicap amoroso", come lo chiamava lui.

"Non vuoi sapere di Dario?"

Antonio non rispose.

"Quello di Padova, che mi ama," provocò.

Antonio non rispose.

“Quanto manca?”

“Quindici chilometri.”

L’articolo di Lucia aveva suscitato un grande dibattito a Firenze sia per le idee che esprimeva, a dire il vero non molto originali, sia soprattutto per la forza con la quale queste idee erano state espresse. La scrittrice se l’era presa con i “conservatori del nulla” che per un partito preso, “preso chissà quando e in quale sede”, stavano distruggendo Firenze con la scusa di conservarla “mentre l’intento è solo quello di conservare sé stessi e la catena dei propri affari”.

Ecco una frase da non scrivere, pensava Antonio: darsi ragione da soli supponendo la malafede altrui.

Molti presentimenti si affollavano nella sua testa mentre continuava a guidare silenzioso e le strade si facevano sempre più strette e l’oscurità stringeva il paesaggio tramutandolo a poco a poco da realtà visibile all’intorno a concerto di voci attraversato dalla galleria scavata dai fari. Se l’automobile, che pure era silenziosa, si fosse fermata, mettendo a tacere anche il crepitare delle gomme sull’asfalto ghiaioso, si sarebbe sentita la voce dell’assiuolo e quella della civetta, il grugnito del cinghiale, il latrato acuto e gentile della volpe, a definire le dimensioni dello spazio. Una lepre balzò da un cespuglio e si mise a correre, impaurita, lungo la strada, proprio davanti all’auto, tanto che Antonio fu costretto a rallentare bruscamente.

Quattro chilometri dopo Borgo, dalla via principale si partiva, sulla sinistra, tra due alberi di pero, una stradina sterrata che terminava, dopo seicento metri, in un silenzio perfetto, al cancello di Lucia.

*

Nel salone fumava come sempre, abbandonato sul lungo massiccio tavolo di noce, il grande thermos con il caffè: la notte sarebbe stata insonne in tutti i casi, meglio dunque attrezzarsi.

Tutte le lampade, quella ad arco, quella da tavolo e i due faretti appesi sopra il divano, ai lati e in mezzo alle due grandi porte-finestre che davano sul retro, erano state accese e diffondevano la loro luce notturna senza riuscire a raggiungere tutti gli angoli dell'enorme sala. Le tre donne sedevano sul divano di pelle nera, Antonio in poltrona davanti a loro, jeans e maglione rosso, le gambe strette, come se dovesse balzare in piedi da un momento all'altro.

"Giulia, comincia," disse Lucia.

"Bene. Comincio da mio padre. Tutti sapete chi era. Sindaco di Firenze per due mandati, consulente per diversi ministeri, uomo schivo ma personaggio pubblico. Conosceva il mondo. Ha avuto due mogli, nessuna delle quali era mia madre. Della prima e della sua vita precedente non ha mai voluto parlare. C'è però un diario, scritto quando ero bambina o giù di lì, con molti riferimenti alla sua vita passata." Infilati gli occhiali, che teneva pronti al collo, tolse dalla borsa uno spesso quaderno nero bordato di rosso e cominciò a scorrerlo seguitando a parlare, senza però leggere. "Vaghi. Tranne uno. Dice che amava," risollevò il capo, "stare in campagna, che fu brillante negli studi ma anche svogliato, e altre cose senza importanza. A parte," e qui si rimise a scorrere il quaderno, "a parte un episodio che a una prima lettura risulta poco chiaro ma che a differenza degli altri appare molto circostanziato, e si riferisce ai tempi in cui aveva avuto inizio la sua attività pubblica. Si tratta di un caso di cronaca nera verificatosi a Campi Bisenzio nel 1975: l'omicidio per accoltellamento di Pericle Procacci, che aveva ereditato per via testamentaria un palazzo a Campi Bisenzio. Fu la sua assistente del tempo," sollevò la testa, "l'assistente del babbo, intendo, Giannina Fiume di Campi, a raccontargli tutta la faccenda, confermata poi dalla lettura di qualche giornale. Il Procacci non era in linea ereditaria il parente più prossimo del proprietario del palazzo: c'era una sorella, per l'esattezza una sorellastra, molto vecchia, di nome Valentina, invalida, che non aveva mai avuto alcun aiuto dal fratello e che voleva impugnare il testamento. Ma non ci fu bisogno di procedimenti, visto che il Procacci fu accoltellato. L'esecutore materiale dell'omicidio, mi spiace dirlo qui, fu..."

"Mio padre." la interruppe Antonio. "Lo so benissimo. Me lo disse lui mentre era convalescente. Disse che si doveva levare un peso."

"E se lo levò?" chiese Lucia.

"Non penso fosse quello il suo peso," rispose Antonio.

"E quale fu?"

"Vorrei sentire come continua la storia."

Giulia riprese il suo racconto.

"Nessuno seppe mai, almeno in via ufficiale, chi fosse il mandante dell'assassinio. Morto Procacci, il palazzo andò alla Valentina che lo vendette immediatamente a un certo Oreste Lupori, un proprietario di campagna che si voleva dedicare all'antiquariato, aveva aperto una bottega a Firenze in via Maggio e voleva quel palazzo di Campi per usarlo come deposito. Le indagini intanto condussero come detto a Masina Giuseppe, di professione decoratore e manutentore, il quale però alla fine venne assolto per non aver commesso il fatto. Quello che si disse, e che poi mio padre verificò di persona, sia pure a titolo privato, fu che l'indagine, se Masina avesse parlato, poteva condurre molto in alto. Si può presumere perciò che Masina abbia riacquistato la libertà in cambio del silenzio."

Intanto, Lucia diventava visibilmente sempre più irrequieta e non trovava la posizione giusta sul divano.

"I morti," disse sottovoce, "non sarebbe meglio lasciarli stare?"

"In seguito," proseguì Giulia guardando Antonio, "ritroviamo il nome di Beppe Masina legato saldamente a quello del cav. ing. Arturo Lombardi, che di secondo nome faceva Faliero, come l'ultimo doge di Venezia, e che mio padre fin dalla prima adolescenza chiamava Torrigiano."

Sollevò il capo a guardare i presenti, osservandoli uno a uno, poi tornò a curvarsi sul quaderno.

"Sentite qui: *Gliel'ho chiesto. So tutto, mi fa, ma perché ne vuoi parlare? Perché evitasti il processo?, gli faccio io, e lui: Perché alla fin fine, Bargello, era giusto così. A questo punto non gli ho chiesto più nulla* (...)."

"Dio sa che rabbia doveva avere in corpo," la interruppe Lucia. "Io il Lombardi l'ho conosciuto anche troppo. Quella rabbia che non si quieta mai," disse, e mentre lo diceva si stringeva nel golf, come per una folata di vento freddo, e si capiva che aveva paura delle sue stesse parole. "Dante la chiama *la rabbia fiorentina*. Io lo vedevo spesso, tante volte fu a cena da noi: spiritoso, brillante, polemico, ma poi, a un certo punto, si faceva cupo, non diceva più nulla, e si ritirava dentro qualcosa... dentro un'ombra, che stava sempre lì, a due passi, e poi a un certo momento *puf*, se lo ingoiava..."

Seduta tra le altre due donne, Maria Giovanna si guardava intorno, impaurita. Niente di ciò che vedeva e sentiva aveva a che fare con il mondo così come lei lo aveva pensato e immaginato: un mondo tutto in ordine, in fila, dove ogni cosa era sé stessa e ogni parola diceva quello che doveva dire.

"Poi," ricominciò Giulia, "vennero fuori le tavole e la notizia si sparse troppo alla svelta perché Lombardi potesse mettere tutto sotto silenzio. Era il 2010, tutti sapete la storia del dissesto idrogeologico. Col ritrovamento delle tavole si sarebbe aperta un'epoca nuova, tutti gli assetti erano destinati a rovesciarsi. Autentiche o no, l'ingegnere aveva paura di quelle tavole: Firenze sarebbe tornata al centro del mondo, ma di un mondo sbagliato. La sua storia e la sua verità sarebbero state cancellate tra speculazioni e malversazioni. La città non aveva la forza di difendersi; buzzurri americani, imbroglioni cinesi, la mafia nigeriana, e quintali e quintali di soldi avrebbero cancellato Firenze: questo pensava l'ingegnere. E si disperava: quelle tavole avrebbero ucciso la città, i soldi cinesi e americani o di qualche emiro avrebbero persuaso una classe politica di coglioni – avvezzi agli affarucci con banche e fondazioni, a frodare le pensioni e a intestare appartamenti alle zie – a mollare tutto, vendere, vendere!, e lui non ci avrebbe più potuto mettere una pezza. È probabile che il mandante materiale dell'omicidio di Loredana Fallai non sia lui. Furono gli zelatori, gli imitatori, i seguaci richiesti e non richiesti, che da un certo momento in avanti si moltiplicarono. Chi la uccise pensava, forse, che le tavole fossero ancora in mano sua."

Fece una pausa.

"Il punto non è questo. L'ingegnere fu molto più che un mandante. Prima di morire, otto anni fa, volle cambiare il testamento. Nessuno sa dove siano finiti tutti i suoi soldi, certo è che la sua opera non si è mai fermata."

"Loredana Fallai," la interruppe Antonio, la voce scossa dall'emozione profonda, "fu uccisa da mio fratello Lorenzo su ordine di mio padre."

Maria Giovanna spalancò gli occhi e subito cercò Antonio, e come lo vide scoppiò in lacrime. Antonio vide il suo viso desolato, come se un velo nero le fosse calato sugli occhi. Alzatosi, andò ad abbracciarla, premette la sua testa contro il proprio petto, poi stringendola riprese il suo racconto, con cautela, mentre Lucia, da dietro, carezzava i capelli della ragazza.

"Me lo disse Lorenzo. Disse che dopo l'intervista a TeleFirenze papà era inquieto, che la Fallai era diventata, come si dice?, un problema. Fu, disse, un'iniziativa di papà e solo sua. Ed è stato sempre Lorenzo, mio fratello, quindici anni dopo, a uccidere Paolo del Chierico."

Guardò Giulia, che evitò di ricambiare.

"Ma questo tu, Giulia, lo sapevi."

Giulia fece segno di sì, la testa bassa.

"Non so," riprese Antonio, "se il povero Carmine Cuomo abbia una parte in questa storia. Il referto medico parla di attacco cardiaco, ma quella sua visita in questura lascia dei sospetti. Sull'attentato al questore mi sono fatto niente più che delle idee, ma sono certo che tra i corrotti..."

"Corrotti da chi?" domandò Lucia.

"Non conta più da chi. Ci sono anche i miei due colleghi Palumbo e Curreli, quello con i capelli rossi. Forse non lo sanno più nemmeno loro. Non esiste più un corruttore vero e proprio, però Curreli guida una macchina sportiva. Se la leucemia non si fosse presa il mio nipotino, tante cose non sarebbero venute alla luce, e io non so se ce l'avrei fatta, perché anch'io avevo paura." Poi aggiunse, indicando Maria Giovanna: "Più di una volta ho pensato che mi sarei ucciso."

Di nuovo scese il silenzio. Il suono del vento, che intanto cresceva, riempì la stanza.

"Ma perché," intervenne di nuovo Giulia, con fatica, "perché Paolo? Capisco tutti gli altri, anche il povero Carmine, ma Paolo?"

"Piangi se vuoi," le disse Lucia.

"Ho già pianto."

"Paolo era... un simbolo," riprese Antonio. "Ricordo quando ero un ragazzino quello che mio padre diceva sul suo conto. Imbecille, mezzo uomo, senza coglioni, bambino poco cresciuto, figlio di papà, viziato, tutte frasi che allora destavano in parte la mia ammirazione: papà è un duro, pensavo. Poi conobbi meglio mio padre e capii che erano tutte opinioni riportate, che nella sua testa non c'era un solo pensiero. Sapete cosa penso? Lo sai, Giulia?"

Giulia lo guardò d'un tratto, il viso rosso in attesa dell'ultimo insulto.

"Penso che vi fu quasi del garbo, una specie di grazia nell'eliminazione di Paolo. Conosco i sentimenti dei criminali. Il loro è un mondo che si potrebbe dire umano se non giacesse nella schiavitù, come i maiali. Dispiaceva ucciderlo, ma *gli è di mezzo* dicevano: era un rischio troppo grande. Il ragazzo si era messo in proprio."

"*Troppo grande* per che cosa?" domandò Giulia, che vedeva confermati i suoi peggiori sospetti del giorno prima.

"Per tutto, credo. Non potevano fare nient'altro. Fu un atto..."

"Un atto?"

"Un atto dovuto, senza odio."

Cadde di nuovo il silenzio, stavolta più lungo, accompagnato dal vento, che batteva contro le tapparelle. Maria Giovanna sorprese nelle mani del fidanzato appoggiate alle ginocchia un leggero scatto, lo vide farsi rigido ma solo per un istante, poi sollevò lo sguardo, lui la vide e le sorrise, ma era chiaro che un pensiero nuovo lo stava attraversando.

"Le tavole," riprese Giulia, sospirando sotto il peso di questo nuovo dolore, "furono fatte sparire dal professor Oreste Marcucci d'accordo con Loredana, che era stata sua amante. Perché tutto questo? Me lo sono chiesto tante volte: tutti ce lo siamo chiesto. Io penso che non ci fosse nessun vero piano: per mio conto, ma posso sbagliare, fu come il presentimento di una tragedia. Ma questa fuga per l'ingegnere fu uno scacco. Al funerale della Fallai tutti lo videro piangere, nemmeno lui seppe la parte che aveva avuto in tutta questa faccenda."

Si interruppe per un istante.

"Ma era troppo tardi, Marcucci si era dato alla fuga. E soprattutto era fuggita la notizia. Nel mondo accademico non si smise più di parlarne, e poi nelle redazioni, e poi nelle fiere librarie, e poi chissà dove. L'ingegnere e i suoi compari non fecero più in tempo a mettere la cosa sotto silenzio. Era finita. Credo di conoscere bene il loro modo di ragionare. La Firenze che volevano conservare uguale nei secoli era finita per sempre. Questa novità delle tavole avrebbe condizionato tutta la vita della città da allora in avanti. Poi quel collettivo di studiosi cinesi dedicò a Firenze un'opera che umiliò tanta gente, e alla fine fu indetto il concorso di San Lorenzo. Tutte iniziative nate lontano, in Cina, in Francia, in America, in Germania, in Arabia Saudita. L'ingegner Lombardi aveva capito tutto in anticipo, e avrebbe volentieri cancellato tutto e fatto ripartire il mondo daccapo. Ma non si poteva più."

Per la terza volta il silenzio si richiuse su di loro, cupo, come l'acqua che si richiude sulla nave che affonda, e la paura invase il salone. Le tre donne, sedute vicine, si sentirono all'improvviso sole e lontane. Antonio, nuovamente seduto sulla punta della sua poltrona, per qualche motivo sembrava lì lì per scattare in piedi. La casa scricchiolava tutta, adesso che il vento si era fatto più forte, forse una tramontana fuori stagione, e sopra i castagni agitati il cielo era alto e nero. I ricci cadevano copiosi sotto la sferza, le castagne rotolavano verso la casa, talune colpivano le portefinestre lì, un passo dietro il divano, come se qualcuno stesse bussando. La casa sembrava viva, e cantava, e l'aria rabbiosa tenuta fuori si riproduceva, nell'esagerata ampiezza del salone, con uno strano sommovimento, una crescita del nervosismo, brividi, elettricità.

Poi, qualcosa in questo concerto indusse Antonio ad alzarsi davvero. Qualcosa fuori tempo, un rumore sghembo, una zoppia nel grande ritmo del vento, delle castagne, del legno della casa. Si alzò con delicatezza, domandando permesso con un movimento del dito indice. Lucia sembrò sul punto di chiedergli qualcosa, ma lui le fece segno di no. Giovanna lo guardò, lui assunse un'espressione come per domandare scusa, provò inutilmente a sorridere e uscì infine dalla sala verso il corridoio di servizio, che portava allo sgabuzzino, senza dire alle donne cosa lo avesse fatto alzare.

La conversazione continuò fra le tre donne senza altre rivelazioni, sospesa su un interrogativo, solo per far tacere il vento, che nel suo ululato trasportava altri rumori, forse voci di animali o gemiti del legno simili a lamenti amorosi. Avevano paura, se lo dicevano, poi sorridevano.

"È sempre così, da queste parti?"

"A volte."

Passarono forse dieci minuti, quando dal corridoio opposto a quello dove era scomparso Antonio sbucò uno sconosciuto. L'uomo si presentò alle tre donne puntando una pistola, il viso scoperto, senza dire una parola. Avvenne in modo così inatteso che nessuna delle tre donne l'aveva visto entrare. Se lo trovarono davanti così, come se un proiettore alle loro spalle si fosse messo a funzionare per qualche contatto fortuito e i personaggi di un film avessero preso corpo nell'aria del salone.

Ci sarebbe stato da crederlo, tanto era densa l'aria, quella notte.

Il pensiero dell'uomo risplendeva dietro l'arma pronta a uccidere: dopo un istante di sorpresa al suo ingresso, del quale nessuna delle tre si rese conto, adesso era calmo, senza nessun segno di fretta. La faccia di chi aspetta di uccidere e quella di chi aspetta di morire sono la stessa faccia.

L'assassino con l'arma in mano, Antonio lo sapeva bene, è l'uomo più indecifrabile del mondo. Chi non conosce gli assassini cerca nei loro occhi un'intenzione, un pensiero, un sentimento. Ma non ci sono pensieri, né sentimenti: tutto è già noto, occorre solo scegliere il momento opportuno per mettere fine alla vecchia illusione.

Ma Antonio? Antonio, dov'era finito Antonio?

Giovanna avrebbe voluto gridare ma non aveva più voce. Anche Lucia, muta come lei, si teneva stretta al suo braccio, mentre Giulia sembrava di gesso e guardava con apparente indifferenza l'uomo che stava per ucciderla: lo stesso sguardo immobile di suo padre.

Giovanna si guardava intorno e non poteva credere che il punto finale di tutto fosse questo.

Dov'era Antonio? Che vergogna, pensava la ragazza: noi non siamo nulla, non siamo che formiche, meno che formiche.

Chi sono io, cazzo, chi sono? Dio del cielo, Dio del cielo, chi sono io?

Ma Dio teneva il velo nero sulla faccia.

L'uomo aprì la bocca. Forse voleva sorridere, ma produsse solo una smorfia e la sua brutta vita salì a sporcargli la faccia.

"Buonasera. Come mai in tre? Quanta ricchezza..."

Era alto, la mascella robusta, il viso rasato da poco, i capelli lunghi e biondi, e nessuno dei presenti l'aveva mai visto, nemmeno per caso. Fuori da ogni memoria, da ogni racconto. È così che arriva, la morte, pensò Lucia: senza racconti. La morte non vuole essere raccontata.

Una voce di donna urlò improvvisamente: "Alberto, attento! Berto, aiuto!" Poi il rumore di uno sparo coprì per un momento il concerto dell'autunno, si sentì una bestemmia issarsi in alto, come una maledizione, poi un altro sparo in una tonalità diversa, si sentì un vetro andare in frantumi, e insieme la voce del vento aumentare d'intensità, crescere il freddo, mentre le donne si coprivano la faccia e non avevano nemmeno il fiato per gridare.

Poi, ecco di nuovo due, tre spari nella tonalità di prima.

Giulia fu la prima a riaprire gli occhi. Lo sconosciuto giaceva morto, Antonio si lasciava cadere su una sedia. La porta in fondo al salone, oltre al corridoio, si aprì, e una donna piccola di statura fuggì nella notte. Era Lea, la donna delle pulizie, quella che non guardava mai nessuno negli occhi. Era stata lei a condurre l'assassino fin lì e ad aprirgli la porta.

La pistola dalle mani di Antonio scivolava a terra e lui si coprì la faccia e cominciò un lunghissimo singhiozzo, mentre le donne lentamente si rendevano conto di essere ancora vive.

*

Questi fatti scavarono nella mente dei presenti un solco invalicabile tra ciò che era "ieri" e ciò che divenne "oggi". Per giorni e giorni un sentimento uguale li allontanò gli uni dagli altri, simile a quello di chi si aggira sulle macerie della propria casa e non sa se, là sotto, ci sia qualcuno – un padre, una sorella, un figlio – oppure nessuno: sa soltanto che non ha più importanza. Tutto era venuto alla luce, alla deludente luce, indifferente ai racconti.

5. Il caso è risolto, non l'enigma

Dopo la notte di San Cresci, Lucia, Giulia, Antonio e Maria Giovanna decisero di passare qualche tempo in solitudine, ciascuno per proprio conto.

Antonio chiese una settimana di ferie e andò tutto solo nel grossetano, in una casetta a pochi chilometri dal mare, senza dare a nessuno il proprio indirizzo. Erano giorni di vetro, tra aprile e maggio, freddi e troppo luminosi. Il cielo era leggero e risucchiava l'anima verso l'alto. Il corpo di Antonio si muoveva meccanicamente tra canneti, fossi, vecchie case. Evitava le edicole, i bar, la televisione. Sapeva Antonio che a Firenze si sarebbe parlato a lungo di quella sparatoria di San Cresci, nel Mugello: un rapinatore maldestro introdottosi nella casa, la sfortuna di trovarsi davanti un poliziotto in borghese. Nulla di ciò che era stato detto in quella lunga sera e in quella notte sarebbe mai uscito dal salone dove le parole si erano distese nel loro spietato ordine, nel loro disordine.

Restava la vergogna al pensiero della povera mamma, che aveva sposato un assassino e ne aveva partoriti altri due.

La sua mente frugava in episodi lontani della sua vita, li interrogava come se il protagonista di quegli episodi fosse stato qualcun altro. Ritornarono i momenti belli della promozione, le parole di Salvischiani durante la cerimonia alla buona, i bicchieri di plastica, i compagni (compreso il disgraziato fratello) che ripetevano "discorso, discorso" e la sua promessa, davanti a tutti, che mai e poi mai avrebbe usato l'arma che portava alla cintura.

"E prendila almeno una volta, rigiratela tra le mani!" risentì quella voce, là dietro, poi tutti avevano riso. Era la voce di Curreli. Chissà cosa immaginava il rosso Curreli quel giorno, chissà come pensava la propria vita, il proprio futuro mentre era ancora un poliziotto normale, senza omicidi alle spalle, con la coscienza per così dire ancora pulita. La corruzione è una cosa normale, pensò, ti entra nella vita come un bicchier di vino, come una delle tante canzoni che passano alla radio.

Camminava su uno sterrato dritto dritto. Una piccola catena irsuta di monti scuri di faggi e castagni si allungava sulla sinistra. Dietro uno steccato una sparuta mandria dominata da due meravigliosi tori bianchi dalle corna a lira pascolava tranquillamente nell'aria fresca.

Gli venne in mente il giorno in cui, ancora ragazzino, conobbe l'ing. Lombardi. Ricordava la presentazione deferente del questore, le lodi del grande benefattore della città, che non sembrava un uomo cattivo. Il questore (come si chiamava?) dipinse l'ing. Lombardi come "l'unico fiorentino con un pensiero in proprio". Era elegante, quel giorno, nel suo completo grigio argentato, la cravatta lievemente eccentrica, il fazzoletto che spuntava dal taschino, il panciotto, il Rolex al polso. Poi, forse per puro caso, o forse perché era il più giovane del gruppo, si volse a lui. “Stia attento, giovanotto mio,” aveva detto levando la mano ammonitrice, “perché una buona intenzione può fare tanti morti.” Antonio aveva sorriso.

Alla fine l’ingegnere gli aveva richiesto nome e cognome, e al suono del cognome aveva sorriso, “Si chiama come un amico caro,” disse. “Masina, Beppe Masina.” Antonio aveva risposto che si trattava di suo padre, allora l’ingegnere gli aveva appoggiato una mano sulla spalla e, già distratto per gli impegni successivi, il buffet, la signora del catering lì accanto col piattino in mano e le tartine, stringendogli la spalla in segno di commiato aveva detto qualcosa come “buon sangue non mente”. Ed è probabile, rifletteva ora Antonio, che avesse già visto che il sangue, buono o meno che fosse, era proprio lo stesso.

L’uomo che Antonio aveva ucciso si chiamava Alberto Morelli detto Berto, ed era noto nel mondo dello spaccio per essere uno specialista dei lavori sporchi. La sua zona operativa era la parte sud della città: Ponte a Ema, Grassina, Antella, Impruneta, piccoli paradisi perduti. Aveva messo via qualche soldo ma se si esclude il suo commercio non faceva parte di nessun giro. Quasi certamente non aveva mai conosciuto né l’ingegnere né alcuno dei suoi angeli custodi, quasi certamente il pensiero di quell’uomo gli era ignoto, gli incontri fuori dal solito giro erano occasionali e gli servivano solo per mantenere il giro. Ma se si era spostato nel Mugello una ragione ci doveva essere. Quasi certamente Morelli non si attendeva di trovare, a San Cresci, tre donne anziché una sola. Il suo obiettivo era Lucia: il movente, l’articolo sulla *Nazione*. I mandanti? I veri mandanti non esistono più. Sorrise al ricordo dell’ingegnere: Ingegnere – e filibustiere, disse con le labbra. E che riposi in pace. Fece tra sé i nomi di Curreli, di Palumbo, con la Lea a fare da tramite. Doveva essere andata così. Ma la voglia di ricordare gli passò subito, aveva ormai in odio i ricordi.

Di una cosa Antonio era certo: in questa storia non esisteva nessun grande vecchio. Nemmeno l'ing. Lombardi, il cui pensiero si perdeva nei secoli, in altri pensieri, in altri discorsi. Poter ricondurre tutto a un piano ben congegnato, interessi da difendere, trame, be', era una possibilità da accogliere a mani giunte – se ci fosse stata, ma non c'era. *Il Nulla: ecco l'unico, vero manovratore.* Poi si pentiva: ci vuole stile per dire "il nulla", e io lo stile non ce l'ho. C'era, ecco, l'andamento generale, l'andazzo, esisteva l'abitudine, ed esisteva la paura, al centro di tutto, con la sua maschera odiosa. I giri più o meno malavitosi erano tanti, e tra loro cercavano soprattutto di non pestarsi troppo i piedi. La criminalità locale seguiva le regole del buon vicinato, supporre gerarchie era tempo perso. È vero, a volte qualcosa di più grande, come un disegno, una trama, prendeva corpo quasi da sé, complice una coincidenza, qualche parola di troppo, un gesto avventato, un nome sulle labbra di qualcuno.

Una guerra segreta, non sempre cosciente, si era combattuta in lui per tanti anni. Ricordò le cene in casa, quelle dei giorni feriali, gli occhi bassi di papà sopra il piatto, la fierezza del fratello, poi tante volte, a buio fatto, ecco il solito "Forza, Lorenzo", e lui li guardava uscire, silenziosi, alla destinazione consaputa, senza mai degnare d'uno sguardo la donna né lui, troppo gracile, troppo poeta. Antonio non serbava memoria, viceversa, d'un solo ceffone di papà. Lorenzo sì, gliene dava: uno solo per volta, senza piacere alcuno: quello necessario, perché di altri (immaginò) non era degno, c'erano altre facce in attesa, più importanti, e il fratello non era campo di battaglia.

Una fila di persone a cavallo gli venne incontro sulla via. I cavalli procedevano al passo, ben addestrati, mantenendo la stessa distanza uno dall'altro. Il capogruppo si toccò il berretto in segno di saluto, una ragazza bionda gli disse "buongiorno". Erano bestie belle e grandi, tutte dal mantello baio ben strigliato e lucidato. Si volse a guardarli, e stette a lungo così, finché scomparvero tra due quinte di pioppi, e per tutto quel tempo e poi sulla via del ritorno a casa i suoi pensieri tristi rimasero come in sospeso, quasi dimenticati.

La moglie del proprietario della casetta dove era alloggiato al piano superiore, una donna alta e magra sulla cinquantina, dagli occhi enormi e neri, sentendolo arrivare mise la testa fuori dalla finestra del pianterreno. Un odore di soffritto si spandeva per il vicolo. La donna aveva una voce di contralto molto piacevole: una specie di musica esotica vibrava nei suoi toni, e si addiceva alla sua pelle olivastra, e faceva pensare a qualche luogo lontano.

Disse che era arrivata una lettera per lui.

"Gliela posso dare da qui? Sto preparando la zuppa di pesce, sa."

"Ci mancherebbe, grazie."

Si asciugò le mani in un telo da cucina, poi prese la lettera da una mensola e gliela porse.

"Vuole favorire a cena da noi?"

"No, purtroppo non posso."

"Va già via?"

Antonio sollevò la lettera, tentennando la testa.

"Vede questa?" disse in tono allusivo.

"Ah," fece lei, e sollevò le sopracciglia in atteggiamento di profonda comprensione.

6. *Trieste, Caffè San Marco*

L'uomo dalla fronte aggrottata, il cappello in testa, stretto nel suo soprabito leggero, avvolto fino al mento in una bella sciarpa di lana amaranto e beige, tentennava la testa standosene in piedi a un metro dal suo tavolo, come se volesse rivolgergli la parola ma qualcosa lo trattenesse. Avrà avuto sessanta, sessantacinque anni. Il caldo quasi eccessivo del locale sembrava non riguardarlo. Se ne stava lì, con la sua aria da intellettuale mitteleuropeo, i suoi baffi alla Trockij, e aveva l'espressione di un viaggiatore del tempo che si fosse trovato in quel luogo e in quel momento solo per un cattivo funzionamento della macchina.

Oreste Marcucci si lasciava sfuggire, di tanto in tanto, un'occhiata verso quel misterioso personaggio che non si avvicinava né se ne andava. Tra i piedi dell'uomo c'era una grossa borsa di pelle. La sera era scintillante per il vento che si era abbattuto su Trieste durante tutto il giorno, spazzando via le ultime nuvole, che fino a mezz'ora prima si potevano vedere, verso occidente, dall'osservatorio di piazza dell'Unità: un posto dove gli sarebbe piaciuto morire. Poi era salito fino al Caffè San Marco, dove adesso sedeva con davanti una tazza di tè tiepido e un bricco ormai vuoto.

A una nuova occhiata lo sconosciuto allungò timidamente una mano.

"Desidera qualcosa?"

"Posso... posso sedermi vicino a lei?"

"Prego."

"Grazie, mille grazie."

L'uomo appoggiò la borsa ai piedi del tavolo e sedette, lasciandosi scappare un sospiro di piacere.

Marcucci sorrise a quel sospiro, si sentiva contento.

"Le posso offrire qualcosa?"

L'uomo sollevò la mano in senso di garbato diniego.

"Come l'avessi accettato. Anzi. Un caffè, ecco, un piccolo caffè."

"Si tolga il cappello, almeno."

"Ah, il cappello? È vero," disse levandoselo e appoggiandolo a una sedia libera, lì di fianco, "avevo il cappello in testa. È strano, sto invecchiando, dimentico tante cose."

Eppure, pensò Oreste, gli occhi sono vivi, vivissimi.

"È che io amo questo tavolo, questo preciso tavolo voglio dire."

"C'è una ragione particolare?"

"Via, non lo sa? A questo tavolo si è seduto per anni Claudio Magris, il grande scrittore e germanista."

Poi rise, immaginando la domanda che sarebbe arrivata.

"Ah no, no di certo, il professor Magris sta bene, però da tanto tempo non viene più qui. Il perché non si sa. Ha avuto diversi dolori, anche gravi, ma questo non c'entra. Il servizio qui è ancora accettabile. Certo, adesso trovi panini, pizzette e lasagne dappertutto, e specie a mezzogiorno anche qui dentro circola un certo odore non spiacevole, mi creda, ma non è quello che un lettore di Magris si aspetterebbe leggendo le pagine dedicate a questo locale. Ma il peso della storia, mi capisce, è difficile da reggere."

"Sì, molto difficile."

L'uomo sorrise, puntando l'indice verso di lui.

"Ah-ha, vedo che lo sa anche lei. Basta guardarla in faccia: lei conosce molto bene il peso di tutto questo lerciume. Ha dovuto portarne un pezzo sulle spalle, dica la verità."

"Tutti ne portiamo un pezzo."

"No, no, no, mi riferisco a qualcosa di particolare, qualcosa di importante. Di molto importante. Le cose importanti se ne stanno nascoste allo sguardo dei più, dico bene?"

Marcucci si sentiva a disagio. L'uomo si teneva sulle generali, ma l'impressione era che, dietro quei discorsi generali, si nascondesse qualcosa di molto preciso.

"Non credo di avere fatto nulla di speciale," si difese.

"Fa caldo qui, non trova?" disse l'uomo, che, sbottonato e appeso il soprabito, restò con indosso una giacca leggera. D'un tratto perse l'aria da intellettuale mitteleuropeo.

Intanto il cameriere aveva portato il caffè.

"Grazie del caffè. È sempre stato eccellente, qui al San Marco."

"Mi fa piacere, signor..."

"Il mio nome non ha nessuna importanza. È il suo di nome, caro Marcucci, ad avere molta importanza."

Oreste lo guardò, basito. "Lei lavora per qualcuno?" domandò.

L'uomo appoggiò con delicatezza la tazzina e si pulì la bocca con l'angolo del tovagliolo.

"Ecco un'altra cosa senza importanza. Si può lavorare oggi per questo, il giorno appresso per quell'altro..."

"E io per chi lavoro, secondo lei?"

"Lei non lavora per nessuno. Questo ha comportato – mi corregga se sbaglio – vantaggi e svantaggi. Gli svantaggi sono ovvi, inutile parlarne, le sembra? Ma c'erano anche dei vantaggi non trascurabili. Talvolta un uomo solo è difficile da uccidere, dipende dall'uomo, naturalmente; e tenerlo d'occhio costa, in proporzione, molto denaro. Ma mi permetta di parlarle di denaro. Per molto tempo c'è stato chi accumulava fortune vendendo scatole vuote. Su una scatola c'era scritto: *Sicurezza*. Su un'altra scatola c'era scritto: *Tutela dell'ambiente*. Su un'altra ancora: *Intelligenza artificiale*. Su un'altra: *Tutela della salute*. Non dico che non ci sia chi queste cose le fa per davvero, ma il vero affare è sempre stato nelle scatole vuote. L'importante è che da qualche parte esista, cerchi di capirmi, la merce che dovrebbe stare in quelle scatole, anche se non c'è. Ma veniamo al punto. Esisteva un'altra scatola, anzi, esiste ancora una scatola con questa etichetta: *Tavole di Filippo Brunelleschi*. Questa scatola vuota ha alimentato carriere, convegni internazionali, pubblicazioni, teorie, film, programmi TV di successo; sono stati scritti libri scientifici, credo anche qualche romanzo, diverse ricostruzioni di tutto questo giallo fatte da fior di giornalisti. Senza contare il malloppo cinese. Qualcuno di loro, bene informato, ha scritto che quelle tavole si troverebbero, a tutt'oggi, a Istanbul. Ma noi sappiamo che sono ipotesi. Chi ha scritto *Istanbul* non può sapere se sia vero o no. Certo, sono state lì, ma io so che non sono più con lei, e che lei non sa dove siano. E ora capisca il nostro disappunto. Prima non poteva essere ucciso perché aveva le tavole, immagino in qualche cassetta di sicurezza, e la chiave della cassetta si trovava chissà dove. Chi fugge gode di un istante di invisibilità. Lei in quell'istante ha nascosto le tavole. Ora ucciderla sarebbe troppo costoso, visto che non ha più le tavole. Senza contare che la sua morte metterebbe sull'avviso troppa gente. Tra coloro che danno la caccia a quelle tavole ci sono grandi studiosi, luminari della scienza che fanno finta di non sapere chi sono i loro collaboratori, i cosiddetti esecutori materiali. Povero Sartorio. Lui non c'entrava, era soltanto curioso, ma volle metterci il naso. Era un uomo interessante."

Tacque per qualche istante, sorrise.

"Naturalmente, tutto ciò che le ho detto è soltanto un'ipotesi, una congettura. In realtà non so niente nemmeno io."

L'uomo si alzò, si riavvolse bene la sciarpa, riprese il soprabito e se lo abbottonò con cura. Infine si rimise il cappello guardandosi a uno specchio posto su una colonna. Era diventato nuovamente un intellettuale mitteleuropeo degli anni trenta del secolo passato.

"Certo, il mondo è tutto cambiato da quando Claudio Magris frequentava questo storico locale. Non è soltanto per colpa delle pizzette, ma della gente che lo frequenta. A questo tavolo, poi, non dovrebbe sedercisi nessuno."

"Invece ci siamo seduti noi."

L'uomo sorrise, aspettò qualche istante e disse:

"No, Marcucci. A questo tavolo non si è seduto nessuno."

Si alzò, prese la borsa. Oreste gli mise una mano sul braccio, fermandolo. L'uomo guardò la mano.

"Prego?"

"Le interessa la verità?"

"Non saprei. Ci provi."

"Ho lasciato le tavole in mani sicure su un treno in partenza credo verso Edirne, ma questo è successo ormai alcuni mesi fa."

“E questa è la verità?”
“Sì.”
“Non m’interessa. Grazie del caffè.”

Questo incontro non rattristò Oreste Marcucci. In qualche modo, lo si poteva prevedere. Tutto si poteva prevedere ormai. Pagato il conto, si incamminò nuovamente verso piazza dell’Unità d’Italia ora illuminata di giallo e azzurro. Non pensò quasi a nulla per tutto il resto della giornata, ma se le sue azioni, i suoi passi, il suo modo di guardare la piazza, il mare, di ascoltare il fischio dei treni e lo scampanio delle imbarcazioni sotto l’ultimo vento, e poi di salire le scale dell’alberghetto, di spogliarsi, di infilarsi sotto le coperte fredde – se tutto questo si fosse potuto tradurre in un pensiero, in un’idea, forse questa idea non sarebbe stata molto originale.

Che fosse sopravvissuto per caso, o per fortuna, questo era evidente. Adesso però gli era più chiaro che anche in futuro, per il tempo che gli restava, quale che fosse questo tempo, avrebbe dovuto far conto soprattutto sulla fortuna.

Ma poi dimenticò questi pensieri, e si addormentò ascoltando le ultime voci per strada, qualche risata, perlopiù ragazzi che rincasavano a malincuore.

7. Maledetti padri!

Seduto nella piccola veranda tutta illuminata, Antonio cominciò a leggere:

Antonio mio,
ti vorrei parlare di una scoperta che ho fatto.
Come ha fatto a trovarmi?

Dopo quella sera terribile mi sono persa come dentro un bosco di notte. Ci sei mai stato, in un bosco di notte? Di notte gli alberi cominciano a parlare una lingua sconosciuta. Ecco, io mi sentivo così. Non riconoscevo più nulla, nemmeno le cose più familiari come le mie scarpe, la mia tazza del caffè.

La faccia di quell'uomo: chi se la scorda più? Lui mi stava davanti, e io dicevo no, io non esisto, non sono mai esistita, non esisterò. Poi vedo il suo corpo disteso, morto, il sangue. E subito la faccia di quello sconosciuto è diventata quella di mia madre morta, che non volli guardare. Anche adesso, se cerco di ricordare quel momento, io ci vedo lei. Si fa fatica a dire certe cose, Antonio mio.

Nei giorni successivi ho provato a pensare a me stessa, e ho scoperto che in me esistono due persone. Ce n'è una che patisce i traumi, e si contorce al pensiero di tutte le contraddizioni della sua vita. Ma c'è in me anche un'altra persona, più allegra, direi quasi spensierata. Una persona poco interessata a tutti questi traumi, che dorme bene e mangia con appetito. Il lavoro non mi pesa. A casa sfoglio le mie riviste di viaggi, di arredamento, e quando passo davanti a un vendesi o un affittasi mi fermo, mi metto a guardare e mi dico: Giò, ci staresti qui?

Io sono queste due persone. Forse sono uno zero, un niente, ma allora perché se penso a te sono contenta? Con te, che sei figlio di quell'uomo e io figlia di quella donna? Eppure. Anche se sono uno zero, anche se la mia vita non vale nulla. Perché sono contenta?

Una parte di me vorrebbe che mi sentissi colpevole di questa allegria. Peggio: colpevole di essere viva. Una parte di me vorrebbe che io vivessi come una morta.

La chiamano la voce della coscienza. Ma quella che chiamo coscienza quasi di sicuro è soltanto il discorso, la chiacchiera che corre per il mondo e ci dice: ecco, la situazione è questa.

La situazione. Dimmi. Che cazzo è "la situazione"?

Penso spesso al tuo nipotino, all'amore straziato e impotente del tuo povero fratello: il fratello cattivo, povero fratello cattivo!

E tu, il fratello buono, che lo guardi e non ci puoi far nulla. E nessuno può farci nulla.

Scusa, straparlo, ma con chi altri lo potrei fare?

Tutte le mattine spalanco la finestra e penso che tu ci sei, e se tutto il mondo va a fuoco tu ugualmente ci sei, e se arriva la fine del mondo tu ci sei, e se un giorno non ci sarai più ci sarai comunque stato, anche se mi si spezzerà il cuore.

E questo – spero tanto tu mi capisca – fa tutta, tutta, tutta la differenza del mondo.

Ti amo.
Tua Giò

Antonio sentì il pianto pungergli la gola. Chiuse la lettera e se la mise in tasca, si alzò dalla poltroncina di finta pelle e uscì dalla veranda su un viottolo dove camminavano, pacifiche, alcune galline, becchettando per terra. Una frase della lettera ritornava con insistenza in lui, quella che diceva *ho provato a pensare a me stessa, e ho scoperto che in me esistono due persone*. E se avesse pensato a me?, si chiese. Con quel padre, con quel fratello.

Poco prima di decidersi ad aprire quella lettera aveva ricevuto una email che confermava l'arresto di sei persone, tra cui gli agenti Curreli e Palumbo, con l'accusa di omicidio e concorso in omicidio, e di Lea Giaccaloni per favoreggiamento e concorso in tentato omicidio. Tutti i loro beni erano stati congelati.

Se di Palumbo gli importava poco, però Curreli era stato suo amico, avevano passato le notti a giocare a scopone scientifico, si divertivano a fare scherzi ai colleghi e condividevano le stesse idee politiche. Tra loro erano passati sguardi complici, sorrisi d'intesa. Ci pensava spesso, a come cambiano le cose, faceva parte del mestiere di tutti i giorni.

Un galletto giovane, con le piume ancora tutte bianche, correva avanti e indietro tra la viottola e un vecchio capanno, in mezzo alle galline, in preda a una specie di esultanza ormonale. A un certo punto si fermò, gonfiò il petto e, sbattendo un po' le ali, fece prorompere da sé un bel chicchirichì, che solo un istante prima nessuno, nemmeno lui stesso, avrebbe saputo prevedere. Perché proprio in quell'istante? Ad Antonio sembrò che in quel canto fosse racchiuso l'enigma di tutta la sua vicenda. Il *che cosa* si è sempre potuto prevedere, non il come e il quando. La moglie del padrone di casa sentì il canto e si voltò verso l'interno della casa per dire al marito che il galletto aveva cantato.

La signora gli offrì un caffè al tavolo di cucina. Venne il marito, un uomo robusto dall'aria sonnolenta, i capelli già quasi tutti bianchi. Indossava una T-shirt bianca e una salopette di jeans, tutte e due piene di schizzi di colore. Disse che stava tinteggiando il bagno. Venne fuori che erano sposati da meno di un anno, e che quello era il primo matrimonio per tutti e due. La donna era ancora bella, alta, le gambe nervose e le caviglie sottili, e una strana affranta dolcezza stazionava nei suoi grandi occhi neri, come una malinconia appena rasserenata. Davanti a lei Antonio si sentiva a disagio perché era evidente che la donna lo cercava, aveva visto qualcosa in lui. Lui rincasava e lei era lì alla finestra. Lui guardava il gallo e lei era lì a guardarlo.

L'uomo si chiamava Manlio e fino all'anno prima aveva guidato i TIR per tutta l'Europa, poi era andato in pensione e si era sposato.

"Abbiamo comprato questa casetta e la stiamo ristrutturando a poco a poco," disse soddisfatto. "Pavimenti, piastrelle, sanitari, ho fatto tutto io. All'arredamento ci ha pensato la Laura. Qui l'aria è buona e in un quarto d'ora a piedi, tre minuti di macchina, s'arriva al mare. Ho respirato tanta di quell'autostrada..."

Nell'ingresso era stato appeso un quadretto con una fotografia che ritraeva Manlio al volante di un grande autoarticolato dentro la cornice tutta cromata della portiera aperta. Nella cabina dietro di lui si distinguevano un vecchio poster con una donna nuda all'origine (che qualcuno aveva rivestito con il pennarello) e una piccola immagine, sopra il finestrino sul lato destro, con la Madonna nera di Częstochowa. Manlio aveva spiegato che non era religioso ma che andava spesso in Polonia per lavoro.

La donna guardava più Antonio che il marito.

"È tempo che vada."

"Va già via?"

"Intende dire che torna di sopra, Laura. Avrà il suo daffare."

"Credevo."

"No," disse Antonio toccandosi la tasca con dentro la lettera, "è tempo di tornare a Firenze."

Manlio leggeva i giornali e sapeva quello che avevano scritto a proposito della rapina sventata a Borgo San Lorenzo, con l'uccisione del ladro da parte del tenente Antonio Masina.

"Tornare, sì: saluto all'arma," disse Manlio.

Antonio sorrise e uscì senza guardare la donna.

Un'ora dopo la valigia fu caricata sull'automobile di Antonio. Laura si puliva le mani nel grembiule e aveva gli occhi lucidi. Una lacrima le scese lungo il naso fino all'angolo della bocca, poi sorrise e fece un movimento della testa come per scusarsi. Disse che stava affettando le cipolle rosse.

Dall'uscio aperto scappava il profumo del soffritto. Manlio guardava sua moglie con un'espressione di rispetto che molto raramente Antonio aveva visto sulla faccia di qualcuno.

Durante il viaggio in autostrada Antonio pensò a lungo a Manlio e a sua moglie, all'umile affetto che li legava. Poi verso Montecatini, sopraffatto da un pensiero che doveva covare da tanto tempo, fu costretto ad accostare in una piazzola di sosta. Spento il motore, appoggiò la testa al volante e si mise a piangere. Un'altra frase, acuta come un pugnale, della lettera di Maria Giovanna tornava, attaccandosi a ogni altro pensiero, a ogni immagine. *Il fratello buono*. Gli tornò alla mente la faccia di Lorenzo il giorno in cui lui ottenne la promozione a tenente, la felicità, il suo sorriso rivelatore di qualcosa che era stato abituato a nascondere, ma che talvolta emergeva alla luce del giorno.

Soltanto adesso gli sembrava di comprendere quel sorriso e la sua lingua sommessa. Povero fratello, povero Lorenzo! Quel fratello cattivo e prepotente, distrutto dal dolore e dall'angoscia, che vide morire il proprio bambino senza poter fare nessun appello a una forza d'animo che non aveva, a un dio che non conosceva, a una morale alla quale aveva voltato le spalle.

Lo rivide tra sé, tanti anni addietro, stringere con orgoglio il bavero della propria uniforme e dichiarare a tutta la famiglia, dopo un pranzo:

"La giustizia? Ecco, questa, questa è la giustizia! Questa giacca," disse proprio così, "è la giustizia!"

Chi l'aveva sostenuto nel passaggio difficile alla vita adulta? Chi gli aveva aperto la strada verso una vita semplice e onesta? Io sono stato mille volte più fortunato di te, caro Lorenzo. Maledetti padri! Maledetti padri! Possa tu riposare in pace, fratello, tu che di pace non ne hai avuta, tu che eri alto e bello e forte e non avesti nessuna pace, nulla dove far riposare la mente, e una grande gioia che ti fu subito portata via. E riposi con te il tuo bellissimo bambino.

8. L'ultimo appuntamento

Per l'ultima serata del Big Bang Portrait l'orchestra della Scala di Milano accompagnò Roberto Bolle e Svetlana Zakharova in un programma che non prevedeva niente di scritto appositamente per un balletto. Tra tante luci cangianti attraversate da droni-telecamera simili a grandi ragni volanti, furono eseguite musiche di Rachmaninov e Stravinskij. Il brano finale, opera di un autore decisamente meno noto e dal titolo quasi impronunciabile (*Atchafalaya*), riscosse un tale successo che gran parte del pubblico, comprese alcune autorità, si alzò dalle sedie e iniziò a danzare sul posto.

I due ballerini, non più giovani, avevano abbandonato gli aspetti più plateali della loro arte e negli anni erano scesi, come era accaduto ad altri prima di loro, nella profondità della danza. I gesti erano ridotti all'essenziale, e la loro eleganza ora appariva nuda, senza acrobazie, e mostrava come l'estrema difficoltà della danza risieda non nelle azioni più spettacolari ma in quelle che sarebbero accessibili a chiunque, perché il corpo umano – così disse alla fine la Zakharova interrompendo per un momento gli applausi – è qualcosa di portentoso in sé stesso. Rivelare la bellezza di una mano, di un braccio, lo splendore di una testa che si volge per un richiamo amico, per uno spavento, per un desiderio: la danza è questo.

Giovanna sedeva in fondo alla platea, il telefono acceso in mano. Accanto a lei c'era Antonio, in silenzio. Si erano incontrati la sera prima al caffè Rivoire, alle sette, e non avevano detto una parola né si erano sfiorati le mani. Dalla notte di San Cresci si vedevano solo ora.

Il progetto per la facciata di San Lorenzo presentato quella sera fu il più ardito di tutti e suscitò discussioni animatissime, ma fu anche il più gradito dai fiorentini, che seppero riconoscere in quelle linee fuori dell'ordinario una traccia misteriosa capace di legare il caotico presente al genio del Maestro in onore del quale era stato indetto il concorso. I linguaggi dell'architettura si erano esauriti, si erano estinte le scuole: bisognava trovare la lingua madre, soltanto quella. Il Rinascimento non era stato un linguaggio, e nemmeno uno stile. Brunelleschi e Donatello non avevano lo stesso stile, si detestavano, i loro linguaggi erano incompatibili, ma grazie a loro la lingua dell'arte tornò limpida e pura. Niente è più difficile di questo, il genio non è sufficiente a una simile impresa, occorre anche molta fortuna, e spesso non è sufficiente nemmeno quella, ci vuole altro: un atto di resa.

Queste parole furono scritte da un anziano storico dell'arte a commento del progetto di quella sera, presentato da uno studio turco-svedese. La facciata di San Lorenzo non si può creare, concludeva lo storico: *occorre trovarla.*

Oreste Marcucci chiuse il giornale.

Sedeva a un caffè e guardava Firenze, che aveva abbandonato quindici anni addietro. Per lui Firenze era quella: un fianco del Duomo, l'inizio di via dei Servi, la curva dell'abside, l'incombere misterioso ma anche familiare della cupola. Era mezzogiorno e mezzo e di lì a dieci minuti ci sarebbe stato l'incontro più importante della sua vita.

Occorre trovarla, ripeté tra sé. L'autore dell'articolo aveva ragione.

*

Nel frattempo le tavole erano arrivate a Budapest. Adil e la madre le portarono in uno dei numerosi mercatini delle pulci di quella città per venderle. Nessuno storico dell'arte passò accanto al loro banchetto improvvisato, una grossa cassetta di legno rovesciata; nessun accademico, nessun giornalista culturale, nessuno tranne qualche curioso in cerca di cose vecchie. La gente gli parlava in magiaro, Adil rispondeva in inglese.

Una donna sui sessant'anni, i capelli crespi tinti di un rosso eccessivo, robusta e con una peluria visibile sotto il mento, stette a lungo a guardare. Ascoltò le richieste e le offerte. I più si lamentavano del prezzo. Adil ripeteva che non poteva abbassarlo perché si trattava di copie molto ben fatte e vecchie di almeno cent'anni. Alla fine la donna si fece avanti e offrì la cifra richiesta. Parlava bene l'inglese.

Adil si insospettì.
"È un prezzo alto," disse.
"Non importa. Ho studiato, sai? Mi sono sempre chiesta come dovevano essere fatte."
"Non so se erano fatte così," rispose Adil impaurito. "È probabile che non fossero fatte così. L'artista ha lavorato di fantasia, mi creda."
"Può essere," replicò la donna. "Ma a me piacciono. Ecco il denaro."
"Un momento."
"Che c'è?"
"C'è che non ho più voglia di venderle."
"Non hai il senso degli affari, ragazzo."
"È che... ti ho ingannata. Queste tavole le ho fatte io."
La donna continuò a porgergli il denaro. Erano un bel po' di soldi.
"Ti ho detto che le ho fatte io."
"E io ti ho detto che mi piacciono."
"Vieni domani e te le darò," disse Adil.
"Perché domani e non oggi? Non conosci il proverbio?"
"Conosco tutti i proverbi del mondo, signora. Ma le voglio tenere ancora per una notte. Provo a farne una copia migliore. Non vedi? È fatto male."
"Va bene, tu però prendine ugualmente una parte. Adesso."
"Non li avrai rubati?"
"No, non li ho rubati. Vedi poliziotti, senti qualcuno che urla? Voglio solo essere sicura che tu domani torni qui."
"Non prendo soldi a credito. Non sto morendo di fame. Me li darai domani."
La donna se ne andò. In quell'istante, mentre la guardava, Adil si rese conto di essere diventato grande.
Non appena la donna uscì dalla sua visuale, corse a prendere sua madre e se ne andarono con le tavole. Dietro una curva

videro l'ingresso di un rigattiere dal nome turco, il cui negozio si trovava in un seminterrato. Scesero le scale. Un gatto li salutò, segnalando la loro presenza al padrone, che sedeva dietro un mucchio di oggetti disparati a osservare da vicino un piccolo orologio. Una lucina fissata a un cerchio da capelli gli pendeva davanti al naso. L'uomo parlava il turco. La madre disse che cercava una piccola statua da sistemare su un comò, poi chiese all'uomo di mostrarle alcune vecchie scatole di latta per biscotti.

Nel frattempo, all'insaputa del vecchio, Adil sistemò le tavole dietro un enorme canterano ingombro di chiavi, di animaletti di peltro, di zuccheriere, di paralumi e ferri da stiro a carbone.

*

Oreste Marcucci sedeva a un tavolino accanto alla vetrina. Pensava *tra poco la vedrò*, finché si rese conto, con grande spavento, che lei era già lì in piedi davanti a lui, e lo guardava, incerta.

La riconobbe e immediatamente scattò in piedi.

"Dio mio. Maria Giovanna!"

La ragazza fece un mezzo passo indietro per la paura.

"Chiamami Giò. Tu sei Oreste, vero?"

"Sediamoci."

Giovanna timidamente rifece il mezzo passo in avanti e scostò la sedia. Mentre sedeva, il busto rigido, Oreste la guardava con adorazione mista a incredulità. Rivide la compostezza della bambina, la sua timidezza, il suo orgoglio contenuto.

Lei ebbe quasi paura di quegli occhi. Occhi stranieri, occhi di un uomo che aveva imparato a guardare il mondo come un brasiliano di San Paolo, come un turco di Istanbul. Occhi pieni di facce sconosciute, di azioni incomprensibili, di donne dalla vita impenetrabile. Occhi che parlavano troppe lingue tutte insieme.

Ma non era soltanto questo. C'era dell'altro. Lo sentiva ma non sapeva cosa fosse. Qualcosa che la rendeva inquieta e che si trovava al centro di quel volto ora mansueto, schiacciato da quindici anni troppo difficili da immaginare.

Silenzioso, il cameriere attendeva lì di fianco.

"Bene. Cosa prendiamo?" domandò Oreste e fece un cenno con la testa e le sopracciglia al cameriere dalla giacchetta color crema.

Fu allora che Maria Giovanna Fallai vide o meglio sbirciò, riflesso nella vetrina, davanti a quello dell'uomo che sedeva con lei, il proprio volto: e con spavento comprese di non averlo mai conosciuto. Quel naso, quegli occhi, quella bocca che erano stati per ventotto anni naso occhi bocca qualsiasi adesso acquistavano una specie di senso: gli occhi sottili e distanti a cavallo degli zigomi e simili a nomadi sul dorso del cammello, la piega leggermente in giù della bocca che sembrava prepararla a ogni forma di perplessità, e poi ancora il naso dalla linea non proprio dritta, come per qualche ferita ereditata non si sa da chi. E tante altre cose, mai viste.

Adesso basta, pensò, e gettò un ultimo sguardo all'uomo, al suo viso riflesso nel cristallo. Vide riflessi il naso di lui, la bocca, gli zigomi – gli occhi no, non si vedevano bene, ma non era necessario. E le mani, ecco, e le punte delle dita, soprattutto le punte.

Mentre lui sentendosi scoperto nascondeva sotto il tavolino quelle dita troppo gialle, un ricordo le fuggì, proprio a causa di quel movimento. Un ricordo troppo grande, troppo spropositato, troppo definitivo per andarsene subito via.

Cosa ho pensato?, si domandò. Cosa ho pensato?

"Io… io prenderò un caffè."

"Anch'io. Due caffè, grazie."

INDICE

MISTO
Carta da fonti gestite
in maniera responsabile
FSC® C005461
FSC
www.fsc.org

Finito di stampare nel mese di dicembre 2023 presso
Rotolito S.p.A. - Seggiano di Pioltello (MI)

Printed in Italy